KARIN JOACHIM

Abgründiges Ahrtal

KRIMIS AUS DEM AHRTAL Elf Krimis, so vielfältig wie das Ahrtal selbst – vom Ursprung der Ahr in Blankenheim, ihrem Weg durch hügeliges Bergland, Wiesen und Wälder, ihren Schluchten und schroffen Felshängen und ihrer Mündung zwischen Sinzig und Kripp in den Rhein:

Ein Mann kehrt Jahre nach einem tödlichen Unglück in seinen Heimatort zurück und erhält abstruse Botschaften, eine von der Brücke in Rech verschwundene Steinfigur gibt einem launigen Polizisten Rätsel auf und ein Skelettfund im Wald bei Lommersdorf entpuppt sich als großer Segen. Kommissar Gerhard Zenner will eigentlich Urlaub machen und muss unfreiwillig auf einem Weingut an der Mittelahr ermitteln. Eine Wanderung auf dem Rotweinwanderweg nach Mayschoß endet tödlich und ein Mann, der schon vor Jahren gestorben ist, stellt das Leben eines Ahrweiler Architekten völlig auf den Kopf. Eine Kündigung bringt in den 1930er-Jahren das Fass in Bad Neuenahr zum Überlaufen und ein Auftragsmord mit Komplikationen lässt das Leben eines Bad Bodendorfer Sozialarbeiters aus den Fugen geraten.

© Valentina Kurscheid

Karin Joachim wurde in Bonn-Bad Godesberg geboren und lebt heute im Ahrtal. Sie studierte Germanistik und Anglistik an der Universität Bonn und leitete ein archäologisches Museum, bevor sie sich ganz dem Schreiben widmete. In ihrer Freizeit ist sie mit ihrem Border Terrier unterwegs, mit dem sie die Natur erkundet. Besonders gerne besichtigt Karin Joachim historische Orte sowie Parks und Gärten im In- und Ausland.

Mehr Informationen zur Autorin unter: www.karinjoachim.de

KARIN JOACHIM

Abgründiges Ahrtal

KRIMIS

GMEINER

MIX
Papier | Fördert gute Waldnutzung
FSC® C014496

Besuchen Sie uns im Internet:
www.gmeiner-verlag.de

Im Ehnried 5, 88605 Meßkirch
Telefon 07575/2095-0
info@gmeiner-verlag.de

1. Auflage 2023

Herstellung: Mirjam Hecht
Umschlaggestaltung: U.O.R.G. Lutz Eberle, Stuttgart
unter Verwendung eines Fotos von: © Julia Hermann / stock.adobe.com
Druck: GGP Media GmbH, Pößneck
Printed in Germany
ISBN 978-3-8392-0179-4

Personen und Handlung sind frei erfunden.
Ähnlichkeiten mit lebenden oder toten Personen
sind rein zufällig und nicht beabsichtigt.

»MORGEN BIST DU TOT«

Als Harry Kellermann im ersten Licht des Tages in den Gassen unterhalb der Burg unterwegs war, fegte ein böiger Wind durch die Häuserschluchten. Ein feiner feuchter Schleier Tau ließ die Pflastersteine glänzen. Harry setzte behutsam einen Fuß vor den anderen, um nicht auszurutschen. Seit einigen Tagen fühlte er sich ein wenig geschwächt, was er auf die Tatsache zurückführte, dass er sich in seinem alten Heimatort einfach nicht wohlfühlte. Es war ihm so, als starrten ihn nicht nur die Menschen an, sondern auch die Mauern der Gebäude, die er aus seiner Kindheit kannte. Nicht viel hatte sich in Blankenheim verändert, dem Ort, in dem die Ahr entsprang, seit er ihn vor Jahrzehnten verlassen hatte. Er vermied es, tagsüber nach draußen zu gehen, auch wenn er eigentlich kaum noch einem bekannten Gesicht begegnete. Aber er wusste, dass sie alle es wussten.

Wie damals wimmelte es bereits zur späten Morgenstunde in der Stadt mit der weithin sichtbaren Burg, deren Ursprünge bis ins zwölfte Jahrhundert zurückreichten, nur von Touristen. Sie staunten über das Gildehaus mit dem Eifelmuseum, das Hirtentor, die kleinen Häuser am Zuckerberg, die spätgotische Hallenkirche und das Georgstor und hatten stets ihre kleinen Fotokameras oder Handys griffbereit. So mancher Tourist kam ins Schlittern auf den steilen Wegen. Als Kind war Harry unbekümmert und trittsicher durch die Straßen gerannt, hatte nur wenig Rücksicht auf die Fremden genommen, nicht aus bösem Willen, sondern einfach weil es Wichtigeres gab. Gemeinsam mit den anderen Kindern und Jugendlichen war er um Häuserecken gelaufen, hatte mit ihnen gelacht, Schimpfwörter gerufen, sich stark und unantastbar gefühlt. Damals in den Siebzigerjahren. Sehr zum Unmut der Erwachsenen. Noch mehr ärgerten diese sich, wenn sie mit ihren Fahrrädern Wettrennen veranstalteten. Rund um die Kirche, durch die Tore und entlang der alten Fachwerkhäuser – manchmal nur haarscharf um die Kurven. Meist befand sich ihr Ziel direkt vor der Ahrquelle, die im Keller eines alten Fachwerkhauses entsprang. Es kam vor, dass sie erst kurz vor einer der weiß getünchten Häuserwände zum Stehen kamen. Nicht selten trugen sie blaue Flecken davon. Das Geschrei in den Gassen war groß, und meistens ging eines der umliegenden Fenster rund um den kleinen Platz auf, worauf eine verärgerte Frau oder ein wütender Mann zu ihnen herunterrief: »Jetzt ist aber Schluss da unten! Sonst werde ich mich bei euren Eltern beschweren!« Mancher hatte ihnen sogar eine Tracht Prügel angedroht.

Als Harry älter war, hatte er das Mofa gegen sein Fahrrad eingetauscht. Besonders nachts ließ er den frisierten Motor aufheulen. Aus Trotz, um gegen die Enge der Kleinstadt aufzubegehren, aber auch um die Mädchen des Ortes zu beeindrucken. Der Hall in den Gassen war ohrenbetäubend. Er liebte den Geruch des Zweitakters, für ihn war er der Inbegriff von Freiheit. Harry hatte Sehnsucht nach einer Welt, die ihm so weit weg erschien. Die wenigen Häuser unterhalb des Burgberges wirkten auf ihn oft wie eine unüberwindbare Mauer, eine Grenze, die er nicht überschreiten durfte. Wenn er doch nur endlich erwachsen wäre, hatte er damals gedacht. Er wollte fort. Jeder kannte jeden, nichts blieb geheim. Das Staunen der Touristen, die vom Sommer bis in den frühen Herbst hier einfielen, konnte er nicht nachvollziehen. Was fanden sie an diesem Örtchen nur so spannend? »Wie idyllisch!«, riefen sie, wenn sie aus ihren Bussen stiegen und im Pulk zur Ahrquelle zogen. Gut, sie brachten dem Ort Geld. Für manchen Einwohner bedeutete dies ein Zubrot, für manche sogar die Grundlage ihrer Existenz. Aber was war im Winter? Nicht immer erreichte dann die Sonne jeden Winkel, manche Häuser standen im Winterhalbjahr sogar ganztägig im Schatten. Und nur der eisige Wind zog durch die Gassen.

Harry hätte damals alles darum gegeben, den Ort zu verlassen, aber nicht unter den Umständen, die ihn letztendlich dazu brachten. Er war viel herumgekommen, hatte viele Länder bereist. Dennoch war die Einsamkeit in seinem Innern sein Leben lang sein Begleiter. Und die Schuldgefühle, die ihn nicht ständig, aber doch wie ein dunkles Geheimnis belasteten. Erst vor ein paar Tagen war er zurückgekehrt. Aber nicht, um zu bleiben.

Der Wind wehte immer noch, aber hatte merklich nachgelassen. Harry atmete die kühle Luft ein und seufzte. Er blieb stehen, schirmte seine Hände mit dem Rücken ab und zündete sich eine Zigarette an. Er rauchte zu viel. Sein Arzt hatte ihm attestiert, dass Lunge und Gefäße sich nicht im besten Zustand befanden. Harry sog den Rauch ein, musste husten und beschloss, mit dem Rauchen aufzuhören, wenn er alles hinter sich gelassen hatte. Es war nicht mehr viel zu erledigen seit dem Tod seiner Mutter. Der Himmel hellte sich auf, die Sonne zeigte sich zaghaft. Einzelne Fensterscheiben reflektierten das Licht. Plötzlich, wie von Geisterhand, erhob sich eine kleine Windhose, die das Laub aufwirbelte, das in der Gasse lag. Die Windhose veränderte ihre Richtung. Er folgte ihr mit seinen Augen, als er etwas Weißes bemerkte, das von ganz oben den Burgberg herunter durch die Luft nach unten trudelte. Es kam auf ihn zu und landete schließlich vor seinen Füßen. Es war ein weißes Blatt Papier, nicht größer als eine Postkarte. Er hob es auf, um es zu entsorgen. Instinktiv drehte er das Blatt um und blickte wie versteinert auf die Worte, die darauf mit Schreibschrift geschrieben waren. Seine Hand begann zu zittern. Der Wind nahm Fahrt auf und pfiff um ihn herum. Ihm wurde fast schwindelig.

»Morgen bist du tot«, stand da geschrieben. Sein Atem ging schneller, sein Herz raste, ohne dass er etwas dagegen tun konnte. Wer machte nur solch makabre Scherze, dachte er. Fast schon wütend knüllte er das Papier zusammen und warf es in den nächsten Papierkorb. Dann ging er weiter. Er sah nicht, wie eine Windböe in den Papierkorb fuhr und den zerknüllten Zettel wieder heraushob. Dieser kullerte noch einige Meter hinter ihm her, blieb mehrere Male für eine kleine Weile an der Pflastersteinkante liegen, bevor er sich in einer Regenrinne vor einem Haus verfing.

Harrys Weg führte ihn zu einer kleinen Bäckerei, in der er jeden Morgen einen Kaffee mit Zucker zu sich nahm. Jeden Morgen seitdem er zurückgekehrt war. Den Namen des Inhabers hatte er noch nie zuvor gehört und hoffte, dass jener nichts von den Ereignissen mitbekommen hatte, dass ihm niemand etwas erzählt hatte, was vor fünfunddreißig Jahren geschehen war. Heute tat der heiße Kaffee besonders gut, weil ihm fröstelte. Außer dem Bäcker selbst war nur noch ein Handwerker in Arbeitskleidung im Laden. Er hatte bereits sein Brötchen verspeist, nickte dem Bäcker zu und ging zur Tür hinaus. Nun war er mit dem Inhaber, einem Mann seines Alters, allein. Harry bestellte, der Mann reichte ihm lächelnd den Kaffee, Harry stellte sich an einen der Tische, trank hastig aus und verließ den Laden mit einem leisen Gruß auf den Lippen. Als er die Glastür gegen den Druck des Windes öffnete, ertönte ein unangenehmes Pfeifen, und die Seiten der auf einem der Tische liegenden Zeitung bewegten sich durch den Luftzug. Er war irritiert durch die Geräusche, die der Wind erzeugte und in denen die Worte des Bäckers untergingen.

Auf dem Nachhauseweg, schon außerhalb des historischen Ortskerns, kam er an der Stelle vorbei, an dem einst das Fachwerkhaus gestanden hatte, dessen Anblick sich für immer in sein Gedächtnis eingebrannt hatte. Nun befand sich dort ein Neubau. Aus den 1980er-Jahren vermutlich. Er zwang sich dazu, weiterzugehen und nicht wieder an jene Nacht zu denken. An jene Nacht, die sein Leben und das seiner Eltern für immer verändert hatte. Gravierend verändert hatte. Seit den verhängnisvollen Tagen war er nie wieder zurück an diesen Ort an der Ahr gekehrt. Bis vor ein paar Tagen. Es war keine gute Idee gewesen, und doch konnte er nicht anders, denn er hatte seiner Mutter die letzte Ehre erweisen müssen. Ein Anwalt hatte ihn informiert. Er habe seine Telefonnummer von der Auskunft erhalten, hatte er Harry mitgeteilt. Zum ersten Mal war er froh darüber gewesen, dass er sich keine Geheimnummer zugelegt hatte, obwohl er mit dem Gedanken gespielt hatte, um für niemanden aus seinem früheren Leben erreichbar zu sein. Der Anwalt kannte sicher auch Methoden, die ihn ebenfalls auf Harrys Spur gebracht hätten, aber so war es einfacher gewesen. Seit dem Ableben seiner Mutter war erst wenige Zeit verstrichen, sodass Harry an ihrer Beisetzung hatte teilnehmen können.

Er hätte danach gleich wieder in sein richtiges Leben zurückkehren können, vielleicht auch sollen. Doch er brachte es nicht übers Herz, es dem Anwalt zu überlassen, den Nachlass seiner Mutter zu regeln. Es ging um keinen umfangreichen Besitz, einzig ein paar Formalitäten erforderten etwas Aufwand. Er war das seiner Mutter schuldig. Ja, die Schuld ließ ihn nicht los. Am Nachmittag kümmerte er sich weiter um ihre Habseligkeiten, die sich über die Jahrzehnte angesammelt hatten. Erstaunlich ordentlich war es in dem kleinen Häuschen, das sich seit Jahrhunderten im Familienbesitz befand. Hatte sie jemanden gehabt, der sich um sie kümmerte? Er musste sich eingestehen, dass er es nicht wusste. Er hatte sich gewundert, dass sie ihn nicht schon längst enterbt hatte. Die Todesnachricht hatte Harry zunächst bestürzt, dann hatte er sich traurig gefühlt, weil er annehmen musste, dass seine Mutter vereinsamt gestorben war und vielleicht eine Aussprache mit ihrem Sohn ersehnt hatte. Dann fühlte er sich plötzlich erleichtert. Sie war die einzige lebende Verbindung hierher gewesen. Mit ihrem Tod war diese Verbindung gekappt. Für einige Tage hatte er sich so leicht und unbeschwert gefühlt. Endlich konnte er leben, ohne Schuldgefühle zu haben. Doch dann holte ihn alles wieder ein. Er musste die Sache zum Abschluss bringen, sich endlich seiner Vergangenheit stellen. Die Beerdigung seiner Mutter war ein seltsames Erlebnis für ihn gewesen. Am Grab hatten viele alte Bekannte gestanden, deren Gesichter er zwar noch kannte, aber trotzdem hatte er große Schwierigkeiten, diesen Gesichtern auch Namen zuzuordnen. Keiner hatte mit ihm gesprochen oder ihm sein Beileid mitgeteilt. Stumm waren sie an ihm vorbeigegangen, so, als gäbe es ihn nicht. Er fragte sich einige Male, dort am Grab seiner Mutter stehend, ob er das wirklich alles erlebte oder ob er nicht in einem Albtraum stand. Aber es war kein Albtraum, es war real. Fünfunddreißig Jahre waren vergangen, aber hier im Ort gingen die Uhren anders, langsamer. Man hatte nichts vergessen. Kein Gras war über den Unfall von damals gewachsen. Während alle anderen gealtert waren, so war er für sie der Teenager geblieben, der schuld daran war, dass eine ganze Familie nach und nach ausgelöscht worden war. So empfand er es. Denn niemand warf ihm etwas vor. Doch das war auch gar nicht nötig, denn der Ort selbst war ein einziger Vorwurf. Wenn Väter oder Mütter nicht mehr lebten, so hatten ihre Söhne oder Töchter, Enkel oder Urenkel die ungeheure Tat dennoch miterlebt. In unendlich vielen Erzählungen.

Er hatte gehofft, etwas Versöhnliches in den Unterlagen, Briefen, Schriftstücken seiner Mutter zu finden. Einen Brief oder eine Notiz, vielleicht sogar an ihn persönlich gerichtet, die ihm Vergebung zollte. Je mehr er sich in die alten Unterlagen einarbeitete, desto mehr wurde ihm klar, dass er in diesem Haus schon lange nicht mehr existierte, denn es fand sich kein einziges Foto von ihm, weder an der Wand noch in einem Album. Er erinnerte sich plötzlich daran, dass seine Mutter ihn eines Tages an seiner Ausbildungsstelle angerufen und ihm unter Tränen berichtet hatte, dass sein Vater alle Fotos vernichtet hatte, auf denen er zu sehen gewesen war. Nun wurden seine Augen feucht, und eine Träne kullerte über seine Wange.

Die Erinnerung schmerzte ihn so sehr, dass er beschloss, gleich morgen abzureisen und den Anwalt darüber zu informieren, dass er das Erbe nicht antreten würde. Sollte der sich um alles kümmern. Harry wollte nur weg. Wieder zurück in sein Leben, das nichts mehr mit dem Ort unterhalb der Burg zu tun hatte. Er hatte sich der Vergangenheit gestellt, er hatte es zumindest versucht. Die Menschen jedoch kannten keine Vergebung, noch nicht mal ein Vergessen. Er fürchtete sich davor, dass sie ihn zur Rede stellen würden, ihn mit seiner Schuld konfrontierten. Wenn jemand ihn anlächelte oder ihn anredete, so waren es Fremde oder gerade erst Zugezogene.

Es war Abend geworden. Von seinem Fenster aus konnte er etwas entfernt zwar, aber doch deutlich den Neubau sehen. Jedes Mal, wenn seine Mutter in die Altstadt gegangen war, hatte sie hier, an jenem Platz, an dem zunächst eine Ruine gestanden hatte, vorbeigemusst. Was hatte sie dabei gedacht und empfunden? Was hatte sie überhaupt durchgemacht in all den Jahren? Hatte sie die Vorwürfe, die Blicke der Einwohner ertragen können? Oder hatten sie allesamt seine Mutter geschnitten? Einige Jahre nach Harrys Weggang war sein Vater gestorben. Ab da war sie allein gewesen. Vom Tod seines Vaters hatte Harry nur durch Zufall erfahren, weil er auf einer Messe einen alten Klassenkameraden getroffen hatte. Damals hatte er beinahe ein wenig Genugtuung empfunden, darüber, dass sein hartherziger Vater ausgerechnet an einem Herzinfarkt gestorben war. Aber Gedanken um seine Mutter hatte er sich nicht gemacht. Jetzt fragte er sich zum ersten Mal, wie sie das alles nur ausgehalten hatte. Er wusste es nicht. Er fühlte Scham. Scham darüber, dass es ihn bis zum heutigen Tag nicht interessiert hatte, dass er keinen Gedanken daran verschwendet hatte.

Er musste wieder an jenen Abend denken, der alles verändert hatte. Voller Übermut waren er und seine Kumpels mit ihren laut knatternden, frisierten Mofas durch die Gassen gerast. War das ein Spaß gewesen! Die

Luft war geschwängert vom Gestank aus den Auspuffen. Wie blaue Wolken hingen die Abgase in den Gassen. Zum Knattern der Motoren und dem Quietschen der Reifen kamen ihre Rufe hinzu. Ein ohrenbetäubender Lärm! Aber er war glücklich gewesen, und für einen Moment empfand er wieder wie damals. Sie hatten ein wenig Alkohol getrunken, aber nicht zu viel, nur ein wenig. Einen Helm trug keiner von ihnen. Auch nicht das schöne Mädchen, das auf seinem Gepäckträger Platz genommen hatte und sich an ihn schmiegte. Seine Hormone fuhren Achterbahn. Er war verliebt und fühlte sich wie ein Held. Er wurde immer schneller, immer mutiger. Zunächst lachte sie noch, dann wurde sie stiller, schließlich begann sie zu rufen, dass er langsamer fahren solle. Aber er war so besoffen von der ganzen Atmosphäre, vom Spaß, von der Kraft, die er verspürte. Sie schrie, immer wieder, dass er vorsichtiger fahren solle. Die Reifen quietschten, der Motor heulte, er gab Gas, wieder und wieder. Die Kurve nahm er noch ein wenig enger als zuvor. Und dann, dann passierte es. Irgendetwas lag plötzlich auf dem Weg. Eine Katze? Eine Mülltüte? Er wusste es bis heute nicht. Er bremste hektisch, kam aber nicht mehr zum Stehen. Das Vorderrad berührte den Rinnstein, das Mofa geriet in Schieflage. Er hörte für einen kurzen Moment auf zu atmen, hielt die Luft an. Dann war es auch schon passiert. Sie fielen auf die Seite, wobei das Mofa mehrere Meter auf dem Pflaster weiterrutschte. Harry ließ den Lenker los, schlitterte noch weiter. Dann kam er zum Liegen, bemerkte gleich sein verdrehtes Handgelenk.

Der Schmerz ereilte ihn erst später. Aber diese Stille, diese Stille dröhnte in seinen Ohren.

Obwohl er sich ein wenig benommen fühlte, zog er die Beine an und versuchte aufzustehen. Sein Handgelenk schmerzte langsam. Und dann war da plötzlich diese Angst, denn er konnte seine Freundin nicht sehen. Das spärliche Licht in der Gasse erlaubte es ihm nicht, weiter als einige Meter zu überblicken.

Wo war sie? In der Ferne hörte er die Mofas der anderen, ganz weit weg. In seinen Ohren hämmerte das Blut. Um ihn herum erschien alles wie in Watte verpackt. »Wo bist du?«, hatte er verzweifelt gerufen. Immer wieder. Er bekam keine Antwort. Er kroch mehr, als dass er ging. Dann stieß er an etwas, das auf dem Boden lag. Es war weich. Es war SIE! Er berührte sie ganz sachte, sie reagierte nicht. Er rüttelte an ihrem Arm, sie bewegte sich nicht. Er zog an ihrem Oberkörper, sie blieb regungslos. Was danach geschah, wusste er nicht mehr. Er konnte sich nur noch an das Blaulicht erinnern, das von den Häuserwänden reflektiert wurde. Schreie, da waren Schreie. Und dann ein Satz, den sein Vater zu ihm sagte: »Ich will dich nie wieder sehen. Sieh zu, dass du hier weggehst, und komm nie wieder!«

Das hatte er auch getan. Harry war am nächsten Morgen am Bahnhof aufgewacht, neben ihm eine große Leinentasche mit seinen Habseligkeiten. Sein Handgelenk verbunden. Er hatte den ersten Zug genommen und war nie wieder zurückgekehrt. Seinen Eltern hatte er seine ersten Aufenthaltsorte mitgeteilt. Seine Mutter schrieb ihm heimlich Briefe, und sie war es auch, die ihn darüber informiert hatte, dass seine Freundin, dort auf dem Pflaster, gestorben war. In einem späteren Brief berichtete sie ihm vom Brand des Hauses, das der Vater seiner Freundin nur ein Jahr später aus Kummer und Verbitterung angezündet hatte. Den Brand hatten er und seine Frau nicht überlebt, nur der Sohn. Das Haus war nicht mehr zu retten gewesen und wurde abgerissen. Aber auch der spätere Neubau änderte nichts daran, dass die Ereignisse von damals niemals vergessen wurden. Nach dem Erhalt dieser Nachricht hatte Harry beschlossen, dass es besser für seine Eltern war, wenn er ihnen nicht mehr mitteilte, wo er wohnte, wenn er den Kontakt ganz abbrach. Aber insgeheim wollte er sich damit nur schützen, alles von sich fernhalten, was mit seiner Vergangenheit in Beziehung stand. Er konnte und wollte keine weiteren Hiobsbotschaften mehr ertragen und er wollte nicht schuldig gesprochen werden. Nicht für alles, was in diesem Ort geschah, wollte er die Verantwortung übernehmen. Es war ein tragischer Unfall gewesen, aber er war kein Verbrecher und auch kein Mörder.

Die Nacht war hereingebrochen. Er machte Licht. Nur noch einmal wollte er sich im Haus umsehen und dann schlafen gehen. Morgen würde er zurückkehren in sein Leben. Irgendetwas aber wollte er mitnehmen, irgendeine Erinnerung an seine Kindheit, die bis zu jenem verhängnisvollen Abend zwar aufgrund der Zornesanfälle seines Vaters nicht einfach gewesen war, aber auch nicht allzu belastend für ihn. Er blickte in Schubladen, öffnete Schranktüren, schaute in Regalen. Endlich fand er etwas: Im Kleiderschrank seiner Mutter stand eine kleine Schachtel mit einem aufgedruckten Rosenmuster. Er öffnete sie mit zittrigen Fingern. Sein Herz schlug schneller. Er konnte es kaum fassen: Seine Mutter hatte Fotos von ihm aufbewahrt. Sogar einen Zeitungsartikel über ihn fand er, in dem über ihn als Trainer einer Jugendfußballmannschaft berichtet worden war. Das war vor über zwanzig Jahren gewesen, als er längst nicht mehr in Blankenheim lebte. Ganz unten lag ein Kuvert, an ihn adressiert. Darin ein handgeschriebener Brief. Es war eigentlich kein Brief. Auf einem Zettelchen standen nur wenige Zeilen:

»Mein lieber Sohn! Du hast es richtig gemacht. Vergiss die Vergangenheit. Ich habe Dich nie verurteilt. Deine Mama.«

Er musste schlucken, dann kullerten ihm Tränen über die Wangen.

Am anderen Morgen verschloss er die Haustür für immer. Er nahm seinen Koffer und ging aus dem Ort. Nur ein letzter Kaffee, dachte er. In der Bäckerei trank er diesen jedoch nicht ganz aus. Ihm war ein wenig seltsam zumute. Sein linker Arm kribbelte. Er öffnete die Tür und stellte freudig fest, dass es heute nicht windete. Er packte sich an die aufgenähte Tasche seines Hemdes. Dort hatte er den Brief seiner Mutter verwahrt. Plötzlich spürte er einen Stich in der Herzgegend. Er musste sich an der Hauswand festhalten. Urplötzlich erhob sich eine Windböe, und ein zerknülltes Papier kullerte vor seine Füße.

»Diese dummen Jungen!«, hörte er jemanden hinter sich schimpfen. »Wann hören die endlich auf, ihre Botschaften von der Burgmauer herunterzuwerfen?«

Harry drehte sich um und erkannte den Bäcker in der Eingangstür. Doch seine Erscheinung wurde immer undeutlicher.

»Was ist mit Ihnen?«, hörte er ihn noch sagen, dann sackte er zusammen. Aber er wurde gehalten, bevor er mit seinem Körper auf dem Pflaster auftraf.

»Wir rufen den Notarzt«, sagte der Bäcker. »Setzen Sie sich hierher auf die Treppe.«

»Ich ...«, murmelte Harry. »Ich hätte auf meinen Hausarzt hören sollen.«

»Sind Sie herzkrank?«, fragte der Bäcker besorgt, während er sein Handy zückte.

»Ich bin schuld ...«, stammelte Harry und meinte im Blick des Bäckers ein Flackern zu bemerken.

»Woran?«

»Kennen Sie mich nicht?«, fragte Harry mit dünner Stimme. »Die ganze Stadt hasst mich.«

Für einen Augenblick war es Harry so, als überlagere das Gesicht seiner verstorbenen Jugendfreundin das des Bäckers. Eine Familienähnlichkeit etwa?

»Sind Sie ihr Bruder?«, stammelte er.

»Ich habe keine Schwester«, sagte der Bäcker. »Nun schonen Sie Ihre Kräfte. Was immer Sie getan haben, Schuldgefühle sind ein schlechter Ratgeber. Alles wird gut!«

Harry seufzte.

RÜCKEPFERD MINI

Seitdem Peter vor drei Tagen aus dem Wald zurückgekehrt war und vor Aufregung beinahe vergessen hatte, seinem Rückepferd Mini nach der schweren Arbeit seine übliche Extraportion Hafer zu geben, hatte sich die Stimmung auf dem alten Hof verändert. Der Hof, der sich seit über hundert Jahren im Familienbesitz befand und auf dem Peter mit seiner Mutter Christiane lebte, lag zwischen Lommersdorf und Aremberg, gerade noch eben in Nordrhein-Westfalen. Hinten im Wald, östlich von ihrem Besitz, verlief die Grenze zu Rheinland-Pfalz. Früher, zu Lebzeiten seines Großvaters und seines Vaters, hatte der Hof ihnen ein erquickliches Einkommen ermöglicht. Ein wenig Weidevieh, ein wenig Landwirtschaft. Sie waren gut über die Runden gekommen, weil sie schon immer auf Qualität geachtet hatten. Immer mehr Vorschriften und EU-Vorgaben hatten ihrem Betrieb allerdings in den letzten Lebensjahren seines Vaters wirtschaftlich stark zugesetzt. Von all dem hatten Peter und seine Schwester Alexandra jedoch in ihrer Jugend kaum etwas mitbekommen. Sie empfanden den elterlichen Hof als das Paradies auf Erden, die Wälder ringsum als Orte voller Magie und den Bachlauf im Wald als ein großes Experimentierfeld. Sie gingen täglich auf Expeditionsreise, nachmittags nach der

Schule. Diese Zeiten lagen allerdings schon über zwei Jahrzehnte zurück. Alexandra lebte längst mit Mann und Familie in der Großstadt, war in ihrem Beruf als Bankerin erfolgreich. Peters Vater war vor vielen Jahren verstorben, nachdem er lange seine Krankheit für sich behalten hatte. So war er für alle Familienmitglieder überraschend und nur nach wenigen Krankentagen im Bett gestorben. Innerhalb von zwei Wochen, nachdem er zum ersten Mal sein gewohntes Arbeitspensum nicht mehr geschafft hatte. Erst auf seiner Beerdigung erfuhr die Familie durch den alten Hausarzt vom Leiden des Vaters. Daraufhin war seine Mutter zusammengebrochen und hatte sich einige Wochen nur zwischen Schlafzimmer und Küche hin und her bewegt, nicht aber, um wie all die Jahre zuvor für alle zu kochen, sondern sich lediglich einen Kräutertee zuzubereiten. Alexandra hatte bald nach dem Tod des Vaters darauf gedrängt, den Hof zu verkaufen, doch Mutter Christiane war derart entsetzt von diesem Ansinnen, dass sie ihre Tochter kurzerhand des Hofes verwies. Die Wogen hatten sich jedoch bald geglättet, nachdem Peters Mutter eingesehen hatte, dass Alexandra nur ihr Bestes gewollt hatte. Also schmiedete man Monate später gemeinsam im Familienrat einen Plan, wie man den Hof durch die schwierigen Zeiten würde manövrieren können. Peter gab zu, kein begeisterter Landwirt zu sein, und so verkleinerte man den Betrieb, führte einige Umbauten durch, sodass gestresste Städter für eine Weile in einer der drei Ferienwohnungen ihren hektischen Alltag auf dem Hof der Familie Griesbach in der Eifel vergessen konnten.

Und dann trat eines Tages Mini in Peters Leben. Er mochte schon immer Pferde, weshalb er bereits vor einer Weile einem alten Pony und einem zerzausten Esel aus einer Auffangstation ein Zuhause gegeben hatte. Eine Facebook-Bekannte hatte vor einigen Jahren auf die Not von Kaltblüter Mini hingewiesen, der einer ihrer Freundinnen gehörte. Eigentlich deren Mann, der ihn als Rückepferd führte, aber aufgrund einer Parkinsonerkrankung dazu nicht mehr in der Lage war. Peter hatte keinerlei Erfahrung mit großen, schweren Kaltblütern und schon gar nicht mit Rückepferden. Mini war zu jung, um in Rente zu gehen, also stellte sich Peter darauf ein, mit ihm weiterzuarbeiten. Er hatte sich längst in den dunkelbraunen Burschen verguckt. So ließ er sich ausbilden und stellte mit Verwunderung fest, wie talentiert er sich dabei anstellte. In den Eifelwäldern hatte sich der Klimawandel auf eine unschöne Weise bemerkbar gemacht. Ganze Bergrücken bestanden nur noch aus braunen Fichten. Eine ideale Arbeitsstätte für Mini, der bodenschonender als jede Maschine größere Äste und Stämme auf die Wege oder zum Polterplatz ziehen konnte. Peter achtete dabei penibel darauf, Mini nicht zu überfordern, gestattete ihm viel mehr Pausen, als es vorgeschrieben war. Außerdem setzte er ihn maßvoll ein, selbst wenn Peter dann weniger verdiente. Mini dankte ihm seine Fürsorge mit einer großen Zutraulichkeit, die jeden verwunderte, vor allem wenn Peter erzählte, dass er mit Mini seinen ersten Kaltblüter besaß.

Vor drei Tagen waren die beiden in einem Waldstück in unmittelbarer Nähe der Landesgrenze beschäftigt gewesen. Die Arbeit war nicht schwer, das Gelände hügelig, aber keineswegs gefährlich steil. Ein Harvester hätte hier problemlos eingesetzt werden können, doch Julian Weidemann, der Waldpächter, war darauf bedacht, die Böden zu schonen, denn schweres Gerät verdichtete sie auf Jahre. Regenwasser würde nicht eindringen, sondern ablaufen und ins Tal stürzen, was Überschwemmungen mit sich brächte. Julian Weidemann hatte bislang noch nicht mit Peter und Mini zusammengearbeitet. Ihm waren die beiden von einem anderen Waldbauern empfohlen worden. Peter wiederum kannte Weidemann nur flüchtig. Auch war ihm dieser Teil des weitläufigen Waldgebietes fremd, und als er sich fragte, warum eigentlich, fiel ihm das Verbot seines Vaters ein, der ihm und seiner Schwester Alexandra untersagt hatte, auch nur einen Fuß in diesen Wald zu setzen. Peter erinnerte sich noch gut daran, seinen Vater damals nach den Gründen gefragt zu haben. Doch eine Antwort war ihm dieser schuldig geblieben. Peters Neugier war damit erst so richtig entfacht worden, aber da er gespürt hatte, wie wichtig es seinem Vater gewesen war, hatte er sich an diese Anweisung gehalten, zumal er ohnehin an anderen Orten lieber gespielt hatte und für dieses verbotene Abenteuer einen zeitintensiven Umweg hätte in Kauf nehmen müssen. So war die Angelegenheit bald schon wieder vergessen.

Die Arbeit auf dem neuen Territorium war nicht schwer, aber kniffelig, wie so oft, denn um zu den abgesägten Stämmen zu gelangen, mussten sie tief ins Unterholz vordringen. Nach den ersten Durchgängen machten sie etwas abseits der Rückegasse eine Pause. Peter setzte sich auf einen Findling, der ihm hier an dieser Stelle ein wenig fehl am Platze vorkam. Er trank einen Schluck Wasser aus seiner Aluflasche und entdeckte an seinem Oberarm eine Zecke, die er mit dem Zeigefinger wegschnippte. Mini scharrte mit einem Vorderhuf im Boden. Zunächst achtete Peter nicht weiter darauf, doch plötzlich blieb sein Blick an etwas Undefinierbarem hängen. Er stellte die Wasserflasche auf den Stein und sah sich das, was Mini da aus dem Erdreich ans Tageslicht befördert hatte, genauer an. Zunächst hielt er den Knochen noch für den eines größeren Säugetieres. Doch diese Annahme wich der Gewissheit, dass es sich um menschliche Überreste handelte. Er brachte Mini dazu, von der Stelle abzulassen, und inspizierte den Fund eingehender. Wenn er ihn mit der Länge seines Oberarmes verglich, war eine Übereinstimmung mit der menschlichen Anatomie nicht von der Hand zu weisen. Peter dachte kurz an einen Arbeitsunfall, aber wer verlor dabei schon einen vollständigen Armknochen im Wald? Er überlegte, ob er möglicherweise auf die Überreste eines Römers gestoßen war, denn hier in der Gegend standen noch einige römische Villen und unweit von hier die Reste einer römischen Straße. Aber wie wäre nach so langer Zeit der Erhaltungszustand des Knochens? Gab es an dieser Stelle noch mehr davon? Peter wurde es ganz seltsam ums Herz.

Er musste den Fund unverzüglich melden und rief den Waldpächter an, der sich in der Nähe aufhielt und wenig später bei ihm eintraf.

»Das ist unglaublich«, sagte Julian Weidemann sichtlich geschockt, als er den Knochen betrachtete.

»Ob da im Erdreich ein Mensch liegt?«, fragte Peter. Er blickte auf den Findling und dachte, dass dieser vielleicht als Markierung hierher verbracht worden war. Als Grabstein möglicherweise, kam ihm der Gedanke.

Julian Weidemann schüttelte den Kopf, aber wohl nicht, weil er damit auf Peters Frage einging.

»Das gibt Probleme«, sagte er.

Er überlegte noch einige Augenblicke, bevor er zum Telefon griff und die Polizei verständigte.

Bis die Polizei am Fundort auftauchte, verstrich eine Stunde, in der die beiden Männer kaum ein Wort miteinander sprachen. Und Mini begann, sich zu langweilen. Doch sie konnten unmöglich weiterarbeiten. Welche Spuren würden sie zerstören, wenn hier vielleicht ein Verbrechen vorlag? Aber dieses musste bereits einige Zeit zurückliegen, wenn man den Zustand des aufgefundenen Knochens in Betracht zog.

Nachdem Peter den Beamten berichtet hatte, wie er den menschlichen Überrest entdeckt hatte, entließen sie ihn nach Hause. Er verständigte sich mit Julian Weidemann darauf, morgen weiterzuarbeiten. Ob sich im Boden tatsächlich ein komplettes menschliches Skelett verbarg, wusste er zu dem Zeitpunkt noch nicht, als er seiner Mutter aufgeregt von dem ungewöhnlichen Fund im Wald erzählte. Bereits am folgenden Tag erfuhr er mehr. Julian Weidemann sagte am Telefon, dass die Spurensicherung nach und nach weitere Knochen geborgen und in die Gerichtsmedizin hatte bringen lassen. Soviel man derzeit wusste, handelte es sich nicht um einen Fund aus grauer Vorzeit. Ein Verbrechen also, schlussfolgerte nicht nur Peter. Auch der Waldpächter war derselben Ansicht. »Und das in meinem Wald«, seufzte er. »Wir arbeiten heute nicht, ich muss das erst einmal sacken lassen«, sagte Weidemann, bevor er das Telefonat beendete. Peter hatte das Gespräch in der Wohnstube des Hofes geführt. Im Beisein seiner Mutter. Diese verschwand daraufhin wortlos in ihrem Schlafzimmer. Peter wusste nicht, was er mit dem Tag anfangen sollte, und begann einige längst überfällige Reparaturen im Haus durchzuführen. Aus einem unerfindlichen Grund scheute er sich davor, nach seiner Mutter zu sehen. Er ging dennoch zur Tür ihres Zimmers, hörte sie darin und beschloss, das Mittagessen vorzubereiten. Er schälte Kartoffeln, brachte Wasser zum Kochen, stellte die Flamme klein, entnahm aus dem Kühlschrank Reste des Bratens vom Vortag und raspelte eine Gurke, zu der er ein Dressing bereitete. Die Kartoffeln waren längst gar, als seine Mutter plötzlich in der Tür stand. Ihre braunen Haare, die einige wenige graue Strähnen durchzogen, fielen auf ihre Schultern. Ein Anblick, der allein ihm schon den Atem raubte, hatte er seine Mutter doch in den letzten Jahren nur mit streng zurückgekämmten und zu einem Dutt zusammengefassten Haaren gesehen. Dazu trug sie eine hellblaue Bluse mit einem dezenten Blumenmuster. Es war jenes Kleidungsstück, das Alexandra ihr vor einigen Monaten zu ihrem sechzigsten Geburtstag geschenkt hatte. Getragen hatte seine Mutter diese seither kein einziges Mal.

»Ich fahre einkaufen«, sagte sie.

»Mitten am Tag? Willst du nichts essen?«

»Ich fahre nach Adenau.«

»Heute ist doch kein Markt«, gab Peter zu bedenken.

»Mach's gut, mein Junge«, sagte sie, ohne auf Peters Bemerkungen einzugehen.

Er folgte ihr in einiger Entfernung und blieb in der offenen Haustür stehen. Er beobachtete, wie sie das Garagentor öffnete und ihren Kleinwagen herausfuhr, den sie ab und an nutzte, um Besorgungen zu erledigen, vor allem wenn sie Sonderwünsche der Feriengäste zu erfüllen hatte. Sie war nie lange weggeblieben. Aber das lag vor allem daran, dass sie gewohnheitsmäßig nur ins nahe gelegene Blankenheim fuhr, nicht aber ins weiter entfernte Adenau im Nachbarkreis.

Nachdenklich aß Peter zu Mittag, packte die übrig gebliebenen Reste in eine Frischhaltebox und legte sie in den Kühlschrank. Wenn seine Mutter später nach Hause kam, hatte sie bestimmt Hunger. Den Nachmittag verbrachte er damit, eine der Ferienwohnungen zu reinigen und herzurichten. Am Wochenende würden neue Gäste eintreffen. Danach schaute er nach Mini und den anderen Tieren, die er bereits am frühen Morgen gut versorgt hatte. Seit der Abfahrt seiner Mutter hatte Peter ungefähr jede halbe, manchmal sogar jede Viertelstunde auf seine Armbanduhr geschaut. Jetzt war es beinahe halb sieben, und von seiner Mutter gab es immer noch kein Lebenszeichen. Sie war bereits seit über sechs Stunden fort. So lange wie noch nie. Peter wurde unruhig, doch er konnte nichts weiter tun, als zu warten, denn seine Mutter besaß kein Handy, auf dem er sie hätte erreichen können. Er überlegte, ob sie jemanden in Adenau kannte, doch ihm fiel einfach niemand ein. Eine alte Freundin vielleicht? Peter war versucht, in ihrem Schlafzimmer nach einem Hinweis zu suchen. Doch was erhoffte er sich, dort zu finden? Am Telefon, das auf einem Eichenholztischchen in der Diele stand, lag ein altes Adressverzeichnis. Dieses existierte, solange er denken konnte. Peter blätterte es durch, sah Namen, die durchgestrichen waren, entdeckte Telefonnummern, die mehrfach geändert worden waren. Hinter so mancher Adresse prangte ein großes Fragezeichen. Die meisten Einträge stammten noch von seinem Vater. Die unverkennbar zarte Handschrift seiner Mutter war nicht oft vertreten. Unter dem Buchstaben »E« fand sich eine ganz neue Erwähnung:

»Manfred Effert, Ortschronist Aremberg.«

Peter hatte den Namen noch nie gehört. Was hatte seine Mutter mit einem Historiker aus dem Nachbarort, ja im Nachbarkreis zu tun? Während Peter das Telefonverzeichnis wieder an seinen angestammten Ort legte, gingen ihm Tausende Gedanken durch den Kopf. Was sollte er nur unternehmen, wenn seine Mutter auch in den späteren Abendstunden nicht zurückkehrte? Was hatte sie nur in Adenau zu tun? Einkaufen? So lange? Da Peter keinen einzigen Namen entdeckt hatte, der in Adenau verortet war, schloss er aus, dass seine Mutter dort eine Freundin oder einen Freund traf. Aber sie konnte sich mit jemandem verabredet haben, hoffend, dass sie niemand dort erkannte. Was kamen Peter plötzlich für seltsame Gedanken? Ob es eine Autopanne oder einen Autounfall gegeben hatte, überlegte er weiter? Seine Unruhe steigerte sich, und er stand kurz davor, die umliegenden Krankenhäuser zu kontaktieren, um dort nach seiner Mutter zu fragen. Doch wie sollte er seine Sorge plausibel erklären? Seine Mutter war eine erwachsene und durchaus gesunde Frau. Hätte es einen Unfall gegeben, hätte man ihn mittlerweile bestimmt benachrichtigt. Doch die Zeit verrann, seine Mutter blieb fort. Peter hielt es im Haus nicht mehr aus und trat ins Freie. Die vertrauten Geräusche seiner Tiere beruhigten ihn. Er war auf dem Weg zu Mini, als er in der Ferne einen Wagen bemerkte, der vorn an der Kreuzung auf ihren Privatweg einbog. Hoffentlich niemand, der ihm vom Unglück seiner Mutter würde berichten müssen. Es dämmerte bereits, sodass er erst beim Näherkommen und am Klang des Motorengeräusches erkannte, dass es sich um das Auto seiner Mutter handelte. Peters Herz begann aufgeregt zu schlagen.

»Mach ihr bloß keine Vorwürfe, wenn sie gleich vor dir steht«, befahl er sich. Als der Wagen auf den Hof rollte, schaltete er die Außenbeleuchtung ein und winkte. Seine Mutter hinter der Windschutzscheibe winkte zurück. Die Autotür schwang auf und Christiane Griesbach stieg aus. Jedenfalls die Person, die er für seine Mutter hielt. Er bemerkte rasch, dass sie sich äußerlich noch einmal gegenüber heute Mittag deutlich verändert hatte. Ihre Haare waren um einige Zentimeter gekürzt worden, die grauen Strähnen waren nun gänzlich verschwunden, dafür erstrahlte ihr Haar in einem satten Kastanienton, sofern es Peter in diesem Licht beurteilen konnte. Seine Mutter trug noch die Bluse, mit der sie das Haus verlassen hatte, an ihren Füßen jedoch prangten hellblaue Sneakers und an ihrem Handgelenk ein modischer Armreif.

»Willst du deiner Mutter nicht helfen?«, fragte sie lächelnd und hielt ihm zwei gefüllte Einkaufstaschen einer Edelboutique entgegen.

Peter brachte kein Wort heraus. Auch Stunden später hatte er immer noch keine Ahnung, was mit seiner Mutter geschehen war. Denn von selbst sprach sie nicht darüber. Vielmehr war sie gleich nach ihrer Rückkehr im Bad verschwunden und hatte sich dann in ihr Schlafzimmer zurückgezogen. Aus dem Raum hörte Peter noch eine Weile Geräusche, die er als das Rücken von Möbeln interpretierte. Immerhin schien es seiner Mutter gut zu gehen. Er würde schon noch in Erfahrung bringen, was sie zu dieser Typveränderung bewogen hatte. Während er grübelnd vor dem Fernsehgerät saß, kehrte plötzlich eine Erinnerung zurück. Seine Mutter hatte sich vor einer Weile schon einmal für einige Tage recht seltsam verhalten. Sie hatte nach der Lektüre eines Zeitungsartikels gedankenversunken ihren Haarknoten gelöst, war vom Tisch aufgestanden, in ihrem Schlafzimmer verschwunden und, während sich Peter gerade um das Vieh kümmerte, mit ihrem Auto davongefahren. Nach einigen Tagen jedoch trug sie ihre Haare wieder streng zusammengebunden und nahm die bisherigen Routinen wieder auf. Peter ärgerte sich darüber, dass er der Sache nicht auf den Grund gegangen war. Er hätte einfach nur in der Zeitung nachlesen müssen, was seine Mutter offensichtlich derart bewegt hatte.

Am anderen Morgen, dem zweiten Tag nach dem Knochenfund im Wald, klingelte es unerwartet an der Haustür. Jeder, der die Familie kannte, wusste, dass die Tür ab dem Sonnenaufgang nicht mehr verschlossen war. Christiane Griesbach war vor einer Weile schon aus ihrem Zimmer gekommen. Doch statt sich mit ihm an den Frühstückstisch zu setzen, hatte sie Peter eine Mitteilung gemacht, die ihn überraschte. Bislang hatte er nämlich nicht erwartet, dass sich die Veränderungen, derer sich seine Mutter unterzog, auch auf sein Leben auswirken würden. Sie gab ihm zu verstehen, dass es ab sofort ihm oblag, ihren Teil der Hofarbeit zu übernehmen, was bedeutete, dass er nun für die Belieferung des Marktstandes mit Obst und Gemüse verantwortlich war, den ein befreundeter Bauer betrieb. Damit nicht genug, auch um die Ferienwohnungen habe er sich zu kümmern. Ohne auf seine Reaktion zu warten, war seine Mutter in ihr Auto gestiegen und davongefahren. Peter war ratlos in der Haustür stehen geblieben. Während er dem Wagen seiner Mutter hinterherblickte, fragte er sich nicht ohne Besorgnis, wie er das alles neben seinen Einsätzen mit Mini, der Feld- und Hofarbeit noch schaffen sollte. Einen Lebenspartner, der ihn dabei unterstützen könnte, gab es nicht. Er trat die Tür mit dem Fuß zu und erschrak, als es kurz darauf klingelte. Er rechnete mit der Rückkehr seiner Mutter, was jedoch unwahrscheinlich war, da sie einen Schlüssel besaß. Als er gedankenversunken öffnete, blickte er in die Gesichter zweier Fremder, das einer Frau und das eines Mannes. Peter erinnerte sich, den Mann vorgestern aus der Ferne im Wald gesehen zu haben, als jener in der Nähe des Weges gestanden war und mit einem der Streifenpolizisten gesprochen hatte. Die beiden stellten sich als Beamte der Kriminalpolizei vor. Obwohl sie ihre Ausweise vorzeigten, waren Peter ihre Namen bereits in dem Augenblick entfallen, als er sie in der Überzeugung hereinbat, sie würden ihn zu dem mysteriösen Knochenfund im Wald befragen wollen.

Tatsächlich leiteten sie ihr Gespräch wie erwartet ein und ließen sich von ihm die Umstände schildern, die zur Offenlegung des Skeletts geführt hatten. Allmählich begann Peter zu verstehen, dass der Knochen, den Mini an der durch den Findling gekennzeichneten Stelle freigelegt hatte, zu einem dort vergrabenen Menschen gehörte.

Die Richtung, die bald darauf die Befragung nahm, versetzte Peter jedoch mehr und mehr in Schrecken.

»Können Sie uns etwas über das Verschwinden Ihres Onkels berichten?«, fragte die Kommissarin. Plötzlich erinnerte sich Peter wieder an ihren Namen. Sie hatte sich als Melanie Siemer vorgestellt. Doch er hatte keine Ahnung, was er antworten sollte. Innerhalb der Familie war bereits seit Jahrzehnten nicht mehr von Onkel Helmut die Rede gewesen. Peter hatte nicht nur verdrängt, dass es diesen Vermisstenfall gab, er hatte die Existenz seines Onkels, den er nur aus frühester Kindheit in unguter Erinnerung hatte, völlig vergessen. Er war nicht gerade langsam von Begriff und reimte sich rasch zusammen, dass man zumindest in Erwägung zog, es könne sich bei dem Toten um diesen Onkel handeln. Auf dessen Überreste ausgerechnet er, sein Neffe, gestoßen war.

»Ich kann Ihnen gar nichts dazu sagen, denn ich war damals noch ein Kind.«

»Und Ihre Mutter? Wir würden gerne mit Ihrer Mutter reden«, bat der Mann, der sich als Hauptkommissar vorgestellt hatte.

Peter erzählte, dass seine Mutter nicht zu Hause sei, und versprach, ihr auszurichten, dass die Kriminalpolizei sie umgehend sprechen wollte.

»Haben Sie eventuell noch ein Foto Ihres Onkels?«, wollte die Beamtin wissen.

Peter musste eine Weile überlegen. In einem der Wohnzimmerschränke standen früher Fotoalben. Aber er hatte sie schon länger nicht mehr gesehen.

»Da müsste ich meine Mutter fragen«, antwortete Peter.

Die Beamtin blickte skeptisch drein, sagte aber nichts weiter dazu.

Peter begleitete die Beamten bis zur Haustür. Die Kommissarin ging zu ihrem Wagen, während der Hauptkommissar noch bei ihm stehen blieb. Er reichte Peter seine Visitenkarte. »Clemens Wieland«, las Peter den Namen laut vor.

»Richten Sie Ihrer Mutter bitte aus, dass sie sich bei uns melden soll«, bat der Hauptkommissar.

»Selbstverständlich«, antwortete Peter. »Ich richte es ihr aus.«

»Das ist der zweite Leichenfund im Wald in dieser Gegend in einer relativ kurzen Zeitspanne«, sagte Clemens Wieland nachdenklich. »Wenn auch dieses Mal nicht in Rheinland-Pfalz, aber doch nur wenige Kilometer von dort entfernt.«

Peter hatte keine Ahnung, was er meinte. Doch schließlich dämmerte ihm etwas. Er hatte damals doch in die aufgeschlagene Zeitung geblickt. Ein Artikel, von dem er nicht annahm, dass seine Mutter gerade diesem Bedeutung beigemessen haben könnte, war ihm tatsächlich ins Auge gefallen. Jetzt erinnerte er sich sogar an die Schlagzeile, als sei es erst gestern gewesen: »Grausiger Fund im Wald von Aremberg«.

Peter musste schlucken, versuchte jedoch, gegenüber dem Polizisten sich seine Verunsicherung nicht anmerken zu lassen. Erst als er die Tür hinter den Beamten schloss, nun ganz leise, merkte er, wie er am ganzen Körper zu zittern begann. Hatte seine Mutter etwas mit den beiden Fällen zu tun? Und wenn ja, was?

Hektisch suchte Peter im Internet nach Informationen zu dem Aremberger Fall. Er wurde schnell fündig, denn die Presse hatte eine ganze Weile ausführlich darüber berichtet. Sein flüchtiger Bekannter, der Steinmetz Lutz Decker aus Schuld an der Ahr, war irgendwie daran beteiligt. Allerdings nicht als Täter. Nachdem Peter alle Artikel ausführlich studiert hatte, kam er zu der Überzeugung, dass er ausschließen konnte, dass seine Mutter etwas mit jenem Fall zu tun hatte. Aber warum hatte sie sich nach der Lektüre des Artikels so seltsam verhalten? Peter kam der Name des Aremberger

Ortschronisten, den er im Adressbuch seiner Eltern entdeckt hatte, wieder in den Sinn. Ob seine Mutter mit ihm Kontakt aufgenommen hatte? Aber warum?

Sein nächster Weg führte ihn ins Wohnzimmer, wo er nach den alten Fotoalben suchte. An der Stelle, an der er in seiner Kindheit gestanden hatten, lag lediglich ein altes Rätselheft. Seine Neugier trieb ihn weiter ins Schlafzimmer seiner Mutter. Ihm war nicht ganz wohl dabei, ihre Sachen zu durchsuchen, doch er fegte seine Bedenken beiseite. Er musste die Alben finden und er vermutete sie hier. Schließlich entdeckte er ein einziges unter einem Stapel sorgsam gefalteter Bettwäsche. Er nahm es heraus und setzte sich auf die Kante des elterlichen Bettes. Mit zittrigen Händen und einem flauen Gefühl in der Magengegend schlug er die erste Seite auf. Seine Eltern als fröhliches Ehepaar. Ein Foto mit Hochzeitsgästen. Ein weiteres Foto war offensichtlich entfernt worden. Peter blätterte weiter und tauchte bald schon in seine eigene Kindheit ein. Immer wieder jedoch fehlten einige Fotos. Dunkel erinnerte er sich daran, dass an diesem oder jenen Tag auch sein Onkel Helmut zu Besuch gewesen war.

Peter konnte noch nicht genau in Worte fassen, was er gerade dachte, aber was er ahnte, war schlimm genug. Den restlichen Tag verbrachte er wie in Trance. Als seine Mutter abends zurückkehrte, mied er es, ihr in die Augen zu sehen. Er ging zu Mini, statt das Gespräch mit ihr zu suchen. Hatte jemand aus seiner Familie den toten Onkel begraben? Ihn möglicherweise sogar auf dem Gewissen?

Der dritte Tag nach dem grausigen Fund im Wald begann kalt und nebelig. Peter wäre am liebsten im Bett geblieben, doch er musste seine Tiere versorgen. Minis warmer Atem, die Albernheiten seines Esels und die Sanftmut des Ponys taten ihm gut. Und sie erdeten ihn. Er war so mit seiner Fürsorge für sie beschäftigt, dass er erschrak, als ihn seine Mutter plötzlich von hinten ansprach.

»Wenn sich die Nebel nachher gelichtet haben, würde ich gerne mit dir zum Friedhof gehen.«

Sie hatten vor etlichen Jahren das letzte Mal gemeinsam das Grab seines Vaters besucht. Warum gerade heute? Peter konnte sich kaum auf seine Arbeit konzentrieren, was seine Tiere bemerkten, denn auch sie verhielten sich unruhiger als sonst. Peter beschlich eine nie gekannte Angst vor der Enthüllung einer grausamen Wahrheit. Seine Mutter hatte bestimmt vor, sich ihm später anzuvertrauen. Er spürte es, er hoffte und fürchtete es zugleich.

Gegen elf Uhr hatte sich der Nebel verzogen. Peter musste sich noch waschen, bevor er dem Wunsch seiner Mutter nachkam. Als er aus dem Haus trat, stand seine Mutter bereits vor seinem Auto und wartete auf ihn. Heute trug sie einen Blazer in einem gedeckten Pastellton, dazu ihre neuen Sneakers.

»Wir fahren zum Friedhof?« Es sollte wie eine Aussage klingen, doch seine kraftlose Stimme ließ es wie eine Frage wirken.

»Bitte«, antwortete seine Mutter nur und stieg in den SUV. Peter hatte ihn im letzten Jahr gebraucht gekauft, nachdem sein alter Range Rover, eigentlich der seines Vaters, nicht mehr durch den TÜV gekommen war.

Bis zum Friedhof, der sich nördlich von Lommersdorf befand, redeten sie kaum ein Wort miteinander. Wobei Peter feststellen musste, dass seine Mutter deutlich besser gelaunt zu sein schien als er.

»Ich würde gerne in der Kirche eine Kerze anzünden«, sagte seine Mutter beinahe fröhlich.

Dass seine Mutter gerade jetzt darauf Wert legte, wunderte ihn. Sie hatte sich in all den Jahren nicht durch eine übergroße Gläubigkeit hervorgetan. Eine kirchliche Messe hatte sie schon lange keine mehr besucht.

»Wir kommen aber nicht direkt daran vorbei«, gab Peter zu bedenken.

»Dann fahr hin«, sagte seine Mutter in einem bestimmten Ton, der ihn verwunderte.

Peter brachte den Wagen wunschgemäß vor der Kirche St. Philippus und Jakobus zum Stehen, die sich mitten im Ortskern befand.

»Kommst du nicht mit?«, fragte seine Mutter, während sie die Autotür öffnete.

»Geh du allein!«, sagte Peter.

Statt etwas zu erwidern, stieg seine Mutter aus und ließ die Beifahrertür einfach offen stehen.

Peter blickte seiner Mutter hinterher. Als sie im Innern der Kirche verschwunden war, zog er die Autotür von innen zu. Es dauerte nicht lange, bis seine Mutter wieder zurückkehrte.

»Das war wichtig«, sagte seine Mutter beim Einsteigen.

Peter traute sich nicht, nach dem Grund zu fragen. Er fühlte sich wie ein Kind, eingeschüchtert von den Eltern, ihrem Wissen, ihren Geheimnissen. Peter war über vierzig, aber jetzt war er der kleine Peter. Er ärgerte sich, dass er sich seit dem Knochenfund im Wald nicht mit seiner Schwester besprochen hatte. Aber sie war ihm in ihrer städtischen Welt, mit der perfekten Familie, dem perfekten Job, zu fremd geworden. Dass er diese Situation nun allein durchstehen musste, lastete er ihr trotzdem an. Denn sie hatte die Familie, die nun nur noch aus ihm und seiner Mutter bestand, im Stich gelassen. Hatte ihn in dem Eifeldorf zurückgelassen. Er startete den Motor und fuhr durch die engen Straßen in Richtung Friedhof.

Nachdem er den Wagen geparkt hatte, stieg er aus. Er zögerte eine Weile, dann ging er um das Auto herum und hielt seiner Mutter die Tür auf. Diese blieb einfach sitzen.

»Kommst du?«, fragte er. Sie antwortete nicht, sondern starrte durch die Windschutzscheibe nach draußen.

»Hast du es dir anders überlegt?«, fragte Peter. Seine Worte klangen härter, als er es beabsichtigt hatte.

»Würdest du mit mir erst zum Eifelblick laufen? Und danach gehen wir zum Friedhof«, fragte sie, als sie schließlich ihren Körper doch noch aus dem Sitz hob.

»Wie du möchtest«, antwortete Peter. Er war schon ewig nicht mehr hier gewesen. Der fünfhundertdreiunddreißig Meter über dem Meeresspiegel gelegene Aussichtspunkt erlaubte Ausblicke auf einige Eifelberge. Manchmal konnte man sogar die Tribünen des Nürburgrings in der Ferne ausmachen.

Peter hatte gehofft, dass seine Mutter am Grab des Vaters nun endlich mit ihm reden würde, aber offensichtlich war sie noch nicht so weit. Oder sie würde ihm während des kurzen Spazierganges die Zusammenhänge erklären. Welche Zusammenhänge auch immer. Jedenfalls war Peter mittlerweile davon überzeugt, dass er das Grab seines Onkels gefunden hatte. Und dass seine Mutter das ebenfalls annahm, ohne seines Wissens nach bereits mit der Polizei oder den Kommissaren gesprochen zu haben.

Sie liefen durch Felder und orientierten sich an dem weithin sichtbaren Friedenskreuz, das 1945 errichtet worden war. Sie kamen in wenigen Minuten an. Ringsum lag die liebliche Eifellandschaft.

»Schau hier«, sagte seine Mutter. »Auf der Tafel wird alles erklärt. Alles, was man von hier oben sieht.«

Sie war hierhergelaufen, um mit ihm die Aussicht zu genießen? Seine Mutter gab ihm Rätsel auf.

Nach und nach las sie die einzelnen Punkte vor: »Die Nürburg, der Nürburgring, Kelberg, Boxberg, Eselsberg, Ernstberg. Dann da drüben Dollendorf, Schloßthal mit dem Finger Gottes, Hüngersdorf, Ripsdorf, der Stromberg, der Freilinger See …«

»Mama. Ich kenne diese Orte. Alle. Warum stehen wir jetzt hier?«

»Du hast recht, mein Junge. Es ist alles nicht ganz einfach für mich. Ich muss meine Gedanken nur noch ein wenig sortieren.« Sie seufzte und blickte in die Ferne.

»Lass uns zum Friedhof gehen«, sagte sie schließlich und ging behände, ja entschlossen voran.

»Hatte ich dir eigentlich ausgerichtet, dass die Kriminalpolizei mit dir sprechen wollte?«, fragte Peter, als sie auf den Friedhof traten.

Seine Mutter hielt in der Bewegung inne. »Was wollten sie?«

»Sie fragten nur nach Onkel Helmut.«

Der Blick seiner Mutter verdunkelte sich.

Wortlos schritt sie weiter bis zum Grab seines Vaters. Sie musste erst kürzlich hier gewesen sein und es gepflegt haben, dachte Peter, während er die sauber gezupften Blumen betrachtete. Einzelne Wassertropfen, die der Nebel von heute Morgen hinterlassen hatten, glitzerten in der Sonne.

Seine Mutter bückte sich, tat so, als würde sie ein welkes Blütenblatt entfernen. Dann erhob sie sich wieder und trat einen Schritt zurück.

»Ich werde wohl nun die Wahrheit sagen müssen.« Ihre Stimme wirkte mit einem Mal kraftlos.

Peter gingen so viele Gedanken durch den Kopf. Er sagte jedoch nichts.

»Dein Onkel ist also wohl tatsächlich tot«, fing sie an.

»Meinst du, er ist wirklich der Tote im Wald?«, fragte Peter.

Sie hatten doch gar keine offizielle Bestätigung erhalten.

»Ja.«

»Wurde er, wurde er umgebracht?«, fragte Peter. Jetzt hatte er seine Befürchtung ausgesprochen.

Seine Mutter antwortete nicht.

»Mama!«

»Wo soll ich anfangen?«

»Am besten am Anfang«, sagte Peter. Er merkte selbst, wie abwertend seine Bemerkung klang.

Ein kalter Windhauch zog über die Ebene. Es schien so, als würde der Nebel wieder zurückkehren. Die Sonne verdunkelte sich.

»Dein Onkel war ein böser Mensch. Er kam mir zu nahe. Sehr oft …«

Hatte er seine Mutter vergewaltigt? Peter fiel es schwer, diesen Gedanken überhaupt zuzulassen. Er konnte sie nicht direkt fragen. Sie war doch seine Mutter! Aber so langsam begriff er und konnte das, was er als Kind beobachtet hatte, einordnen: die Blicke, die Onkel Helmut seiner Mutter immer zugeworfen hatte, die Bemerkungen, wenn er getrunken hatte, die Streitereien mit Peters Vater.

»Dein Vater und er haben sich eines Abends ganz furchtbar gestritten. Es war schlimmer als sonst. Ich bekam so große Angst, dass ich mich im Schuppen bei den Tieren versteckt habe.«

»Aber wo waren wir Kinder denn da?«

Seine Mutter überlegte. »Es war im Sommer. Ihr wart im Zeltlager. Und dein Vater war an dem Tag lange auf dem Feld gewesen. Dein Onkel trieb sich immer bei uns herum. Und dann … Als dein Vater kam, und deinen Onkel so sah, wurde er so wütend …« Peters Mutter konnte nicht weiterreden.

Es wurde immer kälter. Die Luft immer feuchter.

»Mama, was ist passiert?« Peter musste nun die ganze Wahrheit erfahren.

»Ich weiß es nicht.«

»Wie, du weißt es nicht?«

»Ich blieb die ganze Nacht im Stall. Ich hörte, wie das Auto deines Vaters wegfuhr. Ich traute mich heraus, bemerkte, dass auch das Fahrrad deines Onkels, so ein angeberisches Rennrad, verschwunden war. Aber ich konnte nicht ins Haus gehen und legte mich ins Heu zum Schlafen. Mitten in der Nacht nahm ich wahr, dass dein Vater zurückkehrte, aber ich schlief wieder ein. Danach kam dein Onkel nie wieder zu uns.«

Peter konnte nur ahnen, was vorgefallen war.

»Habt ihr nie darüber gesprochen, Papa und du?«

Seine Mutter schüttelte den Kopf.

»Und wieso hast du dich nun so verändert?«

»Du meinst, meine Kleidung, der Friseurbesuch?«

Ja, warum? Das ergab doch keinen Sinn.

»Schau. Peter. Ich hatte Angst vor deinem Onkel. Sehr große Angst. Die Ehe mit deinem Vater bestand seit diesem Tag nur noch auf dem Papier.«

»Hat Papa Onkel Helmut ermordet?«, fragte Peter geradeheraus.

»Ich weiß nicht, was an dem Abend genau geschehen ist. Ich dachte lange, sie hätten sich zerstritten. Ich dachte auch, deinen Onkel noch einige Male danach gesehen zu haben. Ich spürte, dass er mich beobachtete. Beim Einkaufen, beim Spazierengehen …«

»Bist du deshalb so selten allein weggefahren?«

Seine Mutter nickte.

»Und als dein Vater im Sterben lag, sagte er etwas zu

mir, das mich hoffen ließ. Das mich hoffen ließ, dass mich Helmut nie wieder belästigen würde.«

»Was?«

»Helmut liegt im Wald, hat dein Vater gesagt. Aber ich wusste nicht, ob er fantasierte, denn er bekam zu der Zeit ja schon sehr starke Medikamente.«

Allmählich begann Peter zu begreifen, wie es seiner Mutter während all der Jahre gegangen war. Ihre Angst vor dem Onkel musste unermesslich groß gewesen sein. Als man im Aremberger Wald eine Leiche fand, hatte sie vermutlich Hoffnung geschöpft, dass Onkel Helmut tatsächlich tot sei. Und dann war diese Hoffnung auf Freiheit sehr schnell wieder gestorben.

»Dein Vater hatte von einem Findling gestammelt, an dem man den Ort erkennen könnte. Und dann sprachst du davon, wie und wo du die Knochen gefunden hast.«

»Wir müssen abwarten, was die Polizei herausfindet.«

»Ja, das müssen wir. Aber ich bin mir sicher, dass ich nun vor diesem Mann sicher bin.«

Seine Mutter wirkte einerseits sehr verletzlich, andererseits sehr entschlossen. Zum ersten Mal seit Jahren nahm Peter sie in die Arme.

»Alles wird gut, Mama.«

Die Nebelschwaden, die eben noch den Friedhof in ein unwirkliches Licht getaucht hatten, ließen die Sonne erahnen.

*

Mehr zu dem Fall in Aremberg finden Sie in Karin Joachims Krimi »Johannisglut« aus der Reihe mit der Tatortfotografin Jana Vogt und Hauptkommissar Clemens Wieland.

MARIENSTEINE

Auf ihrem Küchentisch lag ein Flyer mit einer Ausstellungsankündigung, den sie aus ihrem Briefkasten gefischt hatte. »Kunst in der Scheune – 19. bis 21. Juni 1992« stand darauf. Sandra Weiß hatte noch keine Zeit gefunden, sich näher damit zu befassen, denn sie war damit beschäftigt, alles für ein einfaches Mittagessen vorzubereiten. Sie wollte damit fertig sein, wenn Janine, ihre zwölfjährige Tochter, gleich aus der Schule kam. Allzu lange konnte es nicht mehr dauern, denn ihr Chef hatte sie heute erneut, wie so oft in der letzten Zeit, nicht pünktlich gehen lassen. Immer wieder hatte ihr der Anwalt in Adenau, bei dem sie halbtags arbeitete, Änderungswünsche für einen Schriftsatz aufgetragen. Hatte sie es anfangs noch für eine Marotte gehalten, dass er immer wieder etwas fand, das es zu verbessern galt, so machte sie seine Unkonzentriertheit und seine Pedanterie mittlerweile rasend.

Sandra war gerade dabei, den Teig glatt zu rühren, als sie hörte, wie der Haustürschlüssel umgedreht wurde. Kurz darauf kam ihre Tochter herein.

»Gibt es heute gar nichts zu essen?«, fragte die Zwölfjährige enttäuscht, während sie ihren Ranzen in die Ecke im Flur fallen ließ. Sie war es gewohnt, dass es beim Nachhausekommen im Flur bereits lecker duftete.

»Hallo, Janine«, sagte Sandra und blickte ihre Tochter an. »Wie war es in der Schule?«

»Geht so«, murmelte Janine. »Was ist nun mit dem Essen? Ich habe einen Riesenhunger.«

»Es gibt Pfannkuchen.« Pfannkuchen gingen immer, und selbst gemachtes Apfelmus war noch reichlich vorhanden.

Das Mittagessen verlief wie gewöhnlich. Janine hatte nicht viel Lust zu reden, und Sandra war froh, dass sie zum ersten Mal an diesem Tag ein wenig Zeit fand, sich auszuruhen. Sie hatte noch vor der Arbeit die Handtücher der Ferienwohnungen in die Waschmaschine gelegt und die Fenster geputzt.

Nachdem Janine und Sandra die Küche aufgeräumt hatten, verschwand Janine in ihrem Zimmer unter dem Dach, um die Hausaufgaben zu erledigen. Sandra fragte sich, wie ihre Tochter sich bei dem Dröhnen der Bässe aus der Musikanlage konzentrieren konnte, doch sie intervenierte nicht. Janines schulische Leistungen bewegten sich im oberen Mittelfeld, was für sie in Ordnung war. Am liebsten hätte sich Sandra noch weiter ausgeruht, aber ihr fiel ein, dass sie sich noch um die Wäsche kümmern musste. Danach ging sie in den Garten, den sie für die Gäste ein wenig herrichten musste. Sie mochte es zwar natürlich, doch zu viel Natur wirkte oftmals ungepflegt und unordentlich. Sandra lebte in ihrem Elternhaus, einem ehemaligen Hof zwischen Müsch und Antweiler in Sichtweite der Ahr. Nach dem Tod der Großeltern, der Eltern von Sandras Mutter, waren die Landwirtschaft aufgegeben und einige geschmackvolle Ferienwohnungen in dem weitläufigen Gebäudekomplex eingerichtet worden. Als die Kräfte von Sandras Eltern allmählich weniger wurden, hatten sie sich zurückgezogen und waren nach Mallorca ausgewandert. Nachdem Sandras Ehe vor einer Weile in die Brüche gegangen war, lebte sie nun allein hier und organisierte die Vermietung der Ferienwohnungen nach anfänglicher Sorge vor Überarbeitung nun engagiert weiter. Ihr ging es gut damit. Ihre Tochter Janine wurde immer selbstständiger. Während Sandra Unkraut zwischen den Gemüsepflanzen entfernte, dachte sie an ihre eigene unbeschwerte Kindheit. Die meisten Stunden ihrer Freizeit hatte sie an und in der Ahr verbracht. Diese Sorglosigkeit hatte jedoch ein jähes Ende genommen, nachdem ihr jüngerer Bruder Benni plötzlich verstorben war. In der Familie war für mehrere Jahrzehnte die Traurigkeit eingezogen. Außer wenn Gäste zu Hause waren, dann huschte ihren Eltern schon einmal ein Lächeln über die Lippen. Sandra hatte den Tod ihres jüngeren Bruders einigermaßen gut verkraftet und schämte sich manchmal dafür, was zur Folge hatte, dass sie, je älter sie wurde, immer mehr Abstand zum Haus an der Ahr suchte. Als die Entscheidung der Eltern anstand, den Hof an einen Fremden zu verkaufen, hatten sich Sandra und ihr Mann, die damals frisch verheiratet waren, dazu entschlossen, den Betrieb weiterzuführen.

Als Sandra ins Haus zurückkehrte, um sich die Hände zu waschen und nach Janine zu sehen, warf sie einen Blick auf den Flyer, dem sie vorhin keine Beachtung geschenkt hatte. Mit der regulären Briefpost war er offensichtlich nicht in den Briefkasten gelangt, denn diese wurde gerade erst von einem gut gelaunten Zusteller eingeworfen. Sandra winkte ihm vom Fenster aus zu, holte dann die Post herein, sortierte die Briefe nach ihrer Wichtigkeit, öffnete die Rechnungen als Erstes und machte sich danach zur Beruhigung erst einmal einen Tee. Sie musste die Preise für die Ferienwohnungen erhöhen, wenn das mit der Teuerung so weiterging. Zur Ablenkung widmete sie sich schließlich der Ausstellungsankündigung. Sie fragte sich, ob eine Kunstausstellung an diesem Ort überhaupt genügend Publikum erreichen würde. Aber warum eigentlich nicht? Es fuhren so viele Touristen am Fluss entlang, die möglicherweise das Angebot gerne wahrnahmen, um mehr als nur Natur und Landschaft zu genießen. Drei Künstler, eine Frau und zwei Männer, würden ihre Werke unter dem Motto »An der Ahr« ausstellen. Die Namen sagten ihr nichts. Offensichtlich niemand aus der näheren Umgebung. Die hiesigen Künstler kannte sie, weil sie sich für Kunst interessierte, immerhin hatte sie vorgehabt, Kunst zu studieren, sich dann aber auf Anraten ihrer Eltern für eine Ausbildung zur Rechtsanwaltsgehilfin entschieden. Und dann hatte sie auch schon ihren Exmann kennengelernt.

Ihr wurde mit einem Mal bewusst, dass sie sich in ihrem Leben immer nur nach dem Willen anderer entschieden hatte. Warum hatte sie sich nicht durchgesetzt und wirklich Kunst studiert? Sie blickte auf den Flyer, fand, dass sie an diesem Wochenende keine Zeit für eine

Ausstellung haben würde, schließlich hatte sie Verantwortung für den elterlichen Hof, den sie für Touristen attraktiver würde machen müssen, um einen höheren Preis verlangen zu können. Darum würde sie sich kümmern. Also warf sie den Prospekt in den Mülleimer.

Sandra hatte den ganzen Nachmittag im Haushalt gearbeitet und sich Gedanken über die Ferienwohnungen und deren Vermarktung gemacht. Der Anruf ihrer Freundin Nicole, die sie vor vielen Jahren im Karnevalsverein kennengelernt hatte, passte ihr eigentlich nicht wirklich, doch schließlich hatte sie sich überreden lassen, auf ein Weinchen bei ihr vorbeizukommen. Der Fernsehabend, auf den sie sich gefreut hatte, war plötzlich nicht mehr wichtig. Janine war in ihrem Zimmer und hörte Musik. Sandra konnte ihre Tochter getrost für eine Weile allein lassen.

Sie saßen gemütlich zusammen, als Nicole ihr die aktuelle Tageszeitung hinschob.

»Das sollten wir uns nicht entgehen lassen«, sagte sie und zeigte auf einen Bericht im Lokalteil.

Sandra las die ersten Zeilen. Offensichtlich entkam sie der Ausstellung doch nicht. Der kurze Vorbericht jedenfalls war voll des Lobes für die ausgestellten Kunstwerke und die besondere Location.

Noch zögerte Sandra, doch Nicole blieb beharrlich. »Komm schon! Mal was anderes!«, sagte Nicole und zupfte ihrer Freundin dabei am Ärmel.

Also ließ sich Sandra zum zweiten Mal an diesem Tag überreden und vereinbarte einen Ausstellungsbesuch für den kommenden Tag, einen Samstag. Eine wirkliche Ausrede hatte sie nicht, denn Janine hatte keine Schule und würde das Wochenende bei ihrem Vater verbringen. Die Ferienwohnung würde Sandra ohnehin am Vormittag herrichten. Die Gäste hatten sich erst für den frühen Abend angekündigt. Es blieb also genügend Zeit für den Besuch der Ausstellung. Allzu lange würde es sicher nicht dauern, sich die Kunstwerke in der Scheune anzusehen.

Die beiden Frauen hatten sich vor der Scheune in Müsch verabredet. Sandra war mit dem Auto gefahren, weil sie noch einige Besorgungen in Adenau zu erledigen hatte, bevor die Geschäfte schlossen. Nicole traf kurz nach ihr mit dem Fahrrad ein. Erst sah es so aus, als sei niemand da, denn das Tor war verschlossen. Fragend schauten Sandra und Nicole einander an. Doch als Nicole die Türklinke herunterdrückte, merkte sie, dass diese nachgab.

Drinnen war es dunkel. Nur durch den Türspalt und ein kleines Seitenfenster drang ein wenig Licht hinein.

»Hallo, ist hier jemand?«, fragte Nicole in den Raum.

»Einen Moment!« Von weiter hinten erreichte sie eine männliche Stimme.

»Wir haben uns doch nicht in der Uhrzeit geirrt?«, fragte Sandra leise.

»Warum flüsterst du?«, fragte Nicole.

»Keine Ahnung«, antwortete Sandra.

In diesem Augenblick flammten in der Scheune einige Punktstrahler auf.

Der Mann näherte sich dem Scheunentor. Er hatte

braune, halblange Haare und trug ein Hemd und eine Hose in dunklen Farben.

»Entschuldigen Sie. Ich bin heute etwas zu spät dran. Wir waren gestern noch bei der Eröffnung der Kunst- und Ausstellungshalle in Bonn. Was für eine Architektur.« Er kam ins Schwärmen, während er das Tor öffnete. Nachdem es eingerastet war, holte er einen Aufsteller aus einer Ecke und brachte ihn nach draußen.

»Ladys, treten Sie ein!«, sagte er mit einer einladenden Geste. Irgendwie gefiel Sandra der Mann auf Anhieb.

»Kostet es Eintritt?«, fragte sie schüchtern, was sonst gar nicht ihre Art war.

Der Mann schüttelte den Kopf. »Schauen Sie sich gerne um.«

»Welches sind denn Ihre Werke?«, wollte Sandra wissen.

»Die Skulpturen aus Fundstücken vom Ahrufer.«

»Ah, dann sind Sie Carlos?«, stellte Nicole fest, die vorangegangen war und eine Anhäufung von Steinen, Holzstücken und Plastikteilen betrachtete, die mit viel Fantasie eine menschliche Gestalt darstellte.

Nicole zwinkerte Sandra zu. Sandra vermochte dieses Zwinkern zu deuten. Ihr hingegen gefielen das Arrangement und die dahinterstehende Idee auf Anhieb. Denn die Plastikteile bildeten den mutmaßlichen Kopfbereich der Skulptur. Der Mensch hatte nur noch das Künstliche im Kopf, dachte sie. Als sie zu Carlos hinüberblickte, der sich hinter einen Tisch im Eingangsbereich zurückgezogen hatte, merkte sie, dass er sie beobachtete. Er lächelte sie an. Sie lächelte zurück.

»Schau mal, hier!«, rief Nicole. Sie stand vor einer Staffelei mit hinter dem Rücken verschränkten Armen.

Sandra kam näher und blickte über Nicoles Schulter. Sie erkannte auf dem Acrylbild sogleich das Ortsbild von Rech mit seiner alten Steinbrücke im Vordergrund und dem Kirchturm im Hintergrund. Obwohl sie die Maltechnik ein wenig zu naiv fand, gefielen ihr die fröhlichen Farben.

»Das ist ein Gemälde von meinem Kumpel Andreas«, sagte Carlos, der die beiden Frauen mit einem Lächeln beobachtete. »Er hat das alles organisiert. Die Ausstellung genau auf das Wochenende gelegt, an dem in Bonn die Kunst- und Ausstellungshalle eröffnet wird. Wir kennen uns vom Studium in Frankfurt, heute wohnt er wieder in seiner Heimatstadt.«

Während Carlos sprach, hatte Sandra sich zu ihm umgedreht. Jetzt las sie, was auf dem Schild neben der Staffelei stand. Andreas Frank hieß der Künstler aus Adenau. Sein Name kam ihr bekannt vor. Vielleicht hatte er einmal mit der Kanzlei, in der sie arbeitete, zu tun gehabt.

Während sie noch überlegte, wanderte ihr Blick durch die Scheune und blieb an mehreren Gemälden hängen, die an den Wänden befestigt waren. Sie bestanden allesamt aus blauen Farbflächen in verschiedenen Schattierungen. Beim näheren Betrachten fielen Sandra kleinere Unregelmäßigkeiten im Farbauftrag auf, die sie an Luftblasen erinnerten. Die Bilder trugen alle den Titel »Marienstein«, dem jeweils eine Nummer beigefügt war: »Marienstein 1«, »Marienstein 2« und so weiter.

Ohne dass Sandra wusste, warum, machte sich in ihrem Magen ein unangenehmes Ziehen bemerkbar. Die Bilder lösten etwas in ihr aus. Sie spürte, dass ihr Anblick an etwas anknüpfte, das sich weit hinten in ihrer Erinnerung vergraben hatte. Etwas, das ihr körperliche und seelische Schmerzen bereitete. Es waren doch nur Gemälde, versuchte sie sich zu beruhigen.

»Ich wusste nicht, was Mariensteine sind, bis es mir Gaby erklärte.« Ohne dass sie es bemerkt hatte, war Carlos zu ihr getreten.

»Die kennt doch jeder hier an der Ahr«, mischte sich Nicole ein. »Das sind Überreste aus der Eisenverhüttung an der Ahr.«

»Ja, ich kenne das Ahrtal kaum«, gab Carlos zu bedenken.

»Ach, so«, sagte Nicole und ließ die beiden allein.

»Und wegen der bläulichen Färbung nennt man sie Mariensteine«, referierte Carlos sein offensichtlich erst kürzlich erworbenes Wissen.

»Ja, weil Blau die Farbe der Muttergottes ist«, ergänzte Sandra beiläufig. In Gedanken war sie ganz woanders.

»Sagtest du, dass die Künstlerin Gaby heißt?«, fragte Sandra.

»Ja, Gabriele Enz. Ich habe sie ebenfalls in Frankfurt kennengelernt. Sie kommt von da.«

Sandra musste plötzlich an eine Freundin aus Kindertagen denken, die mit ihren Eltern Feriengäste bei ihnen gewesen waren. Gaby hatte sie geheißen, aber an ihren Nachnamen erinnerte sie sich nicht mehr. Selbst wenn sie es täte, möglicherweise hatte sie geheiratet oder führte heute einen Künstlernamen. Sandra jedoch hegte keinen Zweifel daran, dass die Familie, an die sie gerade dachte, aus Frankfurt angereist war. Sie hatte sogar noch das Nummernschild ihres Wagens vor Augen. Eine weitere Erinnerung bahnte sich den Weg zurück ins Bewusstsein: Gaby war damals völlig fasziniert von den blauen Steinen gewesen, die das Wasser der Ahr über die Zeiten zu kleinen Kunstwerken geschliffen hatte. Das Ziehen in Sandras Magen verstärkte sich. Sie erinnerte sich an Gaby und deren Eltern, die einst bei ihnen zu Gast gewesen waren – und an Bennis Tod. Bennis schrecklichen Unfalltod.

»Du bist auf einmal so blass«, hörte sie Nicole sagen.

In ihren Ohren rauschte das Blut. Wenn sie nicht sofort nach draußen an die Luft ging, würde sie umkippen.

»Entschuldigt bitte«, murmelte sie und verließ die Scheune. Vor dem Gebäude atmete sie mehrere Male tief ein und wieder aus. Die Sonne lachte vom Himmel. Sandra widerstand dem Drang, auf der Stelle nach Hause zu fahren. Stattdessen kehrte sie in die Scheune zurück, um durch Carlos mehr über die Künstlerin herauszufinden.

»Sie kommt morgen hierher«, sagte dieser, bevor er sich einem älteren Paar widmete, das gerade die Scheune betrat.

Das bedeutete für Sandra, dass sie sich schneller, als ihr lieb war, der Vergangenheit stellen konnte, die mit ihrem toten Bruder Benni zu tun hatte. Noch haderte sie mit sich, ob sie sich das antun sollte.

Während der Nacht hatte sich Sandra mehrfach hin und her gewälzt und kaum Schlaf gefunden. Das hatte daran gelegen, dass sie verzweifelt versucht hatte, die Ereignisse des fatalen Tages vor vielen Jahren zu rekonstruieren, als Gaby und ihre Familie damals zu Besuch gewesen waren. Doch ihre Erinnerung kehrte nur in Bruchstücken zurück, die ihr dazu auch noch Schmerzen bereitete, weil Sandra viele Jahre danach noch Schuldgefühle geplagt hatten, da man ihr eine Mitschuld an Bennis Tod eingeredet hatte. »Du hast nicht gut genug auf ihn aufgepasst!« Wie oft hatten ihre Eltern ihr das vorgeworfen? So lange, bis sie es selbst geglaubt hatte. Sie hatte völlig verdrängt, dass sie sich damals mit ihrem Bruder nicht allein an der Ahr aufgehalten hatte. Das Bild jenes fatalen Nachmittags jedoch erschien nicht mehr in voller Schärfe vor ihrem inneren Auge.

Mit dem ersten Morgenlicht stand sie auf und ging in den Keller, um die alten Gästebücher hervorzukramen. In die alten Kartons war Feuchtigkeit eingedrungen. Einige der zahlreichen Kladden befanden sich in einem desolaten Zustand. Sie waren stockfleckig und fühlten sich klamm an. Ein muffiger Geruch stach ihr in der Nase. Sandra suchte nach einem ganz bestimmten Buch und wurde schließlich fündig. Ausgerechnet die Seiten, die sie für relevant erachtete, klebten zusammen. Sandra ging zur nebenan gelegenen kleinen Werkstatt ihres Vaters und holte ein Messer, mit dem sie die Blätter vorsichtig voneinander löste. Endlich fand sie den entsprechenden Eintrag. »Familie Enz aus Frankfurt«. Der Tag ihrer Ankunft lag am Samstag vor dem

Todestag ihres Bruders. Ein Hinweis auf das Datum ihrer Abreise jedoch fehlte. Ihre Eltern hatten es offensichtlich nicht eingetragen. Die ersten Gäste nach dem schrecklichen Unfall hatten sie dann erst wieder im folgenden Jahr aufgenommen.

Sandra war damals zwölf Jahre alt gewesen. Benni bei seinem Tod gerade einmal acht. In der Familie war über die genauen Ereignisse beharrlich geschwiegen worden. Sandras Erinnerung reichte nur bis zu jenem Moment, an dem sie schreiend ins Haus gelaufen war, weil sie Benni tot am Ahrufer aufgefunden hatte. Ziehende Kopfschmerzen machten sich bemerkbar, weshalb sie sich an der Kellerwand abstützen musste. Jetzt bloß kein Migräneanfall! Es gelang ihr, sich zu beruhigen. Nachdem sie sich wieder gefangen hatte, nahm sie das Gästebuch mit nach oben und legte sich für eine Weile mit einem feuchten Tuch auf der Stirn aufs Sofa. Sie war froh, dass sie gerade Zeit für sich allein hatte, weil Janine heute bei ihrem Vater übernachtet hatte. Sie döste weg und schreckte mit einem Bild vor ihrem inneren Auge hoch: Gaby kniete am Ahrufer. Beugte sich über etwas, über jemanden. Es war Benni. Hatte sie sich da gerade etwas zusammengereimt, oder kehrte ihre Erinnerung zurück? Sie hatte immer vermutet, dass Gaby etwas mit dem Tod ihres Bruders zu tun gehabt hatte. Nur was? Sandras Magen rebellierte, sie sprang auf und schaffte es gerade noch rechtzeitig auf die Toilette. Als sie sich wenig später im Spiegel betrachtete, blickte ihr ein graues, erschöpftes Gesicht entgegen. Es würde ein anstrengender Weg werden, doch sie nahm sich vor, ihr Vorhaben in die Tat umzusetzen und Gaby in der Scheune zu besuchen.

Sandra hatte sich geduscht und geschminkt und auch etwas gefrühstückt. Sie sah nun wieder passabel aus. Bis die Ausstellung in der Scheune öffnete, hatte sie noch ein wenig Zeit. Diese nutzte sie, um all das, was ihr über den schrecklichen Tag, an dem Benni starb, mittlerweile bekannt war, Revue passieren zu lassen. Da war diese Erinnerung an Gaby, wie sie sich über Benni beugte. Was hatte sie in diesem Moment getan? Sandra dachte an ihre gemeinsamen Ferientage, daran, wie sie und Gaby am Ahrufer Mariensteine gesucht hatten. Manchmal hatte sie Benni begleitet oder war plötzlich bei ihnen aufgetaucht. Es hatte zwischen den Kindern keine Reibereien gegeben, nur die üblichen Neckereien. Aber warum hatten Sandras Eltern dann immer wieder betont, dass Gaby und ihre Eltern niemals mehr wieder bei ihnen Urlaub machen dürften? Sie überlegte, ob man damals überhaupt in Erwägung gezogen hatte, Bennis Todesumständen nachzugehen. Alle hatten von einem tragischen Unfall gesprochen, aber war das die Wahrheit? Polizeiliche Ermittlungen hatte es Sandras Wissens nicht gegeben, oder hatten ihre Eltern sie darüber nur in Unkenntnis gelassen? Woran war Benni überhaupt gestorben? Was hatte man ihr damals erzählt? Es war von einer Wunde am Hinterkopf die Rede gewesen. War Benni nur unglücklich gestürzt, weil er auf einem nassen Stein ausgerutscht war, oder hatte ihm jemand einen Schlag verpasst? Aber wer könnte so etwas getan haben, und vor allem, aus welchem Grund? Gaby, die zwei oder drei Jahre älter als Sandra war, wusste bestimmt mehr. Wenn es sich bei der Künstlerin denn wirklich um ihre Freundin von damals handelte. Noch war das keinesfalls ausgemacht. Sandra blickte auf die Uhr. Es war Zeit, aufzubrechen. Da erreichte sie erneut ein Bild aus der Vergangenheit. Im Flur, wo sie jetzt stand, hatte sie damals die Abreise der Familie Enz durch die offen stehende Haustür beobachtet. Gaby hatte hinten im Wagen gesessen. Sandra versuchte, sich ihr Gesicht vorzustellen, aber es gelang ihr nicht. Auch die Gesichter von Gabys Eltern wollten sich nicht mehr zusammensetzen. Aber neben Sandra weinte ihre Mutter. Wo war damals ihr Vater? Sandra blickte sich im leeren Flur um, so als würde er dort auftauchen. Eine seltsame Beklemmung übermannte sie. Das Bild in ihrem Kopf vervollständigte sich. Die Jahrzehnte hatten es nicht geschafft, die Erinnerungen gänzlich auszulöschen. Aber noch fehlten entscheidende Informationen.

Sandras Herz pochte schneller, als sie auf die Scheune zulief. Auch ihr Magen schmerzte, immerhin waren die Kopfschmerzen weg. Heute stand das Tor weit offen, und der Aufsteller befand sich an seinem Platz. Wie sollte sie auf Gaby zugehen? Hatte sie überhaupt den Weg nach Müsch angetreten, so wie es Carlos angekündigt hatte? Sandras Schritte verlangsamten sich, doch sie blieb bei ihrem Vorhaben und betrat die Scheune, wenn auch recht zögerlich. Direkt am Eingang stand sie: Gabriele Enz, die Künstlerin. Auch wenn sie eine erwachsene Frau geworden war, so erkannte sie in ihr die Freundin aus Kindertagen zweifelsfrei wieder. Es waren die Augen, das Grübchen auf einer Seite ihres Gesichts.

»Du bist Sandra Weiß«, hörte sie Gaby sagen.

»Ja«, antwortete Sandra.

»Es ist gut, dass du gekommen bist. Du hast den Flyer also gefunden.«

Sandra verstand für einen Augenblick nicht, was gemeint war.

»Ach, du hast ihn mir in den Briefkasten geworfen?«

Gaby nickte. Sandra fand keine Worte mehr und blickte sich stattdessen um. Sie waren allein. Die Bilder in ihrem Kopf wurden übermächtig. Ein Film mit vielen bekannten Gesichtern lief plötzlich vor ihrem inneren Auge ab: Ihre Mutter, ihr Vater, Gaby, Gabys Mutter, Gabys Vater, Benni. Der tote Benni. Sie erinnerte sich wieder an den Anblick. Sie sah sein Gesicht. Das Gesicht ihres toten Bruders. Und dann Gaby, die über Benni hockte und seinen Kopf unter Wasser drückte.

Sandra musste sich an einem Pfeiler festhalten. Gaby eilte zu ihr.

»Möchtest du ein Glas Wasser?«

Sandra schüttelte den Kopf.

»Nein, es geht schon«, murmelte sie. »Warum hast du mich eigentlich nicht direkt kontaktiert? Du wolltest ja offensichtlich, dass ich zur Ausstellungsbesichtigung komme. Oder war das gar nicht beabsichtigt und du hast den Flyer eben auch in unseren Briefkasten gesteckt?«

»Ich würde gerne später mit dir reden«, sagte Gaby leise, ohne auf Sandras Bemerkungen einzugehen. »Nachher kommt auch noch Andreas aus Koblenz. Wir wollen heute Abend die Kunstwerke wieder mitnehmen. Wollen wir uns gegen fünfzehn Uhr treffen, bevor wir hier abbauen?«

Sandra war unschlüssig, ob sie der Bitte nachkommen sollte, denn sie hatte das Bild einer Mörderin vor Augen. Sie wusste schlichtweg nicht, wie sie die Erinnerung mit der Realität in Einklang bringen sollte. War es sinnvoll, sich mit dieser Person zu treffen? Der Wunsch, die Wahrheit zu erfahren, war übermächtig, und so sagte sie trotz aller Bedenken zu. Nicht nur das, sie schlug auch jenen Ort an der Ahr als Treffpunkt vor, an dem sie damals die Mariensteine gesucht und auch gefunden hatten. Und an dem Benni gestorben war.

Gabys Blick verdunkelte sich. »Dort? Meinst du, dass es eine gute Idee ist?«

»Du hast mir doch deshalb den Flyer zukommen lassen, oder? Damit wir über die Vergangenheit reden, oder nicht?« Sandras Stimme klang harsch. Sie erschrak selbst darüber.

»Ja, schon«, antwortete Gaby kleinlaut. »Aber ich dachte, wir treffen uns in einem Café …«

»In der Öffentlichkeit, wo alle mithören können?«, brummte Sandra. Sie wandte sich zum Gehen.

»Also an der Ahr«, sagte sie in der Tür.

Vom Küchenfenster aus sah Sandra in einiger Entfernung einen Wagen fahren, der auf dem nahe gelegenen

Wirtschaftsweg anhielt, und wie eine weibliche Person ausstieg. Es war Gaby, die kurz darauf an den Feldern vorbei hinunter zur Ahr lief. Zwischen den Bäumen geriet sie außer Sichtweite. Sandra schrieb ihrem Exmann eine Nachricht, damit er Janine heute erst zum Abendessen zurückbrachte, denn sie wollte in Ruhe mit Gaby reden. Daraufhin machte sie sich auf den Weg entlang der Felder. Obwohl sie so nahe am Fluss wohnte, war sie in den letzten Jahren nur selten dorthin gegangen. Auch wenn Janine noch so drängelte, sie hatte ihr nur selten erlaubt, an der Ahr zu spielen. Und wenn, dann ausschließlich in Begleitung eines Erwachsenen. Als Janine klein war, hatte diese Aufgabe zumeist ihr Exmann übernommen, der zum Glück sehr gut auf sie aufpasste. In dieser Hinsicht hatte sie ihm nie etwas vorwerfen können. Um Janine kümmert er sich immer verlässlich. Sandra erreichte etwa zehn Minuten nach Gaby das Flussufer. Durch das Strauchwerk hindurch beobachtete Sandra sie eine ganze Weile, die sich in Blickrichtung der Ahr auf einen Baumstumpf gesetzt hatte. Ringsum hatte sich sehr viel verändert. Eigentlich erinnerte nichts mehr an den Ort von damals. Was rund dreißig Jahre ausmachten, dachte Sandra. Sie hatte alles viel dichter und wilder in Erinnerung. Plötzlich drehte sich Gaby zu ihr um.

»Da bist du ja.« Sie stand auf.

Sandra schlenderte zu ihr.

»Ich dachte schon, das wäre der falsche Platz«, sagte Gaby.

»Offensichtlich nicht«, entgegnete Sandra kühl.

»Du bist ziemlich feindselig mir gegenüber«, sagte Gaby und senkte den Kopf.

»Wundert dich das?«

»Ich habe dir nichts getan …«

»Aber Benni!«

»Wie kommst du darauf? Ich habe Benni nichts getan. Ich fand ihn nur leblos hier am Ufer liegen.«

»Das habe ich aber ganz anders in Erinnerung.«

»Wie bitte? Woran erinnerst du dich denn?«

Sandra schluckte. Die Bilder im Kopf in Worte zu fassen, erforderte einiges an Kraft. Doch schließlich schilderte sie das, was sie zu sehen geglaubt hatte.

Gaby sprang auf. »Deine Erinnerung trügt dich. Aber ganz gewaltig. Ich habe versucht, Benni zu retten!«

»Und warum seid ihr denn so überstürzt abgereist? Ihr habt doch irgendetwas mit Bennis Tod zu tun!«

»Keiner von uns hat Benni ein Haar gekrümmt. Keiner aus meiner Familie«, schob sie hinterher.

»Was willst du damit sagen?« Sandra holte tief Luft. »Beschuldigst du gerade einen von uns?« Sie hätte schreien mögen.

Gaby ging einige Schritte auf sie zu. Sandra wich zurück. Gaby ließ nicht locker, versuchte sie am Arm zu berühren, doch Sandra stieß sie unsanft weg, sodass Gaby ins Straucheln kam. Nur mit Mühe konnte sie sich abfangen.

»Scheiße! Du siehst doch, wie schnell man fallen kann!«, rief sie. »Hör mir doch einfach zu!«

»Und wenn ich nichts hören will?«, fragte Sandra kleinlaut.

Gaby wischte sich mit ihrem Handrücken durchs Gesicht. »Deine Entscheidung. Dann fahre ich wieder.« Sie wandte sich zum Gehen. »Vielleicht ist es auch besser so«, murmelte sie, während sie an Sandra vorbeiging, ohne sie eines Blickes zu würdigen.

»Ich hasse Andeutungen!«, rief Sandra ihr hinterher. »Hörst du! Wieso kommst du zu mir und reißt alte Wunden wieder auf? Was soll das?«

Gaby war stehen geblieben, drehte sich aber nicht um. Sandra machte Gabys Verhalten wütend. Und nun schwieg sie auch noch.

»Es war egoistisch von mir«, flüsterte Gaby schließlich.

Sandra hatte die Worte zwar verstanden, aber sie fragte dennoch: »Was bedeutet das?«

Immer noch zögerte Gaby, schließlich wandte sie sich endlich Sandra zu. »Ich kenne die Wahrheit, aber vielleicht sollte ich sie für mich behalten. Benni wird davon nicht mehr lebendig.«

Sandra zuckte innerlich zusammen. »Welche Wahrheit denn bitte? Du hast Benni wirklich nichts angetan?«

»Natürlich nicht. Ich hatte den kleinen Kerl von Anfang an in mein Herz geschlossen. Und er schaute auch irgendwie zu mir auf. Weißt du noch, wie er mich ausfragte, was man in Frankfurt auf dem Gymnasium alles lernt?«

Mit dieser Bemerkung hatte Gaby bei Sandra einen wunden Punkt getroffen. Sie fühlte so etwas wie einen Stich ins Herz, denn damals hatte Benni Gaby und nicht sie, seine große Schwester, bewundert. Auf einmal gelangten ihre Gefühle wieder an die Oberfläche und damit auch ihre Eifersucht auf Gaby. Sandra fühlte sich wie auf einer Zeitreise.

»Warum sagst du nichts?«, hörte sie Gaby fragen. Doch der Kloß in ihrem Hals machte es ihr unmöglich, zu sprechen.

Plötzlich brach es aus ihr heraus: »Dich haben doch alle angehimmelt!«

»Wie meinst du das?«

»Die hübsche Gaby mit den blonden Haaren. Dich haben immer alle vergöttert.«

Eine Träne rollte über Gabys Wange. »Verdammt, wen meinst du denn bitte?«

»Meinen Vater zum Beispiel!« Sandra schrie beinahe. Zum Glück konnte sie hier unten an der Ahr niemand hören.

Gaby begann zu lachen. Die Laute klangen hysterisch. »Wie kommst du auf so einen Unsinn?« Sie kickte einen Stein ins Wasser.

»Er sprach so oft von dir. Von Gerhards Tochter …«

Gaby machte einen Schritt auf Sandra zu. »Jetzt hör mir mal gut zu. Deine Verdächtigungen sind hanebüchen. Wenn du mir endlich mal die Chance geben würdest, das anzusprechen, warum ich hier bin. Setz dich.« Sie packte Sandra an den Schultern, zog sie mit sich und drückte sie auf den Baumstamm. »Sitzen bleiben. Zuhören!«

Sandra schnappte nach Luft. Wie konnte Gaby nur so mit ihr umspringen? Aber sie fügte sich, einer inneren Stimme folgend.

Gaby blieb vor ihr stehen und ließ sie nicht aus den Augen. »Es wird dir nicht gefallen. Und es ist gut möglich, dass du mir auch nicht glaubst.«

Sandra brummte einen Fluch.

»Willst du mir nun zuhören? Ich habe nicht ewig Zeit.«

Sandra nickte stumm.

»Es wird nicht leicht für dich. Mich selbst hat das auch geschockt, das, was mein Vater mir vor seinem Tod offenbart hat. Es ist nicht leicht, seine Eltern in einem ganz anderen Licht zu sehen.«

»Kannst du endlich mit den Andeutungen aufhören?«, brummte Sandra. Sie hätte ihrer Freundin von früher eigentlich ihr Beileid aussprechen müssen, aber sie hatte sich emotional kaum unter Kontrolle und schaffte es einfach nicht, sich höflich zu verhalten.

»Bitte mach dich darauf gefasst, dass unsere Väter nicht die waren, für die wir sie gehalten haben.«

»Ich geh gleich, wenn du nicht zur Sache kommst!« Sandra wollte aufspringen, doch Gabys strenger Blick hielt sie zurück.

»Es ist nicht leicht für mich als Überbringerin schlechter Nachrichten. Am besten, ich fange einfach an, die Ereignisse des Tages zu schildern, so wie sie mein Vater mir erzählt hat.«

»Ich werde dich schon nicht umbringen!«

»Wie bitte?«

»Die Überbringerin der schlechten Nachrichten …«

»Ach so. Ich …«, stammelte Gaby. Offensichtlich verließ sie der Mut. Dann straffte sie ihren Körper und begann zu erzählen. »An dem Tag waren wir beide am Ahrufer verabredet. Weißt du noch?« Sie blickte zu Sandra hinunter. Die jedoch starrte auf einen Punkt in der Ferne.

»Du solltest deiner Mutter helfen, ich ging schon einmal vor«, fuhr Gaby fort. »Da du nicht kamst, schlenderte ich ein wenig am Ufer entlang und entdeckte unsere Väter auf der gegenüberliegenden Uferseite. Ich erinnerte mich, dass sie zum Angeln gegangen waren. So hatten sie es zumindest gesagt. Aber ich hatte keine Lust auf die beiden, da ich mich zuvor mit meinem Vater gestritten hatte.«

»Worüber?«, fragte Sandra wie aus dem Nichts.

Gaby überlegte eine Weile. »Keine Ahnung«, sagte sie schließlich. »Aber das ist nicht relevant.«

»Für mich ist alles relevant, was an dem Tag passiert ist.« Sandra sah auf und schaute Gaby direkt in die Augen. Man konnte ablesen, wie wütend sie war und wie sehr sie die jetzige Situation belastete.

»Ich weiß es aber nicht«, gab Gaby patzig zurück. »Stör mich nicht ständig, sonst verliere ich den Faden. Und den Mut.«

Sandra wurde hellhörig. Wieso benötigte Gaby für ihre Ausführungen Mut? »Dann mach halt weiter.«

»Gut. Wo war ich? Also, ich beobachtete sie eine Weile. Sie ließen ihr Angelzeug liegen und gingen das eine Tal hinauf. Limbachtal heißt es, so hat es mein Vater genannt.«

»Ja, so heißt es. Aber was wollten sie da?«, fragte Sandra.

»Damals hatte ich auch keine Ahnung. Ich sah nur, dass Benni ihnen nachlief. Dachte, das sei so abgesprochen gewesen, dass er mit ihnen geht. Da du immer noch nicht kamst, hatte ich keine Lust mehr, am Ufer zu warten, und machte mich auf den Weg zurück zu eurem Hof. Deine Mutter begegnete mir und sagte mir, dass du ihr noch helfen müsstest. Dass wir unsere Verabredung um eine Stunde verschieben müssten. Ich las dann eine Weile und lief nach etwa einer Stunde zurück zur Ahr. An unserem Treffpunkt warst du aber immer noch nicht erschienen. Ich war ein wenig sauer. Beobachtete den friedlich dahinplätschernden Fluss. Fand sogar einen echt schönen Marienstein. Plötzlich hörte ich hinter mir Rufe und dann einen Schrei. Und noch einen. Ein Kind schrie. Ich drehte auf der Stelle um und rannte zurück in die Richtung, aus der das Geschrei gekommen war. Und dann lag da Benni. Dein Bruder. Rücklings auf dem Boden. Mit einer Körperhälfte im Wasser.«

Sie holte Luft. Sandra war nicht in der Lage, das Gesagte zu kommentieren. Wenn Gabys Schilderung zutraf, klang alles nach einem Unfall.

»Ich konnte zunächst nicht weitergehen«, sprach Gaby unvermittelt weiter. »Denn der Anblick war so verstörend. Doch irgendwie trugen mich meine Füße weiter. Zu ihm. Ich beugte mich über ihn. Legte meine Hand auf seinen Brustkorb, um zu fühlen, ob er atmete. Dann beugte ich mich noch tiefer und versuchte seinen Atem zu spüren. Doch da war nichts. Verstehst du?«

Sandra schluckte vernehmlich. Sie war derart geschockt von der Schilderung, dass sie gar nichts empfand. Sie nahm noch nicht einmal das starke Ziehen in ihrer Magengegend wahr.

»Das war der Moment, an dem du eintrafst«, fuhr Gaby fort.

»Ja«, sagte Sandra nur. Diese Erinnerung hatte sie zuletzt wieder heimgesucht. Es war dieser Augenblick, den sie völlig falsch interpretiert hatte. »Was geschah danach, ich erinnere mich an all das einfach nicht mehr.«

»Der Schock hat vermutlich alles ausgelöscht«, sagte Gaby. »Du liefst weg. Ich rief dir noch hinterher, dass du den Notarzt verständigen sollst ...«

»Das habe ich damals wohl nicht gehört ...«

»Hast du nicht den Arzt angerufen, als du nach Hause kamst?«

»Ich kann mich nicht erinnern. Ich traf auf meine Mutter, vermutlich hat sie das getan.«

»Ja, der Notarzt kam jedenfalls. Aber es dauerte viel zu lange.«

»Was geschah denn in der Zwischenzeit? Als du mit Benni allein warst?« Sandra verspürte auf einmal so viel Mitgefühl mit Gaby, die diese Situation erlebt und auch irgendwie hatte verarbeiten müssen.

»Kaum warst du weg, stand dein Vater neben mir«, hörte sie Gaby sagen. »Er schob mich unsanft zur Seite, sodass ich beinahe im Schmutz gelandet wäre. Ich konnte mich noch abstützen und habe mir dabei mein Handgelenk verstaucht. Er schrie mich an, ich solle die Finger von Benni lassen.«

»Er stand unter Schock«, bemerkte Sandra. »So grob ist er doch nie gewesen.«

Gaby lachte laut auf. »Wenn du wüsstest.«

Sandra sprang auf. »Wie meinst du das?« Plötzlich merkte sie, dass sie einem Teil von Gabys Erzählung bislang viel zu wenig Aufmerksamkeit geschenkt hatte. Die Frage lag doch so nahe.

»War Benni vor etwas davongelaufen? Warum schrie er überhaupt?«, wollte sie wissen.

»Damals wusste ich das nicht.«

»Heute schon?«

»Ja.

»Was willst du damit andeuten?«, fragte Sandra patzig.

»Ich habe dir doch erzählt, dass ich Rufe gehört habe. Rufe von Erwachsenen.«

»Waren weitere Leute da, als es passierte?«

»Nein. Ich finde, es waren genug Menschen dort. Mein Vater, dein Vater, Benni, du und ich.«

Sandra atmete tief durch. In ihrem Kopf herrschte ein heilloses Durcheinander.

»Wer hat denn so rumgeschrien, und vor allem, warum?«, wollte Sandra wissen.

»Dein Vater, Sandra.«

»Ja, weil er Benni hat fallen sehen, nehme ich doch an.« Sie ahnte, dass dies nicht der wahre Grund sein konnte. Sonst würde Gaby nicht so eine derartige Theatralik bei ihrem Bericht walten lassen.

»Ich kläre dich gleich über die Hintergründe auf, aber erst mal möchte ich dir noch berichten, was ich außerdem beobachtet habe, nämlich meinen Vater, der an uns allen vorbeirannte und einen Sack oder so etwas Ähnliches mit sich schleppte.«

»Häh?«

»Ja, ich hatte diese Beobachtung lange Zeit vergessen, erst durch die Beichte meines Vaters fiel es mir wieder ein.«

»Was war denn in dem Sack?«

»Diebesgut.«

»Ich verstehe nicht. Was für Diebesgut?«

»Einige Tage vor seinem Tod bat mich mein Vater um eine Aussprache. Er sagte mir, dass er sein ganzes Leben lang eine Lüge gelebt habe.«

»Was geht mich eure Familienangelegenheit an?«, unterbrach Sandra sie.

»Nicht nur mein Vater hat eine Lebenslüge aufrechterhalten.«

Wollte sie damit andeuten, dass auch jemand aus der Familie Weiß etwas zu verbergen hatte? Kurz überlegte sie, ob ihre Mutter ein Verhältnis mit Gabys Vater gehabt haben könnte. Aber wenn sie sich die beiden miteinander in trauter Zweisamkeit vorstellte, fühlte es sich komisch an. Und außerdem, was hatte das alles mit Bennis Unfall zu tun?

»Rutsch mal«, sagte Gaby. »Ich würde mich gerne setzen.«

Auf dem Baumstamm war gerade Platz für sie beide. Ihre Beine berührten sich leicht. Nach einigen Sekunden des Schweigens begann Gaby zu erzählen.

»Unsere Väter waren Kriminelle, Sandra.«

»Wie bitte?«

»Ja, in ihren Studententagen haben sie ziemliche Dinger gedreht. Es kam dabei auch ein Mann ums Leben.«

»Ach, du lieber Himmel.« Sandra schwante Schlimmes. Sie hätte am liebsten gefragt, was das mit Bennis Tod zu tun hatte, weil sie die Spannung kaum noch aushielt. Aber sie wollte Gaby nicht ständig unterbrechen.

»Unsere Väter haben sich während des Studiums in Frankfurt wiedergetroffen. Das war in den Sechzigerjahren. Sie waren sich erstmals in Kriegstagen begegnet, damals noch als Kinder. Offensichtlich ist damals, also nach dem Zweiten Weltkrieg, etwas passiert, aber das hat mein Vater nur angedeutet, ich kann nicht mal erahnen, was. Dein Vater war ziemlich klamm in den Studientagen, brauchte immerzu Geld, und er ist eines Abends in einer Frankfurter Kneipe an einen Typen geraten, der ihm ein lukratives Geschäft in Aussicht gestellt hat. Natürlich entpuppte sich das nicht als seriös. Als mein Vater davon erfuhr, hing dein Vater schon ziemlich tief in der Sache drin. Dummerweise hat er sich überreden lassen, mitzumachen.«

»Mein Vater hat deinen zu kriminellen Taten angestiftet, willst du das sagen?«

»Es scheint so. Aber mein Vater hätte ja nicht mitmachen müssen. Ich schätze, es gab einen Grund, warum er einwilligte.«

»Was für einen Grund?«, wollte Sandra wissen. Aber sie ahnte, dass sie keine Antwort erhalten würde.

»Ich weiß es doch nicht.«

»Was haben sie denn Kriminelles angestellt? Was mit Drogen?«

Gaby schüttelte den Kopf. »Kunstdiebstähle, Sandra. Sie räumten Kirchen auf dem Land aus, auch hier im Ahrtal und in der Eifel.«

»Puh, das ist heftig.«

»Sie haben wohl immer wieder auch Sachen zurückbehalten, also nicht an den Hehler weitergegeben. Während einer Auseinandersetzung mit dem Hehler ist mein Vater von der Polizei verhaftet worden. Mein Vater kam einige Jahre ins Gefängnis, während dein Vater davonkam. Unser Familienurlaub war eigentlich keiner, denn mein Vater wollte von deinem eine Art Entschädigung dafür, dass er ihn nie verpfiffen hat.«

»Das zurückbehaltene Diebesgut«, schlussfolgerte Sandra.

»Ja. Dein Vater war wohl dazu bereit. Es lagerte immer noch in einem alten Stollen im Limbachtal.«

»Du meine Güte, die alten Stollen der Kupfererzgrube. Darüber haben wir doch in der Grundschule gelernt. Die Kupferader wurde beim Eisenbahnbau Anfang des zwanzigsten Jahrhunderts entdeckt. Im Krieg dienten die Stollen als Luftschutzbunker. Kann es sein, dass unsere Väter sich da begegnet sind?«, fragte Sandra.

»Keine Ahnung. Du könntest deinen Vater ja fragen, wenn du es wissen willst. Er lebt ja noch, oder?«

Erst jetzt wurde Sandra bewusst, dass sie noch einiges vor sich hatte. Würde sie die Kraft besitzen, ihren Vater auf seine Vergangenheit anzusprechen? Aber jetzt wollte sie erst einmal die Hintergründe um Bennis Tod geklärt wissen.

»Benni ist den beiden an jenem verhängnisvollen Tag ins Limbachtal gefolgt«, nahm Gaby den Faden wieder auf. »Er hat unsere Väter im alten Stollen belauscht. Und dann hat er auch noch eines der Stücke aus dem Sack genommen, als er sich unbeobachtet fühlte. Dein Vater hat ihn dennoch dabei ertappt und ist ihm hinterhergelaufen. Wenn unsere Mütter diesen goldenen Kelch bei ihm gefunden hätten, hätten sie Fragen gestellt.«

»Deine Mutter wusste nichts von der Haftstrafe deines Vaters?«

»Nein, Sandra. Ich bin auch nicht seine leibliche Tochter. Meine Mutter war schon schwanger, als sich die beiden kennenlernten. Nach der Zeit im Gefängnis.«

Das musste Sandra erst einmal sacken lassen. »Wie ging es mit Benni weiter?«

»Dein Vater holte ihn ein. Benni schrie und kratzte und biss. Er wollte den Kelch unbedingt behalten. Für ihn war es ein Spiel. Er riss sich wieder los. Dein Vater hinterher. Da hatten sie das Ahrufer erreicht. Schließlich rutschte Benni aus und fiel … Den Rest kennst du.«

»Ach, Scheiße! Also ein Unfall …«

»Da ist noch etwas, Sandra, was mein Vater mir berichtet hat. Er hätte mir das bereits nach dem Tod meiner Mutter erzählen sollen. Sie bat ihn darum, mir die Wahrheit zu sagen.«

»Deine Mutter ist auch schon tot?«, fragte Sandra bestürzt.

»Ja, sie war sehr krank.«

»Was gibt es denn noch?«

Gaby stand auf.

»Dein Vater ist mein leiblicher Vater.«

Nun sprang auch Sandra auf und lief zum Ufer. In ihrem Kopf herrschte ein heilloses Durcheinander. Sie blickte ins Wasser und entdeckte einen bläulich schimmernden Stein. Blitzschnell zog sie ihre Schuhe und Strümpfe aus und watete bis zu der Stelle, an der der Marienstein lag. Sie fischte nach ihm, betrachtete ihn von allen Seiten und lief wieder zurück zum Ufer. Gaby war ihr dorthin gefolgt.

»Dann sind wir also Halbschwestern«, sagte Sandra und hielt Gaby den Marienstein entgegen.

FOTOFALLE

Wie riesenhafte Skelette ragten die Bäume aus dem Nebel. Die Äste hingen schwer und feucht über dem Wanderweg. Ab und an fiel ein Wassertropfen herab und benetzte Elifs Haut. Der Spätsommerregen in der vergangenen Nacht war unerwartet heftig ausgefallen, und obwohl sich Elif in ihrem WG-Zimmer in Bonn aufhielt, musste sie an ihre Familienangehörigen denken, die im Ahrtal lebten, denn bei ihnen wurden mit Sicherheit Erinnerungen an die Flut vor einem Jahr wach. Sie alle mussten lernen, dass fortan nicht jeder stärkere Regen Gefahr für Leib und Leben bedeutete.

Elif, die Biologiestudentin, achtete sehr auf ihre Schritte, während sie den ersten Anstieg nahm und hoffte, dass der steinige Wanderweg ein wenig getrocknet war und ihre Füße sicheren Halt finden würden. Denn wenn er glitschig war, würde es schwierig sein, zu den Fotofallen zu gelangen, die sie abseits der Wege angebracht hatte. Sie würde gleich durchs Dickicht laufen und so gut es ging den Felsbrocken auszuweichen versuchen, die um die Teufelsley herum lagen. Da das Auslesen der Daten einem ganz bestimmten Rhythmus folgte und sie allmählich mit der Auswertung zum Ende kommen musste, konnte sie sich keinen geeigneteren Tag aussuchen. Außerdem saß ihr der Abgabetermin ihrer Bachelorarbeit im Nacken. Sie war gespannt darauf, ob dieses Mal endlich mehr als nur eine Wildkatze in den Auslösebereich der Kameras gelangt war. Bislang hatte es sich immer um dasselbe Individuum gehandelt, dessen Identifizierung ihr aufgrund einer kleinen Narbe am Ohr keine Schwierigkeiten bereitet hatte. Die Fellproben, die sie von den Lockfallen genommen und deren DNA sie hatte untersuchen lassen, sprachen dafür, dass in dem Gebiet zwischen Dümpelfeld und Hönningen mindestens drei Exemplare lebten oder es durchstreiften.

Elif hatte ihre Kindheit und Jugend in Hönningen verbracht, hatte die Grundschule in Ahrbrück und das Gymnasium in Adenau besucht und studierte nun in Bonn Biologie. In ihrem Elternhaus nutzte sie noch hin und wieder ihr altes Kinderzimmer, das sie, wenn es nach ihren Eltern ging, viel zu selten aufsuchte, und wenn, dann nur sporadisch an den Wochenenden. Sie hatte heute nur rasch ihr Auto geparkt und der Mutter einen Guten Morgen gewünscht, bevor sie zu Fuß aufgebrochen war. Der Weg von Hönningen hinauf zur Teufelsley ging stetig bergan. Bislang hatte sie den Aufstieg immer genossen, aber heute kam sie nicht gut voran. Die Feuchtigkeit verlieh der warmen Luft etwas Schweres und behinderte das Atmen. Seit ihrer Corona-Infektion fühlte sie sich immer noch nicht fit, obwohl seitdem schon Monate verstrichen waren. Sie blieb eine Weile stehen und dachte, dass ihre Mutter recht gehabt hatte, als sie meinte, Elif solle nicht mehr allein und schon gar nicht zu Fuß zu den weiter entfernten Stellen marschieren, an denen sie ihre Wildtierkameras angebracht hatte. Es würde schon gut gehen, hoffte sie auch heute wieder, und wenn sie wirklich einmal nicht mehr genügend Kraft besaß, würde sie einfach ihren Bruder anrufen, der in Altenahr arbeitete und einen SUV fuhr. Sie atmete tief durch und befand, dass es keine Option darstellte, umzukehren. Nachdem sie einige Schlucke Wasser aus ihrer Flasche getrunken hatte, setzte sie ihre Wanderung fort, denn der Zeitdruck bis zur Abgabe ihrer Bachelorarbeit trieb sie an. Mit jedem Höhenmeter wurde es felsiger. Kleinere, mittelgroße und große Brocken weißen Gesteins leuchteten überall auf und reflektierten das Sonnenlicht, das sich immer öfter seinen Weg durch die Nebeldecke bahnte.

Nun befand sie sich nicht mehr weit von der ersten der insgesamt drei Kameras. Es hatte eine Weile gedauert, bis sie die geeigneten Stellen für deren Anbringung gefunden hatte. Zunächst galt es, den Revierbesitzer um Erlaubnis zu fragen, was einfacher gewesen war als befürchtet, da er Elifs Arbeit gern unterstützte. Zwei der Kamerastandorte mitten im Dickicht und abseits der Wanderwege stellten auch aus Datenschutzgründen kein Problem dar. Nur der dritte war etwas problematisch, da Elif damit herausfinden wollte, ob sich die scheuen Tiere nahe an menschliche Aufenthaltsorte heranwagten, und dazu gehörten nun einmal der Kletterfelsen und die Wege, die zwar nicht mitten in der Nacht, aber durchaus in der abendlichen und morgendlichen Dämmerung frequentiert wurden. Schließlich hatten sie einen Baum in der Nähe der Teufelsley gefunden, die Kamera ungefähr einen Meter über dem Boden fixiert, damit keine Gesichter zu erkennen waren, falls doch jemand in der Nähe vorbeistreifte, sowie Hinweisschilder im Umkreis angebracht. Letzteres barg allerdings die Gefahr, dass jemand die Kamera entwendete oder manipulierte. Aber dieses Risiko musste sie eingehen, wenn sie nicht die geltenden Datenschutzgesetze verletzen wollte.

Nun hatte sie den ersten Ableseort erreicht. Die Kamera befand sich abseits der Hauptroute. Sie hatte nur wenige Male ausgelöst. Zu Elifs Enttäuschung hatte sie keine einzige Wildkatze aufgenommen, sondern nur ein Reh und einen Mann, der durch das Unterholz streifte. Nur sein Rücken war sichtbar. Die nächste Wildtierkamera hatte ebenfalls keines der von ihr so erhofften Tiere fotografiert, nur einen Fuchs und wieder einige Rehe. Ihr blieb nur noch die letzte Kamera in der Nähe der Teufelsley, wiederum einige Hundert Meter weiter. Sie war gespannt darauf, ob sich dieses Mal vielleicht eines der scheuen Tiere darauf zeigen würde, was sie jedoch nicht annahm und was auch ihre These stützen würde. Der Felsen auf beinahe fünfhundert Metern Höhe stellte schließlich ein beliebtes Ziel für Wanderer und Kletterer dar. Die Katzen aber waren auf jeden Fall in den hiesigen Wäldern anzutreffen, was ihr die Fotos auf den Speicherkarten der anderen beiden Kameras eindrucksvoll bewiesen. Bis jetzt war ihr niemand begegnet, und auch am Felsen traf sie keine Menschenseele, was sie auf die Flutwelle im Ahrtal zurückführte und den Umstand, dass sich noch nicht viele Wanderer dazu durchringen konnten, hierherzukommen. Elif ließ den Felsen links liegen und kraxelte einen kleinen Abhang hinunter, um zur dritten Kamera zu gelangen. Die Stille kam ihr beinahe unheimlich vor. Ab und an hörte man das Rascheln einer Maus oder eines anderen kleinen Tiers im Laub. Dass sie sich nicht gänzlich abseits der Zivilisation aufhielt, bestätigte ihr in diesem Augenblick das röhrende Motorengeräusch eines Motorrades, das von der Bundesstraße im Tal hierher drang. Sie musste sich konzentrieren, denn die Wurzeln erwiesen sich wie erwartet als ziemlich glitschig. Bald hatte sie es jedoch geschafft. Die Kamera hing zwar ein wenig schief, war ansonsten aber unversehrt, was sie jedes Mal verwunderte. Bislang hatte niemand eine ihrer Kameras beschädigt oder zerstört. Aber Elif ließ sie auch nicht ganzjährig hängen, sondern hatte mehrere Untersuchungsintervalle festgelegt. Sie war überrascht. Innerhalb der letzten beiden Wochen hatte die Kamera so oft ausgelöst, dass die Speicherkarte nun nahezu komplett voll mit Bildern war. Sie hatte keine Lust, sie vor Ort zu sichten, weshalb sie die alte gegen eine neue austauschte. Auch die Batterien wechselte sie. Dann machte sie sich auf den Heimweg.

Als sie fünfzig Minuten später die letzten Meter des Waldweges hinablief, hörte sie hinter sich ein Geräusch, doch sie konnte sich davon überzeugen, dass sich niemand in der Nähe aufhielt. Keine Wanderin, kein Wanderer. Sie musste sich getäuscht haben. Aus dem Schatten des Waldes trat sie auf eine der ins Dorf führenden Straßen, der Nebel hatte sich verzogen und die Sonne strahlte mittlerweile erbarmungslos vom Himmel.

Erschöpfung machte sich bemerkbar, und Elif konnte es kaum erwarten, nach Hause zu kommen. Sie passierte gerade ihren kleinen roten Gebrauchtwagen, den sie vor dem Haus ihrer Eltern abgestellt hatte, als sie sich erneut umdrehte und bemerkte, dass ihr jemand in einigen Metern Entfernung folgte. Sie erkannte den jungen Mann nicht auf Anhieb, aber während sie auf den Eingang zusteuerte, fiel ihr ein, um wen es sich handelte. Ihn hier zu treffen, bereitete ihr Unbehagen, weshalb sie nicht erst klingelte und wartete, bis ihre Mutter öffnete, sondern den Haustürschlüssel zückte und damit aufschloss. Elifs Mutter, die in der Küche beschäftigt war, zeigte sich erleichtert über ihre Rückkehr.

Nachdem Elif sich im Badezimmer erfrischt hatte, ließ sie sich von ihrer Mutter überreden, zuerst etwas zu essen, bevor sie sich an die Auswertung der Speicherkarten machte. Es gab Poğaça, Teigtaschen mit verschiedenen Füllungen.

Nach dem Essen redeten sie noch eine Weile, bis Elif es vor Wissensdurst nicht mehr aushielt und sich in ihr Zimmer zurückzog, wo sie die erste der Karten aus der Wildtierkamera in den Schlitz ihres Laptops steckte. Zunächst gab es nur einige Aufnahmen der unterschiedlichsten Säugetiere. Am Beginn der Woche hatte dann endlich eine Wildkatze den Mechanismus ausgelöst. Elif konnte die Fellzeichnung deutlich sehen und entdeckte auch eine kleinere, nicht mehr frische Verletzung an einem Ohr, die ihr beim späteren Wiedererkennen nützlich sein konnte. Auch an den Tagen darauf war die Katze während der Abenddämmerung immer wieder in den Erfassungsbereich der Kamera geraten. In einer der Nächte waren auf mindestens zehn Fotos Personen drauf – wenigstens deren untere Körperhälften. Elif gelang es noch nicht einmal zu unterscheiden, um wie viele es sich handelte und ob es Männer oder Frauen waren. Sie fand es allerdings höchst ungewöhnlich, dass sich überhaupt so viele Personen mitten in der Nacht abseits des Hauptweges aufhielten. Jäger waren es nicht, Biologen mit Sicherheit ebenfalls nicht.

Unten im Wohnungsflur hörte sie die Stimme ihres Vaters. Sie hatte sich schon den ganzen Tag auf ein Wiedersehen mit ihm gefreut. Zwar traf sie ihn durchaus hin und wieder in Bonn, wo er in einem Institut als Biologe arbeitete. Wenn es seine Arbeitszeit und ihre Vorlesungen zuließen, verabredeten sie sich zu einem Spaziergang oder einem Kaffeehausbesuch. Doch ihn in ihrem Elternhaus zu sehen, fühlte sich vertraut an und löste ein wohliges Gefühl in ihr aus. Sie plauderten ein wenig, auch über ihre Abschlussarbeit, als Elifs heiterer Stimmung ein Dämpfer versetzt wurde.

»Gleich kommen die Kinder deines Bruders zu uns. Sie bleiben über Nacht«, teilte ihre Mutter mit. »Ist das nicht eine große Freude?«

Nein, es war ihr keine Freude, vielmehr fand sie die Vorstellung grauenhaft, gleich von zwei pubertierenden Jungen in Beschlag genommen zu werden. Elif musste dann immer an diesen Boris denken, der ihr in ihrer eigenen Kindheit so übel mitgespielt hatte. Deshalb mied sie das Zusammentreffen mit ihren Neffen, so gut es ging.

»Was ist mit dir?«, fragte Elifs Mutter, die in ihrem Gesicht wie in einem offenen Buch lesen konnte.

»Mama, Papa, mir fällt gerade ein, dass ich noch etwas für die Uni vorbereiten muss.«

»Aber das kannst du am Wochenende machen. Kind, du musst dir auch etwas gönnen.«

Elif suchte fieberhaft nach einer plausiblen Erklärung. »Ich muss heute dringend ein Buch abholen. Ich hoffe, ich komme noch rechtzeitig …«

Sie ließ ihre Eltern verwundert zurück und eilte in ihr altes Kinderzimmer, wo sie hastig ihre Sachen zusammenpackte. Eine leichte Panik stieg in ihr auf. Sie hoffte so sehr, sie würde es noch rechtzeitig vor dem Erscheinen der kleinen Ungeheuer aus dem Haus schaffen. Ihren Bruder Emre hätte sie zwar zu gern wiedergesehen, aber nicht zusammen mit seinen Jungs. Sie wartete äußerlich gelassen darauf, dass ihre Mutter die Reste vom Mittagessen einpackte, und verabschiedete sich herzlich von ihren Eltern. Immer mit dem Gedanken im Kopf, dass gleich der Wagen ihres Bruders vor dem Haus vorfahren würde. Elif blickte konzentriert auf ihr nur wenige Meter entferntes Auto, so als könne sie damit eine unvermeidlich erscheinende Begegnung mit ihren Verwandten abwenden. Sie öffnete die Beifahrertür und legte die Tüte mit den von ihrer Mutter eingepackten Speisen auf den Sitz, als sie unwillkürlich aufschaute und auf der gegenüberliegenden Straßenseite durch das Fahrerfenster hindurch den jungen Mann stehen sah. Hatte er hier so lange auf sie gewartet? Kam nun noch Stalking hinzu? War das nicht

Boris? Ausgerechnet er. Er war damals der Schlimmste von allen gewesen. Als sie mit seinem Vater, dem Jagdpächter, wegen der Kameras gesprochen hatte, hatte sie nicht den Eindruck gehabt, dass er immer noch in Hönningen wohnte.

Elif merkte, wie ihre Beine zu zittern begannen. Der Weg zur Fahrerseite kam ihr wie eine kleine Ewigkeit vor. Doch sie schaffte es, die Tür zu öffnen, bevor Boris sie ansprach.

»Hey, Elif. Auch mal wieder hier?«, fragte ihr ehemaliger Klassenkamerad.

Elif reagierte nicht und stieg ein.

Mit zitternden Händen versuchte sie den Motor zu starten. Als der Motor endlich ansprang, legte sie den Gang ein. Als sie gerade Gas geben wollte, merkte sie, dass Boris sich vor ihr Auto gestellt hatte.

»Yallah! Defol!«, sagte Elif leise.

Boris blieb stehen. Sie konnte ihn nicht umfahren. Aber was sollte sie tun? Mit einer Handbewegung versuchte sie, ihn zu verscheuchen. Als er keine Anstalten dazu machte, betätigte sie die Hupe. Boris grinste nur.

Sie hupte noch einmal. Plötzlich stand Elifs Vater auf dem Gehsteig. Er rief Boris etwas zu, das Elif nicht verstehen konnte. Boris zuckte mit den Schultern und gab schließlich klein bei. Allerdings irritierte Elif etwas an Boris, während sie ihn im Seitenspiegel beobachtete. Sein Gang wirkte nicht entschieden, sondern eher zögerlich. Doch Elif sollte seine Gemütsverfassung egal sein. Sie winkte ihrem Vater zu, der zurückwinkte, und fuhr behutsam los. An der Einmündung in die Bundesstraße holte sie einmal tief Luft, dann trat sie ihre Rückreise nach Bonn an. Die Arbeiten hatten seit der Flutwelle im vergangenen Jahr große Fortschritte gemacht, aber von einer Normalität waren sie im Tal noch meilenweit entfernt. Überall entlang der Strecke durchs Ahrtal fanden sich Spuren der Verwüstung. Baulücken klafften in einst dicht bebauten Nachbarschaften, Bahnschienen und Brücken fehlten, auch Schutthaufen vor den Häusern zeugten davon, dass immer noch abgerissen und abgetragen wurde.

Während der folgenden Tage hatte Elif die neuen Ergebnisse ihrer Untersuchung in ihre Arbeit eingefügt und damit begonnen, den Text sprachlich zu verbessern. Eigentlich hätte sie die Kameras bereits bei ihrem letzten Aufenthalt in Hönningen abbauen können, aber sie hatte dies so lange hinausgezögert, weil sie immer noch hoffte, etwas Spektakuläres auf den Fotos zu entdecken, etwas, von dem sie nicht einmal ansatzweise eine Vorstellung hatte. Aber nun hatte sie kaum noch Zeit bis zum Termin der Abgabe, und es hatte keinen Sinn, die Kameras länger im Wald hängen zu lassen, zumal es sich um Leihgaben der Uni handelte. Also fuhr sie heute Nachmittag nach Hönningen, um die letzten Bilder auszulesen und die Kameras abzubauen.

Nach ihrer merkwürdigen Begegnung mit Boris hatte Elif ihren Bruder gebeten, sie zu begleiten, auch wenn sie ihm nicht von dem Zwischenfall berichtet hatte. Er hielt es für plausibel, dass sie jemanden zum Tragen benötigte, und hatte offensichtlich auch nicht mit ihrem

Vater über Boris geredet, oder er zog zumindest nicht in Erwägung, dass Elif vor dem jungen Mann Angst haben könnte.

Elif sammelte Emre an seinem Wohnort in Altenahr auf. Um mit dem Auto zur Teufelsley zu gelangen, nahmen sie den Weg über die Bundesstraße an Hönningen und Liers vorbei, hinauf ins Ommelbachtal. Sie stellten den Wagen am Straßenrand ab und gingen die letzten Meter zu Fuß. Die zunächst gelegene Kamera war die mit der Nummer drei. Anders als beim letzten Mal hatte sie nicht sehr oft ausgelöst. Elif legte die Kamera in den mitgebrachten Rucksack, ohne sich die Bilder genauer anzusehen. Sie liefen an der Teufelsley vorbei, an der ein Paar das Abseilen übte. Kamera zwei hatte ebenfalls ausgelöst. Elif konnte ihr Glück kaum fassen, denn sie hatte gleich an mehreren Tagen hintereinander eine Wildkatze aufgezeichnet. Elif würde später am Computer die Bilder mit jenen der letzten Monate vergleichen. Vielleicht gelang es ihr ja doch noch, den Nachweis gleich mehrerer verschiedener Individuen zu erbringen. Dafür würden die Haarproben, die sie auch hier wieder von den Leimfallen mitnahm, sicherlich einen Erkenntnisgewinn liefern. Diese Fotobeweise waren für ihre Arbeit Gold wert. Als sie bei der letzten Kamera ankamen, merkte Elif bereits von Weitem, dass etwas nicht stimmte. Jemand hatte sich daran zu schaffen gemacht und das Gerät in eine vollkommen andere Richtung gedreht. Da sie nun zum Weg hin ausgerichtet war, hatte sie möglicherweise auch den einen oder anderen Wanderer erfasst, der sich von dort aus möglicherweise einige Meter in die Büsche geschlagen hatte. Bevor sie die Kamera abmontierte, fertigte sie mit ihrer Handykamera ein Foto von der veränderten Aufnahmeposition an. Dann kontrollierte sie das Gehäuse auf mögliche Beschädigungen. Sie wollte die Kamera gerade in den Rucksack stecken, als Emre fragte: »Willst du nicht wenigstens nachsehen, ob sie überhaupt noch funktioniert? Vielleicht hat ja auch jemand die Speicherkarte gestohlen.«

Da bislang alles gut gegangen war, würde das allerdings ihre Arbeit nicht mehr beeinträchtigen. Und die Kameras waren versichert, sodass Elif auch keine Schwierigkeiten mit der Uni bekommen würde, sollte sie nicht mehr einwandfrei funktionieren.

»Du hast ja recht, Emre«, sagte Elif.

Die Speicherkarte war noch vorhanden, und auf den ersten Blick gab es keine Auffälligkeiten. Elif hatte die Kameras so eingestellt, dass sie erst in der Dämmerung auf Empfang waren. In den frühen Abendstunden erschien ein großer Hund auf dem Display, den Laien sogar für einen Wolf halten könnten. Dann ein Reh. Schließlich sah sie einen Mann, der sich von der Kamera wegbewegte. Elif sah auf die aufgedruckte Uhrzeit. Das war am frühen Morgen gewesen. Erst heute Nacht. Wer trieb sich zu dieser Zeit im Wald herum? Sie musste sofort an die anderen Aufnahmen von neulich denken. Sie würde sich später darum kümmern. In Ruhe. Gegenüber ihrem Bruder ließ sie sich keine Verwunderung anmerken. Dass jemand ihre Arbeit sabotieren wollte, schloss sie jedoch aus.

»Lass uns zum Auto zurücklaufen«, sagte sie und überreichte ihrem fünfzehn Jahre älteren Bruder den Rucksack.

Eigentlich hatte Elif vorgehabt, gleich zurück nach Bonn zu fahren und Emre in Altenahr abzusetzen, doch dieser bat sie, noch bei ihren Eltern vorbeizufahren.

»Du kannst nicht hier sein, ohne ihnen wenigstens Guten Tag zu sagen.«

Er hatte wieder einmal recht. Also lenkte sie ihren Wagen von der Bundesstraße hinunter, an der Kirche von Hönningen vorbei zu ihrem Elternhaus.

»Ich bin so froh, dass ihr zurück aus dem Wald seid«, sagte ihre Mutter, die ihnen im Vorgarten entgegengelaufen kam. Sie wirkte richtiggehend panisch.

»Was ist los, Mama? Warum bist du so aufgeregt?«, fragte Elif.

»Kommt rein, kommt rein!«

Hinter ihnen fiel augenblicklich die Haustür ins Schloss.

»Habt ihr denn gar nichts mitbekommen?«, wollte Elifs Mutter wissen.

»Sie haben die Tankstelle überfallen. Da ist jemand tot. Sie suchen überall nach den Verbrechern«, sagte sie außer Atem.

»Welche Tankstelle denn?«, fragte Emre.

»An der Bundesstraße.«

»Wann war das?« Elif hatte gelernt, dass es ratsam war, erst einmal die Fakten zusammenzutragen, denn manchmal brachte ihre Mutter einiges durcheinander.

Nur weil sie etwas in der Zeitung gelesen hatte, dachte sie, es sei gerade erst passiert, obwohl das Ereignis, über das sie sich echauffierte, bereits vor Tagen, manchmal sogar Wochen stattgefunden hatte. Doch dieses Mal verhielt es sich anders.

»Heute Nacht«, sagte sie. »Mitten in der Nacht.«

Wie konnte das sein? Elif wusste aus eigener Erfahrung, dass die Tankstelle in der Nacht geschlossen war.

»Ich verstehe nicht ...«

Auch Emre gab sich überrascht: »Wir sind doch hier nicht in der Großstadt, wo die Tanke rund um die Uhr aufhat.«

»Aber sie sagen es so im Radio«, entgegnete ihre Mutter.

»Dann sind sie wohl da eingebrochen«, schlussfolgerte Elif.

»Wer ist tot?«, fragte Emre, der plötzlich kreideweiß geworden war.

»Man weiß es noch nicht«, beteiligte sich plötzlich ihr Vater an dem Gespräch. Seine Kleidung sprach dafür, dass er sich bis eben im Garten aufgehalten hatte. Er liebte die Gartenarbeit als Ausgleich zu seiner Arbeit im Institut.

»Hast du noch mit niemandem aus dem Ort gesprochen?«, fragte Emre. Sie wusste, dass er einem Plausch am Gartenzaun nicht abgeneigt war.

Auch wenn ihr Vater den Kopf schüttelte, vermutete Elif, dass das nicht stimmte. Sie würde später versuchen, etwas aus ihm herauszubekommen, wenn sich ihre Mutter nicht in der Nähe aufhielt. Bald ergab sich dazu die entsprechende Gelegenheit. Elifs Vater war in seinem Gemüsegarten beschäftigt, als sie zu ihm stieß.

»Was wollte dieser Boris in der letzten Woche von dir?«, fragte er unverblümt.

Elif hatte den Gedanken an ihn erfolgreich verdrängt, was ihr gar nicht leichtgefallen war. Sie kannte Boris nämlich nicht nur aus Grundschultagen, vielmehr hatte er sie während eines Dorffestes vor etlichen Jahren übel beschimpft, weil ihre Eltern vor Jahrzehnten aus der Türkei zugewandert waren. Die anderen Jungen aus seiner Clique hatten daraufhin in den Kanon der Beleidigungen eingestimmt. Damals waren sie im Alter von Emres Jungs gewesen. Wenn ihre Eltern oder ihr Bruder davon erfahren hätten, wäre im Ort der Teufel los gewesen. Sie hatte bis vor einigen Tagen gar nicht gewusst, wie sehr sich dieses Erlebnis in ihr Innerstes eingebrannt hatte.

»Elif?«, erinnerte ihr Vater sie an seine Frage.

»Ich weiß es nicht. Er stand einfach so da.«

»Hat er dich bedrängt?«

»Nein.« Elif konnte sich auch jetzt keinen Reim darauf machen, warum er sich vor ihrem Auto aufgebaut hatte und was er damit bewirken wollte.

»Wieso fragst du gerade jetzt nach ihm?«, fragte sie, als ihr Vater nichts weiter sagte.

»Er ist aber nicht derjenige, der tot ist, oder?«

Über das Beet mit den Kartoffeln gebeugt schüttelte er seinen Kopf.

»Aber er ist flüchtig. Seine ehemalige Freundin ist tot.«

»Nicole? Die Tochter des Tankwarts?«

»Genau die.«

»Wieso flüchtig? Hat man ihn in Verdacht?«

»Er wurde am Tatort gesehen. Und ist seitdem verschwunden.«

»Woher weißt du das alles?«

Ihr Vater erklärte, dass er vorhin im Einkaufsmarkt in Pützfeld einen Bekannten getroffen hatte. Der wiederum jemanden kannte, der mit dem Tankwart verwandt war. Elif war bei Geschichten, die sie über mehrere Ecken erfuhr, also vom Hörensagen, immer skeptisch. Anders als offensichtlich wieder einmal ihr Vater. Und erst recht ihre Mutter, die alles glaubte, ohne auch nur in Erwägung zu ziehen, die Plausibilität oder die Quelle zu hinterfragen. Das Wort eines Menschen zählte für sie. Doch die Zeiten hatten sich geändert. Andererseits, Lügen, unabsichtliche Falschberichterstattung, Verleumdungen existierten seit Menschengedenken.

Obwohl sie Boris und seiner Clique einiges zutraute, so konnte sie sich nicht vorstellen, dass er seine Exfreundin ermordet haben konnte, mit der er, soweit sie im Bilde war, schon zwei Jahre nicht mehr zusammen war. Aber wenn ein Raubüberfall einfach aus dem Ruder gelaufen war?

Sie wollte sich bei ihrem Vater gerade erkundigen, ob er die Todesursache kannte. Doch so weit kam es nicht, denn vor dem Haus fuhr ein Auto vor. Kaum war es zum Stehen gekommen, ertönten schon laute Kinderstimmen. Ihre Schwägerin und die Jungs, dachte Elif.

Es würde ein anstrengender Tag werden. Sie konnte nicht schon wieder flüchten. Doch das war offensichtlich gar nicht nötig. Emre rief nach seiner Schwester. Elif machte sich bemerkbar.

»Ach, hier bist du. Ich werde abgeholt, dann kannst du noch länger bei unseren Eltern bleiben. Mutter ist so aufgeregt wegen dieses Vorfalls.«

Elif hatte eigentlich nicht vorgehabt, ihren Aufenthalt in Hönningen zu verlängern. Sie musste endlich ihre Bachelorarbeit fertigstellen. Sie wollte versuchen, ihre Mutter zu beruhigen, und dann so schnell es ging zurück nach Bonn fahren. Elif umarmte ihren Bruder zum Abschied und winkte ihrer Schwägerin und den Kindern über den Gartenzaun hinweg zu.

»Warum gehst du nicht zu ihnen?«, fragte ihr Vater.

Elif ging über die Frage hinweg. Wie sollte sie ihrem Vater erklären, dass sie ihre Neffen lieber aus der Ferne sah?

Kaum war sie mit ihren Eltern allein, widmete sich ihr Vater wieder der Gartenarbeit, und ihre Mutter begann zu kochen. Elif wusste nicht, wie sie es geschafft hatte, aber tatsächlich hatte ihre Mutter sie dazu überredet, über Nacht zu bleiben. Es wurde definitiv nichts aus ihrem Vorhaben, sich für all die Arbeit der letzten Monate mit einem freien Sonntag zu belohnen. Eine ihrer Kommilitoninnen hatte sie zum Brunch eingeladen. Ihre Teilnahme würde sie absagen müssen, denn erstens würden ihre Eltern sie nicht rechtzeitig fahren lassen, und zweitens musste sie am Sonntag weiter an ihrer Bachelorarbeit schreiben.

Der Tag verging wie im Flug, da ihre Eltern sie mit alten und neuen Geschichten über Verwandte und Bekannte in Beschlag nahmen. Immerhin konnte sich Elif nach dem Abendessen in ihr altes Jugendzimmer zurückziehen, während ihre Eltern es sich vor dem Fernseher im Wohnzimmer gemütlich machten. Zeit, die Kameras auszulesen. Jetzt bewährte es sich, dass sie ihren Laptop mitgenommen hatte. Beim Auswerten der Bilder stellte sie fest, dass sie mindestens zwei verschiedene Wildkatzen vor die Linse bekommen hatte. Sie war schon gespannt auf die DNA-Auswertungen der Haarproben. Was sie jedoch sehr ärgerte, war die Tatsache, dass auf den Bildern einer der Kameras etliche Personen zu sehen waren. Zwar unscharf und undeutlich, aber man würde sie identifizieren können, wenn man denn eine Veranlassung dazu sah. Es handelte sich ausgerechnet um jene Kamera, deren Position man manipuliert hatte. Da sie den veränderten Aufnahmewinkel erst auf den Fotos der vergangenen Nacht festgestellt hatte, ging Elif davon aus, dass diese ganz bewusst verstellt worden war. Noch etwas stimmte mit den Aufnahmen nicht, aber bevor sie dazu kam, dem nachzugehen, bemerkte sie klackernde Geräusche auf der Fensterbank, die sie in ihrer Konzentration störten. Was sollte das? Warf jemand Kieselsteine gegen ihre Scheibe? So etwas kannte sie nur aus Highschool-Filmen. Sie stand auf und wagte einen Blick hinaus. Im fahlen Licht des späten Abends erkannte sie schemenhaft eine männliche Gestalt, die zu ihr hinaufwinkte. Es war Boris. Elif öffnete zögerlich das Fenster.

»Was willst du?«, fragte sie im Flüsterton.

»Ich muss dich sprechen.«

Elif machte eine abwehrende Handbewegung. Wieso ausgerechnet sie?

»Bitte!«

Es klang dringend.

»Komm rüber zum Brunnenhaus!« Boris blickte sich um, wartete nicht auf ihre Antwort, sondern rannte davon.

Elif blieb noch eine Weile nachdenklich am Fenster stehen, bevor sie es schloss. Ihr Herz pochte. Um sich zu überzeugen, dass ihre Eltern nichts von dem späten Besucher mitbekommen hatten, ging sie auf Zehenspitzen zur Zimmertür, öffnete sie und lauschte. Sie hörte nur den Fernseher, dann die ruhigen Stimmen ihrer Eltern. Sie würde ihnen also nichts erklären müssen. Doch Elif wusste nicht, was sie tun sollte. Sie konnte sich doch schlecht mit einem mutmaßlichen Mörder treffen. Hätte Boris nicht so verzweifelt geklungen, würde sie keinen einzigen Gedanken mehr an ihn verschwenden. Seiner Bitte Folge zu leisten, wollte sie nicht, denn zu präsent war ihr noch sein früheres Verhalten. Schließlich hatte er sie einst so furchtbar beleidigt. War das jetzt relevant? Musste sie über ihren Schatten springen, um ihm zu helfen? Aber wobei? Und bestand nicht auch die Gefahr, dass er sie in etwas hineinziehen könnte? Schließlich kam sie zu der Überzeugung, dass Boris einen Grund haben musste, sie zu kontaktieren, und dass es ihm mit Sicherheit nicht leichtgefallen war, und dass er keinen anderen Rat gewusst hatte, als sie aufzusuchen. Doch ihr Misstrauen ihm gegenüber konnte sie nicht ignorieren. Bevor sie das Haus verließ, schlich sie in die Küche, um ein großes Messer aus der Schublade zu holen. Ihr Vater überraschte sie bei dem Versuch. Geistesgegenwärtig drückte sie die Küchenschublade zu.

»Ich wollte nur noch etwas trinken«, sagte sie.

»Ach so. Mutter und ich gehen jetzt ins Bett. Gute Nacht.«

»Gute Nacht.«

Elif wartete noch, bis sie die Schlafzimmertür ins Schloss fallen hörte, ließ das Messer, wo es sich befand, und schlich aus dem Haus. Sie hatte es nicht weit bis zum Brunnenhaus in der Hauptstraße. Auf dem Weg dorthin begegnete ihr niemand. Wer sollte ihr auch über den Weg laufen? Sie wusste viel zu wenig über Boris' Lebensweg, weshalb sie nicht abschätzen konnte, ob sie ihm Vertrauen schenken konnte. Zwischen dem Boris von damals und dem von heute klaffte eine große Lücke. Was ging in seinem Kopf nur vor? Selbst mitten in der Nacht war es nicht besonders schlau, sich mitten im Ort zu präsentieren, wenn man von der Polizei gesucht wurde, dachte Elif und überlegte, warum er sie ausgerechnet hierherbestellt hatte. Es gab abgelegenere Orte, zum Beispiel eine der Jagdhütten der Familie.

Vor dem spärlich beleuchteten Brunnenhaus war niemand zu sehen. Plötzlich öffnete sich die Seitentür des schmalen Gebäudes einen Spalt. Eine Hand war zu sehen und winkte sie heran. Offensichtlich hatte sich Boris dort versteckt. Elif überquerte die Straße. Sie war sich immer noch nicht sicher, ob sie ihm vertrauen konnte. Sollte sie lieber den Heimweg antreten? Letztendlich siegten ihre Neugier sowie ihre anerzogene Bereitschaft, anderen zu helfen. So zog sie rasch die Tür auf und schlüpfte hinein. Völlige Dunkelheit umfing sie. Nichts war zu sehen. Nur Boris' Gegenwart spürte sie sofort.

»Was machst du hier?«, fragte sie. Allmählich gewöhnten sich ihre Augen an das mangelnde Licht, und sie konnte ihn schemenhaft erkennen.

»Mich verstecken, was sonst.«

»Wie kommst du an den Schlüssel?«

»Mein Vater hilft manchmal im Feuerwehrmuseum mit.«

Jetzt erinnerte sich Elif wieder. Vor einigen Jahren hatte man hier ein kleines Museum eingerichtet, da der Brunnen früher der Feuerwehr diente.

»Warum versteckst du dich? Stimmt es, dass du Nicole getötet hast?«

»Natürlich nicht«, sagte Boris, ohne zu zögern.

»Wieso sucht man dich dann?«

»Die Ärsche haben mich in die Falle gelockt.«

»Von wem sprichst du?«

»Meine alte Clique. Sie müssen die Tanke überfallen haben. Wahrscheinlich hat Nicole sie überrascht.«

»Wie kommst du darauf?«

»Weil sie mich per Textnachricht dorthin bestellt haben. Angeblich, weil Nicole mit mir reden wollte. Als ich sie in der Werkstatt entdeckte, war sie schon tot. Und bevor ich begriff, was passiert war, hörte ich bereits die Polizeisirenen.«

»Und du konntest nicht warten und alles erklären?«

»Wie sollte ich denn bitte erklären, dass neben ihr mein alter Revolver lag?«

Elif zuckte zusammen. »Welcher alter Revolver? Und woher weißt du, dass es deiner war?«

»Weil es ein spezielles Modell ist.«

»Und wo ist er jetzt?«

»Hier.«

»Bist du irre? Du triffst dich mit mir und hast eine Waffe dabei?«, fluchte Elif. »Was willst du eigentlich von mir?«

»Du musst mir helfen. Du könntest dich für mich umhören. Ich weiß, dass meine alte Clique den Tankstellenraub geplant hat. Und dass sie mich da hingelockt haben, spricht doch auch Bände.«

»Das sagst du. Hast du Beweise dafür?«, fragte Elif skeptisch. Sie hatte nicht vor, ausgerechnet für Boris Nachforschungen anzustellen und sich damit selbst verdächtig zu machen. »Und wieso wendest du dich überhaupt an mich?«

»Es tut mir so unendlich leid, wie ich mit dir umgesprungen bin, ehrlich. Die haben mich damals dazu gezwungen. Mutprobe ...«

»Das erklärt vielleicht, warum du dich wie ein Arsch verhalten hast, aber noch nicht, warum du mir neulich aufgelauert hast ...«

»Ich wollte nicht, dass du es so empfindest. Ich wollte mich wirklich nur bei dir entschuldigen.«

Elif konnte ihm noch nicht vergeben, nicht jetzt und nicht hier. Aber im Moment war das ohnehin irrelevant. »Warum meinst du, ich würde dir helfen?«, fragte sie kühl.

»Du bist die Einzige, der ich hier im Ort vertraue.«

»Du kennst mich doch gar nicht. Was ist mit deinem Vater?«

»Wir verstehen uns nicht mehr. Aber das ist eine andere Geschichte.«

Noch immer war Elif nicht von Boris' lauteren Absichten überzeugt. Aber irgendwie tat er ihr leid.

»Kannst du bitte mal nachsehen, ob ich zur Tatzeit auf den Fotos deiner Wildtierkameras zu sehen bin?«

»Du weißt, dass es meine sind?«

»Ja klar, so was spricht sich doch rum.«

»Du kennst die Standorte?«

»Ja.«

»Und warum solltest du auf den Aufnahmen von der Tatnacht drauf sein?«

»Ich war bis zu Leons Anruf im Wald.«

»Mitten in der Nacht?«

»Ja. Ich war mit dem Nachtsichtgerät unterwegs, das mache ich oft. Habe auch schon ein paar Wildkatzen gesehen.«

Elif überlegte fieberhaft. Obwohl sie noch nicht alle Speicherkarten ausgewertet hatte, hatte sie auf den Fotos der letzten Woche immer wieder zu einer bestimmten Uhrzeit eine Person entdeckt. Jedoch konnte sie sich gut daran erinnern, dass sie bei der Kontrolle der Funktionsfähigkeit der Kamera, die dem Ort am nächsten lag und deren Position verstellt worden war, mehrere Leute entdeckt hatte.

»Hast du die Kamera verstellt, sodass man dich darauf besser erkennen kann?«

»Wie verstellt?«, fragte Boris ahnungslos. »Heißt das, dass ich auf keinem der Bilder zu sehen bin?«

Elif versuchte mit Nachdruck ihre Gedanken zu sortieren. Wenn Boris so fragte, war nicht er es gewesen, der die Kamera manipuliert hatte. Aber wer war es dann gewesen? Und worin lag das Motiv dafür? Sie musste sich später die Fotos ganz genau anschauen.

»Ich kann dir dazu gerade nichts sagen. Aber wie kommst du überhaupt darauf, dass du auf den Aufnahmen zu sehen bist? Du weißt nicht, dass ich sie so aufhängen muss, dass sie nur Bewegungen in Bodenhöhe erfassen? Wegen Datenschutz und so.«

»Mist.«

»Boris, ich weiß nicht, ob ich die Richtige bin, um dir zu helfen. Und ich weiß ehrlich auch nicht, ob ich dir vertrauen kann. Und vor allem will ich auch in nichts hineingezogen werden.« Elif machte einen Schritt zur Tür, doch Boris bekam ihr Handgelenk zu fassen. Er ließ sofort wieder von ihr ab und entschuldigte sich.

»Wenn du wirklich nichts mit der Sache zu tun hast, verstehe ich nicht, warum du dich nicht einfach der Polizei stellst.«

»Du weißt doch, dass einer meiner Kumpels von früher mit der Tochter von einem wichtigen Bullen verheiratet ist.«

»Du meinst, man würde sich auf dich als Verdächtigen einschießen?«

»Wenn du es so ausdrückst …«

»Okay, dann erzähl mir mehr. Woher stammt deine Waffe?«

Boris musste ein wenig ausholen, berichtete von seinem Großvater, dem Jäger, der ihm seine Waffe vermacht hatte, damit er in seine Fußstapfen treten sollte. Doch Boris konnte kein Tier töten, sondern beobachtete sie viel lieber. Die Waffe hatte er in einem kleinen Hohlraum unter dem Grabstein seines Großvaters auf dem örtlichen Friedhof versteckt. Wer von diesem Versteck wusste, wollte Elif wissen. Boris gab an, es niemandem verraten zu haben, konnte aber nicht ausschließen, dass jemand die Waffe gefunden hatte, schließlich war einer seiner früheren Kumpels Steinmetz, und neulich sei der Grabstein neu befestigt worden. Das habe Boris erst später erfahren.

»Ich habe die Waffe in der letzten Woche dort gesucht, aber sie war verschwunden.«

»Das hättest du melden müssen«, sagte Elif vorwurfsvoll. »Und überhaupt! Es ist grob fahrlässig, eine scharfe Waffe einfach so an einem öffentlichen Ort rumliegen zu lassen.«

Boris antwortete nicht. Es war zu dunkel, um seine mimischen Regungen exakt zu erkennen und aus ihnen zu lesen. Elif wusste nicht, warum, aber plötzlich begann er ihr leidzutun. Es musste sich für ihn alles wie eine Verschwörung anfühlen. Möglicherweise ging ihm der Tod seiner Exfreundin auch noch sehr nahe.

»Okay, ich schaue mir die Fotos noch einmal an. Aber ich bin mir nicht sicher, ob ich dir helfen kann. Vorher musst du mir aber versprechen, dass du das Ding da in sichere Hände gibst. Vielleicht finden sich ja auch noch Spuren der wirklichen Täter.«

»Also glaubst du mir?«

»Vielleicht.«

»Ich könnte die Waffe einem Freund übergeben, der ist Anwalt. Es ist ein ehemaliger Klassenkamerad von uns beiden.«

Er nannte ihr den Namen. Elif wunderte sich, dass die beiden im Kontakt miteinander standen. Tom war der Streber und Boris der größte Aufrührer in der Klasse. Irgendwie brachte sie die beiden nicht zusammen. Jedoch trug dieses Puzzleteil dazu bei, dass sie begann, sich ein neues Bild von Boris zusammenzusetzen.

»Ja, mach das. Wie kann ich dich denn erreichen, falls ich etwas auf den Aufnahmen entdecke, was dir weiterhelfen könnte?«

»Gar nicht. Ich habe mein Handy weggeworfen, damit mich niemand orten kann. Aber ich werde Tom bitten, dich anzurufen. Kannst du mir deine Handynummer geben?«

Elif hatte nichts zu schreiben dabei, was die Sache verkomplizierte. Doch Boris erinnerte sich, dass es in dem Brunnenhaus ein Gästebuch gab. Er taperte durch die Dunkelheit, stieß sich mehrfach irgendwo und kam schließlich mit einem Stück Papier und einem Bleistift zurück. Im Halbdunkel schrieb Elif ihre Telefonnummer auf.

»Ich hoffe, du kannst sie lesen.«

»Das hoffe ich auch.«

Elif griff nach der Türklinke. Plötzlich fiel ihr ein, dass es viel einfacher war, wenn sie den Anwalt kontaktierte, und es besser war, wenn niemand ihre Handynummer bei Boris fand, sollte er gefasst werden.

»Gib mir den Zettel zurück«, sagte sie. In ihrer Stimme schwang eine leise Panik mit.

Plötzlich spürte sie Boris' Hand an ihrem Oberarm. »Wieso?«, fragte er barsch.

Sie schilderte ihm ihre Bedenken. Jetzt kam es darauf an, wie er reagierte, damit es ihr leichter fiel, ihm zu trauen. Er gab tatsächlich zu, dass es eine dumme Idee gewesen war, sie um ihre Handynummer zu bitten, und händigte ihr den Zettel aus.

»Ich rufe Tom an, sobald mir etwas auffällt, okay?«

Elif öffnete die Tür.

»Ich brauche diese verdammen Aufnahmen!«, rief Boris.

Elif erschrak über den veränderten Tonfall in seiner Stimme, schrieb es aber seiner Verzweiflung zu. Doch ihr Gefühl sagte ihr, dass sie vorsichtig sein musste. Nur weil er sie jetzt ins Vertrauen zog, durfte sie nicht aufhören, ihre Instinkte zu beachten. Es wäre wirklich besser gewesen, wenn er sie nicht kontaktiert hätte. Denn nun war sie voreingenommen, wenn sie die Fotos durchsah. Sie verließ ihn wortlos. Kaum war sie draußen, öffnete sich die Tür zum Brunnenhaus. »Ich brauche die Aufnahmen!«, flüsterte Boris in die Nacht.

In einer der Seitenstraßen blieb sie stehen. Ihre Knie zitterten. Elif drehte sich nicht mehr um, eilte, ohne zu rennen, und gelangte ins Haus, ohne ihre Eltern zu wecken. An eigenen Schlaf war nicht zu denken. Die Begegnung mit Boris hatte sie aufgewühlt. Sollten ihre Aufnahmen wirklich zur Lösung eines Kriminalfalls beitragen? Bis in die frühen Morgenstunden sichtete sie die Fotos auf den Speicherkarten. Auf einigen waren Hosenbeine zu sehen, die man möglicherweise Boris würde zuordnen können, doch sie würden als Beweise keinerlei Relevanz haben. Dennoch glaubte sie ihm, denn wer sollte sonst um diese Zeit im Wald herumgestreift sein. Boris' Erklärung, er würde mit dem Nachtsichtgerät nach Wildtieren Ausschau halten, fand sie plausibel. Aber hatte etwa sein Verhalten die Wildkatzen beunruhigt und damit ihre Forschungsergebnisse verfälscht? Sie musste darauf vertrauen, dass er als Enkel und Sohn von Jägern mit den Gepflogenheiten der Pirsch vertraut war. Auch wenn es sich wie in seinem Fall um eine Fotopirsch handelte. Ihr fielen mittlerweile die Augen zu, doch plötzlich erkannte sie, dass sie die ganze Zeit etwas Wichtiges übersehen hatte. Sie nahm sich die Aufnahmen der Kamera erneut vor, auf der die vielen Leute schemenhaft zu sehen waren. Die Uhrzeit schien der des Überfalls auf die Tankstelle zu entsprechen. Und wenn es sich um die Mitglieder der Clique handelte, die Boris in Verdacht hatte, dann hatten sie ein Alibi für den Überfall und den Mord. Über diese Erkenntnis schlief Elif beinahe ein. Sie schaffte es gerade noch, sich ins Bett zu schleppen.

Von den ersten Sonnenstrahlen des Tages im Schlaf gestört, drehte sie sich um, als ihr ein Gedanke in den Kopf schoss, der sie schlagartig wach werden ließ. Sie sprang auf und blickte auf ihr Handydisplay, um die genaue Uhrzeit abzulesen. Dann verglich sie diese mit der Kamera, deren Fotos sie vor dem Zubettgehen betrachtet hatte. Endlich merkte sie, was sie die ganze Zeit gestört hatte. Die Uhrzeit war um zwei Stunden nach hinten verstellt worden. Zwei Stunden! Niemals war ihr selbst beim Einstellen der Kamera dieser Fehler unterlaufen. Das hieß: Wenn jemand nicht nur den Winkel der Kamera verändert hatte, sondern die Zeitangabe manipuliert hatte, dann hatte sich diese Person ein Alibi für die Tatzeit verschafft. Die Jungs der Clique wollten erkannt werden. Hätte Elif die Kameras nicht heute abgebaut, wäre vermutlich im Laufe des Tages jemand hingegangen, um die richtige Uhrzeit einzustellen. Sie musste diese Entdeckung, die zwar Boris nicht unmittelbar entlastete, aber einige Fragen bezüglich der Alibis der anderen aufwarf, mit jemandem teilen. Nur mit wem?

Sie wollte gleich am Morgen in Toms Kanzlei anrufen. Jetzt konnte sie beruhigt noch einige Stunden schlafen.

Als es in den Vormittagsstunden an der Haustür klingelte, hatte Elif gerade telefonisch Boris' Anwalt informiert. Dieser bestätigte ihr, dass Boris sich bereits bei ihm gemeldet habe, so wie es zwischen ihnen vereinbart gewesen war.

Aus der Stimme ihrer Mutter, die nach ihr rief, konnte Elif eine gewisse Anspannung heraushören. Das bedeutete, dass sie nicht mit einem angenehmen Besucher rechnen konnte. Im Flur standen zwei fremde Personen, die sich als Hauptkommissar Wieland und Kommissarin Siemer vorstellten und auswiesen.

»Wir würden gerne mit Ihnen allein sprechen«, sagte Hauptkommissar Wieland.

Elif bat die beiden ins Wohnzimmer und gab ihrer Mutter mit einer Handbewegung zu verstehen, dass sie sich keine Sorgen machen musste.

»Sie haben sicherlich von dem Tankstellenmord gehört«, sagte der Hauptkommissar, dem Elif wie auch seiner Kollegin einen Platz angeboten hatte.

Elif nickte, während auch sie sich setzte.

»Wir haben Hinweise darauf, dass Sie etwas zur Aufklärung des Falls beitragen können.«

Woher wussten die Beamten das?

»Inwiefern?«

»Sie haben Wildkameras im Wald angebracht?«, fragte die Kommissarin.

»Um welche Zeit geht es denn?«, fragte Elif.

»Die Tat geschah vorgestern nach Mitternacht. Mehr müssen Sie nicht wissen.«

»Ich hole meinen Laptop. Ich habe alle Bilder überspielt.«

Sie stand auf und verließ das Wohnzimmer. Ihre Mutter warf ihr durch die offen stehende Küchentür einen ängstlichen Blick zu. Elif ging in ihr Zimmer und kehrte kurz darauf zu den Beamten zurück. Sie hatte außerdem die Kameras mitgebracht.

»Wir suchen aber keine Tieraufnahmen«, sagte die Kommissarin, als Elif ihren Laptop aufklappte.

»Ich weiß«, sagte sie und erzählte den beiden Beamten, was sie entdeckt hatte, selbstverständlich ohne ihnen von ihrem konspirativen Treffen mit Boris zu berichten.

»Dass die Uhrzeit verstellt wurde, ist in der Tat ungewöhnlich«, sagte Kommissar Wieland. »Gab es kein Schloss an den Kameras?«

Elif hatte dazu keine Notwendigkeit gesehen, und die Unversehrtheit der Kameras hatte sie bislang auch nicht an ihrem Entschluss zweifeln lassen.

Der Kommissar nahm die Beweisstücke an sich, versprach, sich mit Elifs Fachbereich in Verbindung zu setzen, da die Kameras Eigentum der Universität waren.

Es waren einige Tage vergangen und Elif hatte ihre Bachelorarbeit mittlerweile fertiggestellt und eingereicht, als sie an einem Samstag erneut nach Hönningen fuhr. Doch sie steuerte nicht ihr Elternhaus an, sondern den Friedhof von Hönningen, wo sie sich mit Boris verabredet hatte. In der vergangenen Woche hatte sie mit Kommissar Wieland telefoniert, weil ihr Ungereimtheiten aufgefallen waren, weniger bei dem nochmaligen Betrachten der Aufnahmen als beim Nachdenken über Boris' Aussagen und seinem Verhalten ihr gegenüber. Zu ihrer Verwunderung hatte sie von Kommissar Wieland erfahren, dass Boris sich nicht wie vereinbart zu einer Befragung auf der Polizeidienststelle eingefunden hatte. Über Tom hatte sie ein Treffen mit Boris für den heutigen Vormittag arrangiert. Sie war gespannt, ob Boris überhaupt kommen würde.

Und wenn er auftauchte, würde er dann angesichts der ungewöhnlich vielen Autos, die vor der Friedhofsmauer parkten, Verdacht schöpfen? Würde er ahnen, dass Polizeibeamte in zivil auf ihn warteten? Es war gar nicht so leicht gewesen, Boris davon zu überzeugen, sich mit ihr auf dem Friedhof zu treffen. Stattdessen hatte er ein Treffen im Wald vorgeschlagen. Aber das war Elif definitiv zu gefährlich. Da Boris schließlich doch unbedingt erfahren wollte, was sie Wichtiges zu seiner Entlastung herausgefunden hatte, musste er auf ihren Vorschlag eingehen. Tom jedenfalls hatte durchblicken lassen, dass er hoffte, Elif könne Boris dazu zu bewegen, sich bei der Polizei zu melden. Ihm sei es jedenfalls nicht gelungen.

Nachdem sie ausgestiegen war, versuchte Elif einen Blick ins Innere der Fahrzeuge neben ihr zu werfen. Erleichtert entdeckte sie das Gesicht von Kommissar Wieland. Sie hatten versprochen, das Treffen zu beobachten und auf sich aufzupassen. Beruhigt schlenderte sie zum Grab von Boris' Großvater. Boris war nirgends zu sehen, dafür eine Frau, die sie noch nie hier gesehen hatte, die an einem Grab an welken Blüten herumzupfte. Elif wurde unruhig. Es dauerte weitere Minuten, die Elif wie eine kleine Ewigkeit vorkamen, bis er endlich auftauchte. Er trug einen Hoodie, dessen Kapuze er tief ins Gesicht gezogen hatte. Allein dieses Verhalten verstärkte Elifs Misstrauen ihm gegenüber. Sie beschlich nicht erst in diesem Moment der Verdacht, dass er ihr einfach etwas vorgespielt hatte. Seine Reue, seine Unschuldsbeteuerungen.

»Was willst du?«, fragte er barsch. »Ich habe keine Zeit. Müsste schon längst weg sein. Ich musste aber noch warten, bis mein Vater auf Dienstreise ist, damit ich mein Zeug zu Hause holen kann.«

Warum hatte die Polizei nicht das Haus des Vaters beobachten lassen und ihn da schon festgenommen? Ja, richtig, von Personalmangel war die Rede gewesen.

Plötzlich kochte die Wut in Elif wieder hoch. Nicht nur, dass er sie damals derart beleidigt hatte, dass sie ihr bisheriges Leben darunter gelitten hatte. Er hatte sie auch jetzt für seine Zwecke missbraucht.

»Du warst es, der die Kamera manipuliert hat, oder?«

Boris sagte nichts.

»Du hast nur einen entscheidenden Fehler gemacht. Du wolltest dir so selbst ein Alibi verschaffen, aber das hat nicht hingehauen, weil deine Kumpels dich im Wald gesucht hatten, um dich zu stellen, und dabei an der Kamera vorbeigelaufen sind.«

»Quatsch«, sagte Boris.

»Und die Waffe, die lag nie hier am Grab deines Opas, nicht wahr?« Elif wusste, dass sie zu weit ging. Doch sie wurde mutig, da sie Schritte hinter sich hörte. »Niemand hat deine Waffe gestohlen, nicht wahr, weil du sie selbst die ganze Zeit genutzt hast …«

»Wie kommst du darauf?«

»Weil ich auf einem der älteren Bilder eine Wildkatze entdeckt habe, die später nie mehr aufgetaucht ist. Zufälligerweise trug sie einen Sender. Und diesen Sender haben die Leute der Tierschutzorganisation vor einigen Wochen in der Nähe eurer Jagdhütte gefunden.«

»Zufall …«, sagte Boris kühl. »Wenn nichts weiter ist, dann gehe ich jetzt. Du weißt, dass ich die Waffe noch bei mir trage …«

Elif überhörte die unverhohlene Drohung.

»Du wolltest die Waffe doch deinem Anwalt übergeben.«

»Du bist zu gutgläubig«, sagte Boris und drehte ihr im Gehen den Rücken zu. Sie verfolgte ihn mit den Augen und war gespannt, wie es nun weitergehen würde. Schon merkte sie, dass jemand direkt hinter ihr stand. Und von der Seite näherte sich die Frau, die am Grab die Blumen geputzt hatte und Elif nun mit einem beherzten Griff beiseitezog.

»Herr Rohloff, nehmen Sie Ihre Hände hoch und legen sich auf den Boden!«, sagte die Kommissarin, die sie zusammen mit Kommissar Wieland in ihrem elterlichen Haus aufgesucht hatte.

Boris zuckte merklich zusammen, tat aber, was von ihm verlangt war. Elif traute ihm nicht und folgte nur zu gerne der Anweisung der Polizistin, hinter einem Grabstein Schutz zu suchen. Elifs Herz pochte vor Aufregung. Aus ihrem Versteck beobachtete sie, wie zwei uniformierte Polizisten zu Boris eilten und dafür sorgten, dass keine weitere Gefahr von ihm ausging. Als Elif das sah, seufzte sie, harrte aber noch eine Weile hinter dem Grabstein aus, bis ihr Kommissarin Siemer signalisierte, dass die Lage unter Kontrolle war.

»Danke für Ihren Mut«, sagte die Kommissarin.

»Aber das war so nicht abgesprochen«, hörte Elif eine weitere Stimme.

Sie blickte in das Gesicht von Kommissar Wieland.

»Ich weiß, ich hätte nicht so lange mit Boris reden sollen.«

»Allerdings«, antwortete der Kommissar. »Ich habe auch eine Kollegin, die lieber alles im Alleingang macht«, fügte er leise hinzu. Er meinte damit nicht Melanie Siemer, sondern Jana Vogt, die Tatortfotografin.

Nachdem Boris abgeführt worden war, begleiteten die beiden Kommissare Elif zu ihrem Auto.

»Benötigen Sie psychologische Beratung?«, fragte die Kommissarin. »Wir bieten so etwas an. Sie können uns auch später noch kontaktieren.«

Elif war sich nicht sicher, ob das nötig sein würde. Im Moment interessierte sie vor allem, was Boris wirklich getan hatte. Sie fragte geradeheraus, ob die Kommissare ihr dazu Auskunft geben würden.

»Dass Boris Rohloff gewildert hat, haben Sie ja vermutet. Dazu haben sich in den vergangenen Tagen weitere Anhaltspunkte ergeben. Vor allem haben ihn seine alten Freunde diesbezüglich bei uns angezeigt. Sie wollten ihn am Tag des vermeintlichen Überfalls auf die Tankstelle zur Rede stellen.«

»Es war gar kein Überfall?«, schlussfolgerte Elif blitzschnell.

»Nein. Herrn Rohloffs frühere Freundin, die jetzt mit einem der Männer liiert ist, geriet zwischen die Fronten.«

»Es bedrückt mich so, dass Boris mich derart für seine Zwecke missbraucht hat. Ich weiß nicht, ob ich überhaupt noch einmal jemandem vertrauen kann«, seufzte Elif.

»Geben Sie die Hoffnung nicht auf. Die Mehrzahl der Menschen hat gute Absichten, wenn man sie um Hilfe bittet«, sagte die Kommissarin.

Elif zweifelte im Moment allerdings daran. Sie beschloss, sich fortan noch mehr den Tieren zu widmen.

*

Hauptkommissar Clemens Wieland und Kommissarin Melanie Siemer ermitteln zusammen mit Tatortfotografin Jana Vogt in Karin Joachims Krimis aus dem Ahrtal.

EINMAL IM JAHR

Sie hatten die Tradition über viele Jahre hinweg gepflegt. Olaf Tenbrock und sein bester Freund Bernd Wever. Beide hatten das Ahrtal zum ersten Mal während ihres Studiums der Betriebswirtschaftslehre in Münster als Ausflugsziel entdeckt. Damals kannte man die Region nur wegen der vielen Orte, in denen es sich gut feiern ließ. Während des Jahres in den Weinstuben, im Herbst dann auf einem der zahlreichen Weinfeste entlang des fröhlich dahinplätschernden Flusses. Doch dem Wein sprachen die beiden Freunde nur äußerst selten zu, vielmehr lockten sie die Felsen rund um Altenahr für ihre sportlichen Aktivitäten. Zu einer Zeit, als das Klettern noch nicht so en vogue war wie heutzutage. Jedes Jahr im Mai kamen sie hierher. Jedes Jahr. Auch als sie beide frisch verheiratet waren, Olaf mit Silvie und Bernd mit Vanessa, hatten sie sich gegenüber ihren Frauen durchgesetzt: Immer an einem Maiwochenende ging es ins Ahrtal. Zu zweit. Die beiden Männer allein ohne ihre Frauen. Nach dem Klettern machten sie oft Rast an einer idyllischen Stelle am Ahrufer. Der Fluss bildete mit seiner großen Schleife das sogenannte Langfigtal, in dem es im Frühjahr noch sehr ruhig zuging, wenn man von den Schulklassen absah, die in der nahe gelegenen Jugendherberge untergebracht waren, aber diese fanden sich dort ja eher unter der Woche ein. Bernd und Olaf genossen den Tagesaufklang bei einem Bierchen unter Bäumen in der Nähe eines alten, nun übergewucherten Schwimmbades, wie ihnen ihre Wirtin eines Tages erklärte, als sie ihr von den merkwürdigen Mauerresten am Ufer berichtet hatten.

Anfangs hatten ihre Frauen zu dem Unterfangen der Männer geschwiegen. Auch die durchaus ernst gemeinten Fragen ihrer Männer, ob sie nicht vielleicht mitkommen wollten, hatten Silvie und Vanessa klar verneint, was nicht weiter verwunderlich war, denn für diese Art des Sports konnte sich keine von beiden erwärmen. Silvie arbeitete als Kosmetikerin und sorgte sich um ihre makellose Haut und ihre Fingernägel. Vanessa zog es vor, in ihren Büchern zu lesen, denn sie war bestrebt, sich weiterzubilden, und schaffte es später, trotz ihres schwierigen Starts als Arbeiterkind, ihr Chemiestudium erfolgreich zu absolvieren. Während der Ehe mit Bernd. Was die Frauen jedoch beunruhigte, war die Verfassung ihrer Männer, wenn sie nach jedem Maiwochenende am Sonntagabend nach Hause zurückkehrten. Sie sprühten vor guter Laune, gaben sich regelrecht albern und waren mehr als sonst zu Späßen aufgelegt. Dem mussten sie auf den Grund gehen, und so beschlossen Silvie und Vanessa eines Tages einmütig, im kommenden Jahr mit ins Ahrtal zu reisen. Mittlerweile zweifelten die beiden Frauen nämlich daran, dass es ihren Männern nur ums Klettern ging. Die beiden so ungleichen Frauen waren einer Meinung: Es mussten andere Frauen im Spiel sein. Man hörte ja so einiges von aus dem Ahrtal rückkehrenden Klubs und Vereinen. Sie hofften nur, dass ihre Männer sie trotz ihrer zu erwartenden abschlägigen Antwort auch dieses Mal fragen würden, was sie zum Glück taten. Die Verwunderung von Bernd und Olaf konnte man deutlich im Gesicht ablesen. Ihre Frauen sagten dieses Mal nicht nur zu, sie hatten sogar bereits ihre Taschen gepackt. Silvie besaß keine Wanderschuhe, schon gar keine Kletterausrüstung, und würde sich auch niemals eine solche zulegen, aber ein Paar leichte Turnschuhe waren Bestandteil ihres Gepäcks. Vanessa hingegen hatte gleich nach ihrer heimlichen Übereinkunft mit Silvie ein Sportfachgeschäft aufgesucht, sich beraten lassen und hatte vorgesorgt: Wanderkleidung und Schuhe waren auf ihre Tauglichkeit bei einigen kleinen Wanderungen rund um Münster, die sie allein unternommen hatte, überprüft worden. So schloss sie sich mit gut eingelaufenen Schuhen den beiden Kletterern an. Diese verzichteten ihr zuliebe für dieses Mal auf eine ambitionierte Wanderroute mit anschließender Kletterpassage, was Vanessa freute. Aber sie gingen los, was Silvie so nicht erwartet hatte: Man hätte ihr zuliebe doch etwas anderes unternehmen können, wenn sie schon einmal mitkam. So schmollte sie leise in ihrer Unterkunft und hätte den drei anderen ihr Beisammensein durch ständige Anrufe verleidet, wenn es Anfang der 1990er-Jahre bereits ein ausgebautes Mobilfunknetz gegeben hätte.

Nun kam es auf den Abend an. Würden die Männer schlecht gelaunt mit ihren Frauen im Hotelzimmer bleiben, würden sie sie ausführen und währenddessen nach anderen weiblichen Gästen schielen oder gar allein losziehen? Silvies und Vanessas Befürchtungen erfüllten sich nicht: Olaf und Bernd luden ihre Ehefrauen zum Essen ein, wählten dafür ein Restaurant der gehobenen Küche, einige Kilometer außerhalb von Altenahr. Es gab für Silvie und Vanessa offensichtlich keinen Grund zur Eifersucht. Doch Olaf hatte ein Auge auf Vanessa geworfen, die er wegen ihres Durchhaltevermögens und ihrer patenten Art ins Herz geschlossen hatte. Seine eigene Frau langweilte ihn. Silvie sprach tagein, tagaus nur von Hautcremes, Make-up und allerlei kosmetischen Anwendungen. Sie war glücklich mit dem, was sie tat. Was er ihr durchaus gönnte. Aber es gab einfach nicht viel, worüber sie miteinander reden konnten. Bernd merkte sehr wohl, dass Olaf jede sich nur bietende Gelegenheit suchte, Zeit mit Vanessa zu verbringen. Er fühlte sich bei ihren Wanderungen, die nun in jedem Mai stattfanden, so manches Mal wie das dritte Rad am Wagen. Meistens blieb Silvie nämlich in Münster, um in ihrem Studio zu arbeiten oder Fortbildungen zu besuchen. Es schien ihr nichts auszumachen, dass Vanessa unbedingt bei den Unternehmungen der Männer dabei sein wollte.

Wenn sie abends in Altenahr zu dritt miteinander ausgingen, begann Bernd mehr zu trinken, als er vertrug. Vanessa betrachtete diese Entwicklung mit Sorge, denn – so verriet sie es Olaf einmal während einer Gartenparty in Münster – Bernd trank mittlerweile bei jeder sich bietenden Gelegenheit. Und diese Gelegenheiten schuf er sich selbst. Er wurde aggressiv ihr gegenüber. Auch das erzählte Vanessa seinem besten Freund eines Tages im Vertrauen. Als sie das erwähnte, befanden sie sich gerade auf dem Aussichtspunkt »Schwarzes Kreuz«, oberhalb von Altenahr. Von hier aus war der Ausblick spektakulär, die Felswände steil, die Wege mitunter rutschig. Olaf hatte ein Flackern in Vanessas Augen bemerkt, das er anfangs nicht zu deuten wusste, nein, das er missinterpretierte. Das vom Sonnenlicht befeuerte Glitzern wähnte er für einen kurzen Moment als lang ersehntes Zeichen der erwiderten Liebe. Dann, nur dann würde er sich Hoffnungen machen auf ein neues Leben mit Vanessa an seiner Seite. Seine Freundschaft zu Bernd bedeutete ihm jedoch mehr, auch mehr als seine Beziehung mit Silvie. Er hätte Silvie schon längst verlassen müssen, denn mittlerweile lebten sie nur noch nebeneinanderher. Was nicht weiter schlimm war. Sie mochten sich schließlich immer noch, und der Alltag mit ihr verlief problemlos. Aber Olaf war in all den Jahren niemals in den Sinn gekommen, Bernds Freundschaft wegen einer Affäre mit Vanessa aufs Spiel zu setzen. Für ihn wurde das Zusammensein mit Vanessa eine immer größere Belastung, weshalb Olaf schon überlegte, die traditionellen Ahr-Wochenenden ausfallen zu lassen. Einladungen von Bernd nahm er mittlerweile nur noch an, wenn er mit Sicherheit davon ausgehen konnte, dass Vanessa nicht zu Hause war. In diesen Stunden trank Bernd so gut wie gar nichts, redete wie früher und blieb der verlässliche Freund, der er seit Studientagen war. Die beiden Männer änderten ihre Gewohnheit und fuhren nicht nur einmal im Jahr, sondern immer öfter zum

Wandern ins Ahrtal. Mittlerweile hatten sie ihren Radius erweitert und kannten nahezu jeden Wanderweg und jeden Felsen zwischen Blankenheim und Sinzig. Nun wieder meist zu zweit. Mit Silvie hatte sich Olaf arrangiert, schließlich ließen sie sich in beiderseitigem Einvernehmen scheiden. Keinen einzigen Gedanken verschwendete er mehr an Vanessa, seine Schwärmerei für sie war abgekühlt, was vor allem darauf zurückzuführen war, dass sich in ihrer Anwesenheit ein tatsächliches Gefühl der Kälte bei ihm einstellte. Betrachtete er Fotos von früher und verglich ihren Gesichtsausdruck mit dem aktuellen, so war eine Verhärtung ihrer Züge nicht von der Hand zu weisen. Irgendetwas schien sie zu belasten. Dass Bernd ihr gegenüber handgreiflich wurde, so wie sie es vor Jahren angedeutet hatte, konnte er sich nicht vorstellen. Ihre Veränderung musste einen anderen Grund haben. Aber dieser interessierte ihn nicht, und da Bernd auch mit keinem Wort erwähnte, dass er sich um seine Frau sorgte oder in ihrer Beziehung etwas nicht stimmte, machte er sich auch keine weiteren Gedanken darüber.

Olaf hatte sich vor einigen Monaten mit einer Frau angefreundet, die er bei einer Wanderung auf dem AhrSteig in der Nähe von Mayschoß getroffen hatte, als er einmal ohne Bernd unterwegs gewesen war. Sie hatte auf einer Bank in der Abendsonne gesessen und ein Buch gelesen. Sie komme immer wieder hierher, hatte sie erzählt, nachdem er sich neben sie gesetzt hatte. Olaf war erschöpft, der Job war stressig geworden. Anja, die in Altenahr wohnte und die ebenso gerne wie er wanderte, traf er in der Folgezeit regelmäßig, was bedeutete, dass er sich beinahe jedes Wochenende im Ahrtal aufhielt. Dies war vermutlich auch der Grund, warum er Bernd ein wenig aus den Augen verloren hatte. Da es immer einmal Phasen gegeben hatte, während der die beiden Männer sich nur hin und wieder trafen, würde es ihm sein Freund nicht nachtragen, dachte Olaf, als er Bernd von seiner neuen Freundin berichtete. Freundschaften hielten derartige Veränderungen aus, wenn es sich um echte Freundschaften handelte, woran Olaf keinerlei Zweifel hegte.

Im kommenden Frühjahr rief Olaf bei Bernd an, um den Termin für ihre Maiwanderung zu vereinbaren, an der sie immer noch festhielten. Es war schön, diese Tradition zu pflegen. Doch er erreichte ihn nicht. Weder auf seinem Mobiltelefon noch zu Hause. Einmal erwischte er Vanessa, die ihn abwimmelte und davon sprach, dass es Bernd nicht gut gehe. Auf Olafs Nachfrage legte sie einfach auf. Hätte sich Olaf nicht einer derart zeitaufwendigen Unternehmensberatung widmen müssen, wäre er der Sache mit Bernds Gesundheitszustand unverzüglich nachgegangen, doch der Firmenkunde erforderte seine ganze Aufmerksamkeit, und so dauerte es etliche Tage, bis er wieder einmal die Ruhe fand, an seinen Freund zu denken. Er machte gar nicht erst den Versuch, ihn telefonisch zu erreichen, sondern fuhr gleich zum Haus der Wevers, in dem sie vor Jahren, als sie noch zu viert waren, so viele Partys gefeiert hatten. Sie hatten schon immer auf größerem Fuß gelebt als er und Silvie, aber das hatte ihn nie gekümmert. Das Geld für das ausgefallene Architektenhaus am Stadtrand von Münster hatten Bernds Eltern beigesteuert, obwohl sie mit Vanessa als Schwiegertochter nicht einverstanden gewesen waren. Ob es daran lag, dass sie um einige Jahre älter als Bernd war? Für sie war es die zweite Ehe. Über ihren ersten Ehemann hatte sie sich immer in Schweigen gehüllt. Olaf war davon ausgegangen, dass sie sich hatten scheiden lassen. Dass er schon lange tot war, hatte Olaf erst vor einigen Wochen durch Zufall herausgefunden, als er die Firmenchronik eines seiner Kunden durchlas. Ein Foto von Vanessa mit ihrem ersten Mann bei einem Empfang. Der Mann war der Vater von Olafs Kunden. Er sei ganz plötzlich gestorben, habe sein Herzmedikament überdosiert. Ein tragischer Unglücksfall. Ob er da noch mit Vanessa verheiratet gewesen sei, hatte Olaf gefragt. Sein Kunde, der Sohn des Verstorbenen, musste nicht lange überlegen. Ja, gab er zur Antwort. Seine Stiefmutter, die aufgrund eines Ehevertrages nicht viel geerbt hatte, sei gleich nach der Beerdigung aus dem gemeinsamen Haus ausgezogen, obwohl ihr lebenslanges Wohnrecht eingeräumt worden war.

Vanessa hatte nach dem Tod ihres ersten Mannes schnell wieder geheiratet, aber nicht Bernd, wie Olaf zu seinem Erstaunen herausgefunden hatte. Somit hatte Vanessa über ihre Vergangenheit nicht ganz die Wahrheit berichtet. Oder hatte Olaf einfach nur etwas durcheinandergebracht? Sie konnte allerdings nicht lange mit diesem zweiten Mann verheiratet gewesen sein, wenn er das Sterbedatum ihres ersten mit dem Tag der Eheschließung von Bernd und Vanessa abglich. Olaf kam nicht dazu, weitere Nachforschungen anzustellen, denn nur wenige Tage nach dieser Entdeckung starb sein bester Freund Bernd.

Hier könnte die Geschichte enden, wäre Olaf nicht an einem sonnigen Maisamstag mit Vanessa zu einer Wanderung durch das Langfigtal bei Altenahr aufgebrochen. Er hatte sie eingeladen, mit ihm Bernds Andenken zu begehen, indem sie noch einmal an seinen Lieblingsort reisten. Sie war ohne zu zögern in sein Auto gestiegen, als er in den frühen Morgenstunden im Dunkeln an ihrem Haus vorfuhr. Er habe später am Nachmittag noch einen wichtigen Termin, hatte er als Erklärung angebracht. Er hatte Proviant eingepackt, für sie beide. Als er seinen Wagen auf dem großen Parkplatz unterhalb der Eisenbahnbrücken in Altenahr abstellte, war kaum jemand unterwegs. Die Sonne war gerade erst aufgegangen. Er lotste sie über die kleine Fußgängerbrücke am schattigen Ufer vorbei zu seinem und Bernds Lieblingsplatz. Nachdem sie etwas getrunken hatten, ließ er Vanessa für eine Weile allein. Er musste Abstand gewinnen, nachdenken.

Später am Tag nahm Olaf seinen Termin in Münster wahr und dachte fortan nicht mehr an Vanessa. Er hatte ihre Existenz vergessen, nicht aber seine Trauer um Bernd. Sein Schmerz war gewaltig. Mit Anja, die eine neue Stelle in Bayern antrat, zog er in die Nähe des Starnberger Sees. Olaf war längst in Rente gegangen, als Anjas in Altenahr lebende Mutter sie beide zu ihrem runden Geburtstag einlud. Olaf wusste, dass er eines

Tages wieder mit der Vergangenheit konfrontiert werden würde. Aber die Jahre an Anjas Seite hatten einen Mantel des Vergessens über seinen Schmerz gelegt. Er hätte an dem kühlen Februarmorgen nicht allein aufbrechen müssen. Er hätte mit Anja und ihrer Mutter in Ruhe frühstücken können. Doch es zog ihn zu Bernds Lieblingsplatz ans Ahrufer im Langfigtal. Im Schatten entlang der Steilfelsen war der Weg rutschig, Raureif lag auf den Wiesen. Durch das Tal drang das Geräusch von Motorsägen. Als er an der Stelle ankam, an der er vor vielen Jahren zum letzten Mal mit Vanessa gesessen hatte, wollte er eigentlich gleich weitergehen, doch er sah, dass Arbeiter damit beschäftigt waren, einen umgestürzten Baum aus dem alten Schwimmbad zu bergen. Olaf blieb stehen und beobachtete, wie einer der Männer zu einer Schaufel griff. Ein anderer winkte einen Kollegen herbei. Die Männer blickten auf etwas, das offensichtlich auf dem Grund des ehemaligen Schwimmbades lag.

Olafs Herz begann wie wild zu schlagen, wusste er doch, was sie gefunden hatten. Damals hatte niemand Vanessa vermisst. Man hatte vermutet, dass sie ein neues Leben begonnen hatte. Mittlerweile musste man sie für tot erklärt haben, denn sie konnte in der Zwischenzeit nicht wieder aufgetaucht sein. Für den gemeinsamen Ausflug im Mai vor vielen Jahren hatte sich Olaf gut vorbereitet. Nachdem sich die Indizien mehrten, dass Vanessa, die Chemikerin, für die Tode ihrer drei Ehemänner verantwortlich gewesen sein musste und Olaf selbst auf einen wenn auch anonymen Hinweis bei der

Polizei offensichtlich keine Mordermittlungen ausgelöst hatte, musste er die Dinge eben selbst in die Hand nehmen. Für seinen inneren Seelenfrieden und als postume Wiedergutmachung im Sinne seines besten Freundes Bernd, der an Nierenversagen verstorben war – ein toxikologisches Gutachten oder eine Obduktion war seitens des Hausarztes nie angeordnet worden. Doch für Olaf stand Vanessas Täterschaft fest. Je mehr er sich in den Monaten nach Bernds Ableben mit chemischen Substanzen befasste und deren Wirkung mit dem Bild des Verfalls seines besten Freundes verglich, desto überzeugter war er davon, dass Vanessa schuldig war. Im Rahmen dieser Recherchen fand Olaf auch das Gift, das er an jenem Maimorgen in die Trinkflasche mischte, die Vanessa unter den Bäumen sitzend in einem Zug leerte. Jetzt waren die Bäume kahl, und einer von ihnen musste vor wenigen Tagen ins Schwimmbad gefallen sein, vielleicht aus Altersschwäche, vielleicht aber auch in der Folge eines heftigen Spätwintersturms. Niemand hatte in all den Jahren hier ein Grab vermutet, ein Grab, das Olaf mit einem Klappspaten geschaufelt hatte, und zwar bereits ein Wochenende zuvor. An jenem Samstag musste er nur die darauf drapierten Äste zur Seite schieben, Vanessas Körper dort ablegen und das Erdreich wieder hineinschaufeln. Er hatte Glück gehabt. Denn niemand hatte ihn beobachtet. Auch jetzt nahm niemand von ihm Notiz. Er war nicht bereit dazu, seine Schuld einzugestehen, denn er fühlte sich nicht schuldig, nicht jetzt und auch nicht während der vergangenen Jahre. Seine Angst, jemals mit Vanessas Tod in Verbindung gebracht zu werden, war minimal. Nun hatte man ihre sterblichen Überreste gefunden. Es würde ewig dauern, bis man überhaupt ihre Identität feststellte. Sein Herz schlug wieder im Takt.

Einer der Arbeiter rief etwas. Olaf hatte sich bereits zum Gehen gewandt, drehte sich aber noch einmal um. Der herbeigerufene Mann lachte, hob etwas in die Höhe. Lediglich einen kleinen, in der Sonne glitzernden Gegenstand. Olaf wurde neugierig und näherte sich ihnen bis auf wenige Meter. »Wer hätte das gedacht!«, rief der Mann, »mein Ehering, den ich im letzten Sommer hier verlor.«

Olaf musste unwillkürlich lächeln.

KELLEREIGEHEIMNISSE

Gerhard Zenner schnäuzte in sein Taschentuch. Ihn hatte eine Erkältung erwischt, was eher ungewöhnlich für diese Jahreszeit war. Die Luft war noch warm, es hätte ein herrlicher Herbsttag werden können. Die Sonne schien, als wolle sie es allen noch einmal zeigen. Kommissar Zenner aus Koblenz hatte vorgehabt, mit seiner Frau das milde Wetter auszunutzen und durch die Weinberge im Ahrtal zu spazieren. Hätte er doch nur sein Handy ausgeschaltet, Bereitschaft hatte er nämlich nicht. Aber pflichtbewusst, wie er war, nahm er jeden Anruf der Dienststelle entgegen, zumal sein Kollege Kommissar Wieland gerade auf einer Fortbildung im Ausland weilte und ihre Abteilung notorisch unterbesetzt war.

Man vermeldete ihm, dass es im Winzerkeller der Familie Wilhelmi einen Toten gegeben habe. Zenner befand sich ganz in der Nähe, musste nur wenige Hundert Meter laufen und dann den steilen Weg hinab ins Dorf nehmen. Seine Frau war alles andere als begeistert und zog ein langes Gesicht.

»Ich geh jetzt Wein kaufen, nebenan!«, zischte sie.

Nun stand er also hier vor der ihm am Telefon genannten Adresse. Er betrachtete die Aufschrift »Winzerhof Wilhelmi« auf der Hausfassade und das Schild »Weinproben jederzeit« darunter. Vor dem Haus parkten bereits ein Kranken-, ein Notarzt- sowie ein Dienstwagen der Kreispolizei. Zenner tastete nach seinem Polizeiausweis, bevor er die schwere Eichentür öffnete. Im Innern sah er erst einmal gar nichts. Es war dunkel, zu dunkel für diese Tageszeit. Als sich seine Augen an das dämmrige Licht gewöhnt hatten, konnte er am Ende des Korridors eine Tür mit dem Hinweis »Zum Weinkeller« erkennen. In diesem Moment bewegte sich eine der Türen, und ein Mann taumelte in den Korridor.

»Scheiße!«, sagte der Mann, der eine Warnweste mit der Aufschrift »Notarzt« trug.

»Was ist passiert?«, fragte der Kommissar besorgt.

»Ich vermute Kohlendioxidgase. Mir ist ganz schummrig. Rufen Sie die Feuerwehr …«, sagte er, bevor er zusammensackte.

»Und einen Notarzt für den Notarzt«, murmelte der Kommissar, während er den benommenen Mann unterhakte und zur Haustür bugsierte, damit dieser frische Luft atmen konnte. Während er die Sanitäter herbeiwinkte, die jedoch, wie er erkannte, selbst noch Anzeichen einer Kohlendioxidvergiftung aufwiesen. Zenner leitete den Notarzt zu seinen Kollegen und tätigte im Anschluss einige Anrufe. Schließlich eilte er zum Einsatzwagen der Polizei und erteilte den beiden davor wartenden Beamten die Anweisung, dafür zu sorgen, dass niemand mehr ohne Atemschutzgerät das Gebäude betrat.

Um die tote Person würden sie sich erst später kümmern können.

Zenner war versucht, seine Frau im nebenan gelegenen Weingeschäft aufzusuchen, um ihr mitzuteilen, dass sein Einsatz länger dauern würde, doch er musste sich zunächst einen Überblick über die Gesamtsituation verschaffen. Er winkte einen der Polizisten herbei und erkundigte sich, ob sich noch weitere Personen im Gebäude aufhielten. Kaum hatten sie ihm mitgeteilt, dass es für eine Bewertung der Gesamtsituation noch zu früh war, kündigte der Klang mehrerer Martinshörner die angeforderte Hilfe an.

»Was ist denn hier los?«, wollte der Einsatzleiter der Feuerwehr wissen.

Zenner stellte sich vor und gab dann die Aussage des Notarztes wieder, es könne sich um einen Zwischenfall mit Kohlendioxidgas im Gebäude handeln. Außerdem berichtete er davon, dass er wegen eines Toten im Weinkeller der Familie Wilhelmi unterrichtet worden sei.

»Wieso sind Sie denn schon hier?«, fragte der Feuerwehrmann verwundert.

Die Frage nach dem zeitlichen Ablauf der Ereignisse hatte sich Zenner bereits selbst gestellt. Wer hatte die Einsatzkräfte überhaupt informiert und wer hatte bei der Mordkommission angerufen? Zunächst galt es, weiteren Schaden abzuwenden, weshalb Zenner diese Gedanken erst einmal hinten anstellte.

Während die Feuerwehr ihre Arbeit aufnahm, blieb Zenner nichts anderes übrig, als zu warten, bis er das Gebäude gefahrlos betreten konnte. Er setzte sich an einen der Tische, die vor dem Weingut für Gäste aufgestellt waren, und hielt telefonisch kurz Rücksprache mit seiner Abteilung. Kaum hatte er das Gespräch beendet, als seine Frau aus dem Nachbarhaus trat. Offensichtlich hatte sie ihre Weineinkäufe beendet. Er winkte ihr zu.

»Na, klasse, jetzt sitzt du hier herum. Was ist denn das für ein Einsatz?«, fragte sie irritiert.

»Wo soll ich mit dem ganzen Zeugs hin?« Sie machte ihn auf zwei schwere Einkaufstaschen aufmerksam, in denen es leise klimperte. »Bis zum Auto ist es mir definitiv zu weit.« Dieses hatten sie nämlich im Nachbarort abgestellt.

»Weißt du was, Sigrid, wir mieten uns hier ein Zimmer«, schlug Gerhard Zenner vor.

»Du meinst hier bei der Familie Wilhelmi?« Sie grinste. Auch sie kannte ihren Mann zu gut. Sie wusste, dass er das ganze Wochenende ermitteln würde.

Eine gute Stunde war vergangen. Auf dem Boden vor dem Kommissar lag ein Häufchen in winzige Stücke gebrochener Streichhölzer. Obwohl er nicht rauchte, hatte er die Angewohnheit, sich dort, wo sie kostenlos auslagen, kleine Streichholzschächtelchen einzustecken. Seltsam, dachte er: Hier ist kein Angehöriger, niemand, kein Nachbar, kein nerviger Schaulustiger, nicht mal die Presse, die sonst gerne einmal seine Arbeit behinderte. Er fühlte sich wie in einem schlechten Drehbuch gefangen. Er konnte hier nicht tatenlos herumsitzen. Endlich gab die Feuerwehr den Tatort frei. Man informierte ihn darüber, dass die Kohlendioxidkonzentration im Weinkeller viel zu hoch gewesen war. Sie hatte vier Prozent betragen, in einem kleinen Abstellraum sogar sechzehn Prozent.

»Wir haben durch Öffnen sämtlicher Fenster und des großen Tores im rückwärtigen Bereich die Gefahr beseitigt. Nun sind Sie dran«, rief ihm der Einsatzleiter zu.

Zenner blickte auf die Uhr, wunderte sich, dass die Spurensicherung immer noch nicht zu ihm gestoßen war, und stiefelte in den Weinkeller. Unten herrschte Durchzug. Ein Scheinwerfer, den die Kollegen der Feuerwehr zurückgelassen hatten, strahlte einen menschlichen Körper an, der am Fuß der steilen Treppe lag.

Vielleicht doch nur ein Unfall, dachte Zenner. Als er sich über den Toten beugte, sah er sofort die Wunde am Hinterkopf. Diese passte jedoch nicht zu der Lage des Körpers und konnte kaum von dem Aufprall auf die Treppenstufen stammen. Gestürzt war er jedenfalls nicht, das sah er sofort. Das Blut war mittlerweile getrocknet. Wo die Spurensicherung nur blieb! Er sah sich im Keller um. Auf dem großen Holztisch standen etliche Gläser, in manchen befanden sich noch Weinreste. Der Feuerwehrmann hatte von einem Nebenraum gesprochen, in dem die Kohlendioxidkonzentration besonders hoch gewesen sei. Wo war dieser Raum? Zenner sah sich um und entdeckte in einem hinteren Winkel eine offen stehende Tür. Der Schlüssel steckte von außen. Der Kommissar suchte nach einem Lichtschalter, den er neben dem Türrahmen fand. Es war ein kleiner Vorratsraum, den man über vier kleine Steinstufen betreten konnte. Die erste Stufe fand Zenner noch, dann geriet er ins Stolpern. Der Raum lag also tiefer als der Rest. In ihm wurden Utensilien aufbewahrt, die man augenscheinlich für eine Weinprobe benötigte. An einem der Regale entdeckte der Kommissar frische Blutspuren.

Während er den Raum Millimeter für Millimeter abscannte, hörte er plötzlich Schritte, die sich der oberen Kellertür näherten.

»Herr Zenner?«

Die Stimme erkannte er. Endlich traf die Spurensicherung ein.

»Ja, hier. Mensch, wo bleibt ihr denn?«

»Sehr lustig, wir haben ewig gebraucht, bis einer der Dorfsheriffs uns mit unseren Autos endlich durchgelassen hat!«

»Wieso das denn?«, fragte Zenner verwundert. Er konnte sich nicht erklären, warum man seine Kollegen nicht zum Tatort ließ.

»Sehr witzig, Zenner«, mischte sich eine dunkelhaarige Frau ein. »Hier ist doch Winzerumzug, da geht gar nichts! Sämtliche Straßen sind gesperrt.«

»Massen von Leuten stehen dort rum. Deshalb gibt es überhaupt kein Durchkommen«, ergänzte ihr Kollege. »Der Zug musste angehalten werden, damit wir überhaupt zum Tatort weiterfahren konnten.«

Endlich hatte er eine Erklärung dafür, warum außer ihnen niemand hier war. Außer ihnen und dem Toten, was Zenner zu der Frage zurückführte, wer überhaupt den Mann gefunden sowie die Einsatzkräfte informiert hatte. Er musste unbedingt den diensthabenden Polizisten interviewen, denn es musste Aufzeichnungen des Gespräches geben. Wieso hatte er das nicht vorhin getan? Er hatte doch wirklich genügend Zeit dazu gehabt. Vielleicht war ihm der Wein, den er zum Mittagessen getrunken hatte, doch ein wenig zu Kopf gestiegen und hatte seine Sinne benebelt. Langsam kehrte er aber wieder zur gewohnten Form zurück, und die war gefürchtet, nicht nur unter den Kriminellen. Auch seine Kollegen hatten Respekt vor ihm und bewunderten seine raschen Gedankensprünge und seine Kombinationsgabe.

»Was machen Sie hier?«, drang plötzlich eine weibliche Stimme zu ihnen hinunter.

»Wilhelm!«, rief die Frau kurze Zeit später auf der Treppe.

»Was ist mit meinem Mann?«

Frau Wilhelmi war korpulent und trug ein Kleid, das eine altertümliche Winzerinnenkluft nachahmen sollte. Sie war offensichtlich beim Winzerumzug mitgelaufen. Kommissar Zenner eilte ihr entgegen, um ihr den direkten Anblick ihres verstorbenen Mannes zu ersparen. Handelte es sich bei dem Toten überhaupt um Wilhelm Wilhelmi?

Kommissar Zenner trug der Winzerin vor, was er wusste, und wollte ihr gerade mitteilen, dass man den Toten noch identifizieren müsse. Er kam gar nicht erst dazu, sie zu fragen, ob sie sich dieser Aufgabe gewachsen sähe, da sie sich bereits an ihm vorbeischob. Zenner folgte ihr und konnte gerade noch durch sein beherztes Zupacken verhindern, dass sie neben ihrem Mann zusammensackte.

»Ist das Ihr Ehemann?«, fragte er mitfühlend, was sie ohne zu zögern bejahte.

Zenner führte sie vom Auffindeort weg ins Wohnzimmer und kümmerte sich anschließend darum, einen Arzt für sie zu rufen. Da er sich nicht vorstellen konnte, dass ein Arzt im Ort an diesem Tag der Feierlichkeiten Bereitschaftsdienst haben würde, alarmierte er sogleich die Leitstelle. Zum wiederholten Mal an diesem Tag.

Nachdem der Notarzt Frau Wilhelmi versorgt hatte, ging es der Winzerin besser, sodass Kommissar Zenner ihr einige Informationen entlocken konnte, die zur Rekonstruktion des Ablaufs des bisherigen Tages beitrugen. Doch plötzlich fühlte sich Frau Wilhelmi derart schlapp, dass Zenner es für angeraten hielt, die Befragung abzubrechen.

Was sollte er nun tun? Die Kollegen der Spurensicherung waren noch bei der Arbeit, irgendwelche vorläufigen Ergebnisse standen aus. Er setzte sich auf einen kleinen Hocker, der im Flur des Weingutes stand, und vergrub den Kopf in seinen Händen.

So saß er eine Weile da, bis ihm jemand auf die Schultern klopfte.

»Hör mal, ich habe endlich jemanden gefunden, der uns hier ein Zimmer vermieten möchte für heute Nacht«, sagte Sigrid.

»Hier? Du meinst hier im Weingut?« Zenner wurde hellhörig.

»Sag ich doch«, lachte Sigrid.

»Und wer ist das?«, fragte Zenner, der die Zusammenhänge nicht verstand, da doch der Winzer tot und seine Frau gerade nicht ansprechbar war.

»Es ist der Nachbar.«

»Wie, der Nachbar?«

»Na, der Nachbar halt. Der Herr Roes, bei dem ich vorhin Wein gekauft habe.«

»Der vermietet uns ein Zimmer hier im Haus?«

»Ja, das sagte ich dir doch! Der ist der Bruder von Frau Wilhelmi und hilft wohl ab und zu aus.«

»Den muss ich sprechen, wo ist er?« Zenner stand ruckartig von seinem Hocker auf und hätte dabei seiner Frau beinahe einen Stoß mit seinem Kopf verpasst. Etwas angesäuert deutete sie mit ihrer linken Hand auf die Tür nach draußen. In der offen stehenden Tür konnte Zenner die Umrisse eines Mannes mittleren Alters erkennen.

»Ist das wahr? Mein Schwager ist tot?«

»Ja, das ist zutreffend«, antwortete Zenner, der sich fragte, wer ihm diese Information hatte zukommen lassen. Sigrid mit Sicherheit nicht, da sie gar nicht wusste, um wen es sich bei dem Toten handelte. Hatte ihn die Winzerin gerade telefonisch darüber informiert?

»Und warum …?«, wollte Herr Roes wissen.

»Das können wir zum jetzigen Zeitpunkt nicht sagen.«

»Ein Unfall doch sicher, oder?«, bohrte der Schwager weiter.

»Ich kann Ihnen darüber keine Auskunft geben«, sagte Zenner und zog seinen Dienstausweis aus der Hosentasche, um sich korrekt vorzustellen und nach einer kurzen Belehrung mit der Befragung zu beginnen. Je mehr er über die Familienverhältnisse erfuhr, desto besser. Doch er kam nicht dazu, denn eine Gruppe junger Leute drängelte sich lautstark an ihnen vorbei. Ein junger Mann, den Zenner auf Anfang dreißig schätzte, hielt eine geöffnete Weinflasche in der Hand, die er nun in die Höhe reckte.

»Wir brauchen Nachschub«, rief er. Die Kontrolle über seine Zunge zu behalten, schien ihm Schwierigkeiten zu bereiten.

Zenner stellte sich ihnen in den Weg und machte es somit der alkoholisierten Gruppe unmöglich, weiterzugehen.

»Leute, nichts für ungut, aber heute ist hier geschlossen.«

Das Gemaule der Anwesenden schallte durchs ganze Haus. Zenner merkte, dass er so gar keine Lust auf eine Auseinandersetzung mit weinseligen jungen Leuten hatte. »Also: Sie haben es gehört, gehen Sie doch bitte. Hier gibt es heute nichts mehr zu trinken.«

Laut polternd und schimpfend verließen die vier Männer und die drei Frauen das Weingut.

»Wir wollen Wein!«, skandierten sie noch.

»So, nun zu Ihnen, Herr …«

»Roes, Anton Roes.«

»Gut, wir müssen uns mal dringend irgendwo unterhalten. Aber vorher sollten Sie die Eingangstür so verschließen, dass niemand mehr unbefugt hier hereinspazieren kann.«

Es war später Nachmittag geworden. Zenners Frau hatte es sich mit einer Flasche teurem Spätburgunder und einer Schachtel Kräcker in einem hübsch eingerichteten Gastzimmer im Hause Wilhelmi gemütlich gemacht. Ihr Mann saß nachdenklich an einem kleinen Tisch und rekapitulierte, was er bereits in Erfahrung gebracht hatte: Den Toten hatte nämlich ein Schuljunge gefunden, den Herr Wilhelmi wohl herbestellt hatte und der ihm beim Aufräumen nach der Weinprobe hatte helfen sollen. Er sollte, wie es zwischen ihnen vereinbart gewesen war, einige Euros zur Aufbesserung seines Taschengeldes dafür erhalten. Er selbst hatte jedoch nicht die Polizei verständigt, sondern seine Eltern, die den Ärmsten erst einmal trösten mussten. Weitere Zeugen gab es nicht, was Zenner äußerst unbefriedigend fand. Während er noch seinen Gedanken nachhing, polterte es plötzlich unten im Korridor. Es hörte sich so an, als schlage jemand von außen an die schwere Eingangstür des Weingutes. Ob Frau Wilhelmi in der Lage war, nach ihrem Schwächeanfall zu öffnen, und ob sich außer ihr noch jemand im Gebäude aufhielt, wusste der Kommissar nicht. Er hatte nicht mitbekommen, ob Frau Wilhelmis Bruder wieder nach nebenan gegangen war. Während Zenner vermutete, dass draußen irgendwelche Gäste des Weingutes um Einlass ersuchten, die schon bald aufgeben würden, wurden die Schläge gegen die Tür energischer. Zenners Neugier war geweckt. Er ging zum Fenster, das zur Straße lag, und öffnete es. Nur mit Mühe konnte er unten eine Person erkennen.

»Was gibt es?«, rief er.

»Wo sind Sie?«, fragte der Fremde.

»Hier oben!«

»Äh, hallo! Gehören Sie zum Haus?«

»Mehr oder weniger, ja!«

»Ich habe hier heute Mittag mein Handy nach der Weinprobe vergessen.«

Zenner schaute auf den kleinen Tisch, auf dem eine Plastiktüte mit einem Handy lag. Das hatte die Spurensicherung auf dem Winzertisch im Weinkeller gefunden. Zenner wollte es morgen Früh mit nach Koblenz nehmen, denn er hoffte, dass heute vielleicht noch ein Anruf darauf einging, der ihm bei den Ermittlungen helfen und einen Hinweis auf den Besitzer geben würde.

»Moment, ich komme runter.«

Sigrid blickte müde auf, während ihr Mann den Raum verließ. Der Schlüssel zur Eingangstür steckte von innen, so wie Zenner es mit Roes vereinbart hatte.

Als er öffnete, stand ein gut gekleideter Mann um die Vierzig vor ihm. Nachdem Zenner sich zu erkennen gegeben hatte, stellte sich ihm der Mann als Klaus Unkel aus Königswinter vor. Zenner hatte das Handy auf seinem Weg nach unten in dem verwaisten Gastraum deponiert und bat den Mann, ihm dorthin zu folgen.

»Ich kann Ihnen das Telefon leider noch nicht aushändigen, da wir es noch erkennungsdienstlich untersuchen müssen«, sagte er, ohne den Grund für dieses Vorgehen zu nennen.

Klaus Unkel wirkte verwundert und ärgerte sich erwartungsgemäß darüber, dass er für eine Weile auf sein Handy würde verzichten müssen.

Kommissar Zenner ließ sich den Verlauf der Weinprobe schildern und erfuhr, dass während der für seinen Freundeskreis von Wilhelmi durchgeführten Weinprobe Fotos gemacht worden waren, von denen sich einige auf Klaus Unkels Handy befanden. Zenner ließ sich das Passwort nennen und schaute sich die zuletzt aufgenommenen Bilder an. Hatte er eigentlich nicht erwartet, etwas Sachdienliches in Bezug auf Wilhelmis Ableben darauf zu entdecken, so wurde der Kommissar bald schon eines Besseren belehrt. Der Mann, der die Weinprobe abhielt, war nämlich keinesfalls der kürzlich verstorbene Winzer, dessen Leichnam sich ja gerade auf dem Weg in die Rechtsmedizin befand.

»Sind Sie sicher, dass sich dieser Mann auf den Fotos als Wilhelm Wilhelmi vorgestellt hat?«, fragte Zenner.

»Ja, ganz sicher«, gab Klaus Unkel an.

»Haben Sie die Weinprobe telefonisch oder persönlich vereinbart?«

»Telefonisch«, antwortete Klaus Unkel.

»Und diesen Mann auf Ihren Fotos haben Sie für Wilhelm Wilhelmi gehalten?«

»Warum? Ist er es nicht?«

Zenner schüttelte den Kopf. Mehr durfte er nicht preisgeben. Er entließ den Zeugen daraufhin und versprach, dass sich in Kürze jemand von der Polizei bei ihm melden würde, wenn die Daten aus seinem Handy gesichert seien.

Als Zenner einige Minuten später zu seiner Frau zurückkehrte, hatte sich diese mittlerweile aufs Bett gelegt und blätterte in einer Architekturzeitschrift. Nichts Ungewöhnliches für seine Frau, schließlich war sie Innenarchitektin. Zenner blickte über ihre Schulter auf eine Seite mit teuren Wohnaccessoires.

Sigrid schaute zu ihm auf.

»Die gab es tatsächlich in der Tankstelle am Ortsausgang«, sagte sie.

»Wann warst du da?«

»Nachdem ich die Weinflaschen beim Winzer nebenan deponiert hatte, war mir langweilig.«

»Und hast du schon etwas gefunden, was du für deine neue Kundin gebrauchen kannst?«, fragte er.

Zenner würde jetzt lieber mit seiner Frau über Möbel und Farbkonzepte reden, als sich weiter Gedanken über den Fall zu machen. Ohne die genauen Ursachen zu kennen, die zu Wilhelmis Tod geführt hatten, war es ohnehin müßig. Noch ging er insgeheim von einem Unglücksfall aus, auch wenn er nicht verstand, warum sich Roes während der Weinprobe als Wilhelmi ausgegeben hatte. Aber dies konnte auch familiäre Gründe haben. Vielleicht war Wilhelmi erkältet gewesen oder wollte aus einem anderen Grund die Weinprobe nicht abhalten.

»Du hast doch länger mit diesem Anton Roes gesprochen, als dieser noch gar nicht wusste, dass sein Schwager tot im Weinkeller lag, nicht wahr?«, fragte Zenner, wobei er gar nicht einmal unterstellen durfte, dass Roes davon nichts gewusst hatte. Unklar war nämlich auch der genaue Todeszeitpunkt.

»Ja«, sagte Sigrid.

»Hat er irgendwas von einer Weinprobe erwähnt? Ich meine, die er heute durchgeführt hat?«

Seine Frau verneinte.

»Hat er gesagt, was er bis zu deinem Erscheinen in seinem Laden gemacht hat?« Eigentlich eine dumme Frage, warum sollte er.

Wieder schüttelte Sigrid den Kopf.

»Ich verstehe nicht, wie man nicht merken kann, dass die Kohlendioxidkonzentration im Weinkeller zu hoch ist. Gibt es dafür nicht spezielle Messgeräte?«, überlegte Zenner laut.

»Soll ich Steffi mal anrufen?«

Steffi war ihre gemeinsame Tochter, die Chemie studierte. Warum war Zenner nicht gleich darauf gekommen, sie zu kontaktieren?

»Ich stell mal auf laut«, sagte Sigrid, nachdem ihre Tochter drangegangen war, und legte ihr Telefon auf den kleinen Beistelltisch neben dem Bett.

»Hallo, Papa!«, tönte es aus dem Lautsprecher.

»Hallo, Steffi. Kannst du mir helfen?«

»Schieß los!«

»Ich brauch Infos zu Kohlendioxidkonzentrationen in geschlossenen Räumen.«

»Geht es konkreter?«, fragte Steffi.

»In einem Weinkeller«, ergänzte ihr Vater.

»Ah, warte. Da fällt mir direkt was ein.«

Er hörte sie auf einer Computertastatur tippen. Offensichtlich suchte sie im Internet nach Informationen.

»Also, Papa. Gärgasunfall, sagt dir das was?«, fragte sie nach kurzer Zeit.

Ihm war der Gedanke auch schon gekommen, aber die genauen Zusammenhänge bekam er nicht mehr hin.

Irgendwann während seiner Ausbildung war das einmal ein Thema gewesen.

»Erklär mal genauer«, bat er seine Tochter.

»Also, Kohlendioxid, das man nicht riechen kann, ist schwerer als Luft und sammelt sich so am Boden und in tiefer gelegenen Bereichen. Die tödliche Konzentration beginnt bei rund neun Prozent, da ist es innerhalb von Minuten tödlich. Kerzen erlöschen übrigens erst bei einer vierzehnprozentigen Konzentration, weshalb sie gar keine geeignete Methode sind, um sicher zu warnen. Dafür gibt es zum Beispiel mobile Warngeräte. Ab einer zwanzigprozentigen Konzentration tritt der Tod innerhalb kürzester Zeit ein. Und hier, das ist interessant«, referierte sie weiter, »das Gas dringt auch durch Mauern oder Spalten in benachbarte Keller ein, also zum Beispiel, wenn beim Winzer nebenan gerade die Weingärung stattfindet.«

»Beim Winzer nebenan ... Steffi, das ist es, danke. Du hast mir sehr geholfen.«

»Schön, Papa, das freut mich.«

»Da ist etwas ganz schön faul«, sagte Zenner zu seiner Frau, nachdem er das Gespräch mit seiner Tochter beendet hatte.

Ehe Zenner noch weiter dieser Spur nachgehen konnte, hörte er auf der Treppe vor ihrem Zimmer ein leises Knarren, dann eindeutig Schritte und das Öffnen einer Tür. Er wusste, dass sie die einzigen Gäste waren, und vermutete, dass Frau Wilhelmi durchs Haus lief.

Doch da ja immer noch nicht geklärt war, auf welche Ursache die hohe Kohlendioxidkonzentration im Weinkeller zurückzuführen und woran der Winzer wirklich gestorben war, machte sich bei Zenner ein ungutes Gefühl bemerkbar. Ein Fremdverschulden war zum jetzigen Zeitpunkt genauso wenig auszuschließen wie ein Unfall. Auch mussten der Tod und die hohe Gärgaskonzentration nicht zwangsläufig einen kausalen Zusammenhang aufweisen. Zenner hielt es jedoch für möglich, dass jemand im Haus umherschlich, um Spuren zu beseitigen. Oder ein weiteres Verbrechen zu begehen, sofern ein solches bereits vorlag. Kein Kommissar würde ruhig in einem Pensionszimmer an einem potenziellen Tatort verweilen, und Gerhard Zenner schon gar nicht.

Als Zenner bemerkte, dass seine Frau ebenfalls die Geräusche registriert hatte, signalisierte er ihr, ruhig zu bleiben, während er leise auf den Korridor trat. Ihm fiel gleich das Licht im gegenüberliegenden Zimmer auf, das unter der Tür hindurchschien. Er schlich hinüber, um zu lauschen, und stellte fest, dass die Tür nur angelehnt war. Zenner gelang es, sie leise aufzuziehen, und er konnte erkennen, dass es sich um ein Büro handelte. Vermutlich hatte hier Wilhelm Wilhelmi seine Abrechnungen und Bestellungen getätigt und die Reservierungen vorgenommen. Im Raum war jemand. Zenner zuckte zusammen. Er wunderte sich, dass Anton Roes ihn noch nicht entdeckt hatte, aber offensichtlich war er zu beschäftigt mit dem, was er tat. Er durchsuchte aufgeregt die Schubladen, schob Aktenordner beiseite, drehte Papierstapel um. Dann setzte er sich auf den Stuhl und schaltete den PC ein. Er wandte Zenner nun den Rücken zu. Was er wohl suchte? Wenn der Computer passwortgeschützt war, so musste er es kennen, denn seine Bewegungen zeigten, dass er mit den Programmen arbeiten konnte. Ob er dabei war, irgendwelche tatrelevanten Dateien zu löschen? Warum sonst hielt er sich hier mitten in der Nacht auf?

Nun durfte Zenner keine Zeit verlieren. Er machte sich durch ein lautes Räuspern bemerkbar.

Roes zuckte zusammen, drehte sich noch nicht einmal um, sondern versuchte hektisch, die Datei, die er gerade bearbeitete, zu schließen.

»Moment, bitte mal die Hände von der Tastatur nehmen, Herr Roes!«

Wilhelmis Schwager tat, wie ihm befohlen, wandte sich noch nicht einmal um.

Zenner trat näher und sah nur einen blauen Bildschirm.

»Woran haben Sie gerade gearbeitet?«

»Nichts, nur die Buchungen für die Pensionszimmer.«

Jetzt erst sah er zu Zenner auf. »Soso, darf ich Sie bitten, aufzustehen?« Zenner spielte in Gedanken durch, ob die Situation für ihn gefährlich werden könnte. Er war auf alles gefasst, auch darauf, dass Roes eine Waffe zücken oder ihn umrennen könnte.

Roes erhob sich langsam. Zenner behielt seine Hände im Blick. Roes trat zur Seite.

»Bitte, schauen Sie.« Er klang erschöpft.

Zenner wollte sich das für später aufheben und lieber einen IT-Spezialisten damit betrauen. Er ließ seinen Blick über die Schreibtischoberfläche wandern und entdeckte eine Illustrierte, deren Cover seine Aufmerksamkeit erregte. Der Aufmacher des Winzerfachblattes lautete:

»Sensationelle Weinbibel erscheint demnächst. Winzer Wilhelmi von der Ahr sorgt für Furore«.

»Aha, Ihr Schwager ist unter die Autoren gegangen!«

»Nein, nicht er ...«, murmelte Roes.

Das Blaulicht spiegelte sich an den Häuserfassaden wider. Es wurde gerade langsam hell. Auf der Straße herrschte gespenstische Stille. Winzer Roes kam mit hängenden Schultern aus dem Haus, begleitet von zwei Polizisten, einer zu jeder Seite. Sein Gesicht war fahl, seine Augen glanzlos. Seine Schwester stand im Türrahmen des Winzerhofs Wilhelmi und hielt die Hände vor ihr Gesicht.

Zenner war zufrieden. Wenn er es auch nicht verstand, warum man Familienkonflikte nicht anders lösen konnte.

Wilhelm Wilhelmi hatte das Manuskript seines Schwagers von dessen PC kopiert und unter seinem eigenen Namen herausgebracht. Was sich an dem Mittag des Winzerumzuges abgespielt hatte, war der offene Ausbruch eines lange schwelenden Konfliktes gewesen. Roes hatte seinen Schwager zur Rede stellen wollen, kurz bevor die Gäste zur Weinprobe eintrafen. Wilhelmi hatte ihn nur verhöhnt und ihm vorgeworfen, dass er sich sein Wissen ohnehin nur angeeignet habe. Wilhelmi sei als alteingesessener Winzer ohnehin der geistige Urheber des Werkes. Diesen Vorwurf habe Roes nicht auf sich sitzen lassen, auch weil er schon immer unter der Arroganz und Überheblichkeit seines Schwagers gelitten habe. Dieses Mal habe er sich zu seinem Recht verhelfen wollen und seinem Schwager damit gedroht, ihn anzuzeigen, wenn er nicht zugebe, dass nicht er, sondern sein Schwager der Autor der Weinbibel sei.

Daraufhin habe sein Schwager ihm einen Kinnhaken verpassen wollen, den er jedoch abwehren konnte. Dabei sei Wilhelmi ins Straucheln geraten, mit dem Hinterkopf gegen das Regal im Vorratsraum geprallt und schließlich bewusstlos zusammengesunken. In diesem Moment habe Roes die Stimmen der angemeldeten Gruppe im Korridor gehört, eilig die Tür zum Vorratsraum geschlossen und als Wilhelmi die Weinprobe veranstaltet. Er habe damit gerechnet, dass Wilhelmi wieder zu sich kommen und sich bemerkbar machen würde, weshalb er die Weinprobe nicht in der sonst üblichen Dauer veranstaltet habe. Als er nach etwa einer Stunde nach seinem Schwager gesehen habe, sei dieser bereits tot gewesen. Roes konnte nicht ahnen, dass die Kohlendioxidkonzentration im tiefer gelegenen Raum tödlich sein würde. Ohne nachzudenken, habe er seinen Schwager zum Fuß der Treppe gezogen, um einen Unfall vorzutäuschen. Wäre Sigrid Zenner nicht gewesen, die ihn per Funkklingel in seinen Laden im Nachbarhaus gerufen hätte, wäre es Roes wohl noch gelungen, die Blutspuren am Regal zu beseitigen. Als er später zurückkehrte, wäre ihm der Junge, den Wilhelmi zum

Aufräumen bestellt hatte, aufgeregt entgegengelaufen gekommen.

»Gerhard?«, die Stimme seiner Frau holte Zenner aus seinen Gedanken.

»Ja, Sigrid?«

»Wollen wir morgen vielleicht noch meinen Bruder besuchen?«

»Och ne, lass mal, von familiären Verwicklungen habe ich für dieses Wochenende erst mal genug«, antwortete der Kommissar.

HÖHENANGST

Nach den entbehrungsreichen Nachkriegszeiten hofften viele Frauen auf ein besseres, unbeschwertes Leben. Doch die erwartungsfrohe Aufbruchsstimmung trübte sich für manche Frau rasch wieder ein. Nachdem viele dem direkten Einflussbereich ihrer Väter entkommen waren, die noch in der wilhelminischen Zeit groß geworden waren, verdeutlichten ihnen ihre Männer, dass sie immer noch nicht viel zu sagen hatten. Es kam nicht selten vor, dass der Traummann auf der alten Rollenverteilung beharrte, die ihm von Gesetzes wegen bis 1977 zugestanden wurde. Er entschied darüber, ob seine Frau weiterhin ihrem Beruf nachgehen konnte, ihm war es sogar ohne Weiteres möglich, bei dem Arbeitgeber seiner Frau für sie zu kündigen. Denn Haushalt und Familie durften nicht vernachlässigt werden. Ob eine Berufstätigkeit dieser Pflicht zuwiderlief, entschied der Mann. Bald nach der Eheschließung litten nicht wenige Frauen unter ihren unberechenbaren, teilweise despotischen Männern. Männern, die über das Leben ihrer Frau bestimmten, im Hinblick auf ihre ehelichen Pflichten. Hatten ihre Ehegatten gar noch unter einem Kriegstrauma zu leiden, was eher die Regel als die Ausnahme darstellte, worüber man damals jedoch nicht sprach, so erschwerte dies das Zusammenleben ganz erheblich. Die Aufgabe der Frau bestand folglich darin, ihrem Mann zu dienen, ihn abends nach getaner Arbeit mit einem Essen zu erwarten, das seinen Ansprüchen genügte, den Haushalt zu führen, die Kinder zu hüten. Eigene Freundschaften zu pflegen, war in vielen Ehen verpönt, zumindest für die Ehefrau, die schließlich mit der Erziehung der Kinder und der Sorge um den Ehegatten genügend zu tun hatte. Das Fernsehprogramm zu schauen, das er ausgewählt hatte, den Familienausflug zu begleiten, dessen Ziel er bestimmt hatte, das kleine Haus in der Siedlung zu beziehen, das er allein finanzierte, bedeutete weniger eine Absicherung als vielmehr das Leben in einem mehr oder weniger goldenen Käfig.

Eine dieser Frauen war Irmtrud. Irmtrud von Neidenau war in den Zwanzigerjahren als Tochter eines Grafen in Ostpreußen geboren worden und hatte den Zweiten Weltkrieg als Mädchen miterlebt. Nach dem Krieg sehnte sie sich, wie so viele junge Frauen ihrer Generation, nach einer starken Schulter, nach Beständigkeit, einem Leben in Sicherheit. Dies hoffte und glaubte sie bei ihrem Mann Manfred, einem Beamten, zu finden. Doch Manfred entpuppte sich nicht als der Partner, mit dem Irmtrud glücklich werden konnte. Allerdings stellte Glück in diesen Jahren kein Kriterium für das Funktionieren einer Ehe dar. Besonders Manfreds cholerische Anfälle verunsicherten Irmtrud, da sie diese als junge Frau aus höherem Hause nicht zuordnen konnte und ihnen nichts entgegensetzen konnte. Sie wäre so gerne einmal mit ihm zum Tanzen gegangen. Sie erinnerte sich an die Bälle in der elterlichen Villa, die gesellschaftlichen Ereignisse, Konzerte. Ihr junges Leben war angefüllt mit Musik. Und dann war der Krieg gekommen, furchtbare Bilder von Vertreibung, Entrechtung und Gewalt hatten sich in ihr Gedächtnis eingebrannt. Doch Manfred konnte keine Musik im Haus ertragen, er warf das Radio, das sie zu ihrer Hochzeit geschenkt bekommen hatten, Tage später bereits in den Müll. In Irmtruds Leben war es fortan still. Abgesehen von Manfreds ausufernden Reden über Politik und Geschichte, die er am Feierabend und am Wochenende schwang. Tagsüber dröhnte es in Irms Kopf, die Worte, die Beleidigungen, die Manfred für andere fand, die nicht so dachten wie er, hallten noch nach. Aber um sie herum herrschte diese bleierne Stille. Kinderlachen oder Kinderweinen gab es in ihrem Haus nicht. Dass die Ehe kinderlos blieb, lag in Manfreds Augen an ihr. Über die Jahre hinweg mehrten sich seine Böswilligkeiten ihr gegenüber. Wenigstens schlug er sie nicht. Alles drehte sich weiterhin nur um ihn, seine Bedürfnisse, sein Wohlergehen. Doch mochte Irm noch so unglücklich sein und einsam, eine Scheidung kam nicht infrage. Man ließ sich nicht scheiden. Als ehrbare Frau nicht. Bis 1976 herrschte das Schuldprinzip. Derjenige, der für das Scheitern der Ehe schuldig war, musste dem anderen Partner Unterhalt zahlen. Manfred würde niemals irgendeine Schuld auf sich nehmen. Schuldig hätte man hingegen Irm gesprochen, die durch ihr Verhalten, das Einreichen der Scheidung, die Ehe zerstörte, die für alle Zeit geschlossen worden war. Als 1976 das Zerrüttungsprinzip eingeführt wurde, unternahm Irm einen zaghaften Versuch, mit

Manfred über ihre Zukunft zu reden. Der Wutanfall, den er bekam, mündete in einer körperlichen Züchtigung seiner Ehefrau. Zum ersten Mal hatte er sie körperlich misshandelt. Irm war zu geschockt, um klar denken zu können, und vermied seither jeden Gedanken daran, einen Anwalt aufzusuchen und sich von diesem Despoten zu trennen. Niemand ahnte, wie schlecht es ihr wirklich ging. Und was sich in Irms Vorstellung zusammenbraute. Und was sie plante.

Nach Manfreds Tod zog sie vom Niederrhein ins Ahrtal, wo sie in den vergangenen Jahrzehnten immer wieder gemeinsame Wanderungen unternommen hatten. Fortan lebte sie allein in einer schmucken Wohnung im Ahrtal und verbrachte ihre letzten Lebensjahre in einem Seniorenheim in Ahrweiler. Dort lernte sie die Stadtführerin Meike kennen, der sie sich hochbetagt wenige Monate vor ihrem Tod anvertraute. Meike sprach nie ein Sterbenswörtchen über das, was sie erfahren hatte, verschwieg es auch gegenüber ihrer Freundin Jana, der Tatortfotografin. Denn Mord verjährte nie:

Irm litt unter Höhenangst. Auf eine Leiter zu steigen, um die Vorhänge vor den Fenstern abzuhängen, das war ihr immer noch gerade so gelungen. Vor allem, wenn sie nicht über Kopf arbeiten musste. Irm hatte zwar hin und wieder ein mulmiges Gefühl beschlichen, wenn sie von einer Brücke in die Tiefe geschaut hatte, doch sie hatte dem keine Bedeutung beigemessen, und es beeinträchtigte sie auch nicht gravierend in ihrem Alltag. Seitdem Manfred eines Tages ihre Angst herausgefunden hatte, war es jedoch richtig schlimm geworden, denn fortan konfrontierte er sie damit zu jeder sich bietenden Gelegenheit. Er schien eine diebische Freude zu empfinden, wenn er sie schwanken sah, beobachtet, wie ihre frische Gesichtsfarbe einem fahlen Weiß wich. Zufällige Anfälle von Schwindel bei seiner Frau genügten ihm jedoch nicht, denn seitdem wählte er grundsätzlich solche Ziele für ihre Ausflüge aus, deren Erreichen mit dem Überqueren wackeliger Stege oder Schluchtensteige verbunden war. Manfred liebte Urlaube im Gebirge, vornehmlich in den Alpen und, wenn es seine knappe Zeit nicht zuließ, eben auch im Ahrtal. Die schroffen Felsen an der Mittelahr erinnerten ihn ein wenig ans Hochgebirge. Dann scheuchte er Irmtrud vor sich her, lachte, wenn sie ihre Schritte bei der Annäherung an einen Abgrund verlangsamte, wenn sie sich lieber an einem Felsvorsprung festhielt, statt hinunter ins Tal zu blicken. Er duldete es nicht, wenn sie vorschlug, am Fuße eines Aussichtsturms auf ihn zu warten. Sie musste ihn nach oben begleiten. Zu seiner diebischen Freude, sie leiden zu sehen, kam ein Gefühl der Überlegenheit hinzu: Er hatte den Krieg überlebt, er war ein starker Mann, den nichts mehr erschüttern konnte. Irm ahnte, dass es in seinem Innern gänzlich anders aussah. Aber nachdem sie sich in den ersten Jahren ihrer Beziehung aus Fürsorge ab und an nach seiner seelischen Verfassung erkundigt und dafür nur Ablehnung erfahren hatte – einmal sprach er tagelang nicht mit ihr, weil sie es gewagt hatte, einen Moment seiner persönlichen Schwäche zu kommentieren –, vermied sie jedes Gespräch, ja jede Geste, die zeigen konnte, dass sie bemerkte, dass es etwas gab, worunter er litt. So versteckte sie auch ihre Gefühle vor ihm. Sie verfluchte den Augenblick, an dem er ihre Höhenangst erkannt hatte. Seitdem herrschte in ihrer Ehe Krieg, ein stiller Krieg. Irm ging es immer schlechter. Manfred bemerkte das und kostete diesen Umstand sichtlich aus. Ihre wirtschaftliche Abhängigkeit war damals bereits sehr groß und Irm nicht mehr in der Blüte ihres Lebens. Ein Neuanfang war undenkbar, selbst nach dem geänderten Scheidungsrecht. Hinzu kam, dass ihr Freunde und Verbündete fehlten, denn tiefer gehende Kontakte zu Fremden duldete Manfred nicht. Wohin hätte sie gehen können? Wie hätte sie ihren Unterhalt bestreiten sollen? Noch nicht einmal eine abgeschlossene Ausbildung konnte sie vorweisen. Keinen Führerschein. Sie traute sich ohnehin nichts mehr zu. Aus Irmtrud, der Grafentochter, war über die Jahrzehnte eine Frau geworden, die keine Träume mehr hatte, keine Zukunft voller Freude und Lachen, aber auch keine erträgliche Gegenwart. In ihr reifte ein Entschluss. Es dauerte Monate, ja Jahre, bis sie aus dem Hirngespinst Realität werden ließ. Es bedeutete für sie einen großen Schritt, in die Phase der Vorbereitungen zu gehen. Am Niederrhein, wo sie lebten, gab es kaum Möglichkeiten, sich ihrer Höhenangst zu stellen, ohne dass Manfred von ihren Übungen etwas mitbekam. In den Jahren vor seiner Pensionierung ließ sich Irm regelmäßig mit dem Taxi zu einem nahe gelegenen Aussichtsturm fahren. Zunächst schaffte sie nur wenige Stufen. Aber allmählich fühlte sie sich sicherer. Einen Tag vor Manfreds Ausscheiden aus dem aktiven Dienst hatte sie zum ersten Mal die oberste Plattform des Turmes erklommen. Sie konnte nicht nur in die Ferne blicken, sondern auch durch die offenen Stufen bis ganz nach unten, ohne dass ihr schwindelig wurde. Sie wusste allerdings, dass sie weiter üben musste. Was sich als äußerst schwierig gestaltete, denn nun bestimmte Manfred noch strikter ihr gemeinsames Leben. Seine Reden hörten nun auch tagsüber nicht auf. Er bewertete, belehrte, verurteilte in einem fort alles, was er las, hörte oder sah. Und alles, was Irmtrud tat oder aussprach. Das Leben wurde für Irm unerträglich. Doch anders als früher freute sie sich nun auf die gemeinsamen Wanderungen. So kam sie aus der Enge ihrer vier Wände heraus und konnte der Wucht der Worte ihres Mannes viel besser ausweichen: Sie blickte in die Ferne, betrachtete niedliche Ortschaften, bewunderte die Pflanzen rechts und links des Weges, während Manfred redete und dozierte. Sie fragte sich, wie seine Kollegen es mit ihm nur in all den Jahren ausgehalten hatten. Ihre ersten Reisen nach Manfreds Pensionierung führten sie in die österreichischen und deutschen Alpen. In schwindelerregende Höhen mitunter. In schaukelnde Gondeln, die sich weit über festem Boden fortbewegten. Irm fiel es nun reichlich schwer, Höhenangst zu simulieren. Übertreiben durfte sie auf keinen Fall. Manchmal allerdings machte sich wie früher ein nun jedoch viel leichteres Schwindelgefühl bemerkbar, das sie aber gut kontrollieren konnte und das nach zunehmender Übung wieder verschwand. Ungemein beruhigte sie zudem die Aussage in einem Zeitungsartikel, dass selbst geübte Bergsteiger am Anfang einer jeden Saison ebenfalls eine Gewöhnung an die Höhe einplanten. Manfred schien nichts von ihrer Wandlung zu bemerken, er spurtete wie ein junger Mann über die Grate, lachte, wenn sie sich Zeit ließ oder an einem Aussichtspunkt lieber zurückwich. Doch Irm entging nicht, dass Manfred sich veränderte. Seinem schmerzverzerrten Gesicht, das er vor ihr zu verbergen suchte – »Ein Stein im Schuh«, »Ärger darüber, dass du so lange brauchst« –, entnahm sie, dass er längst nicht mehr so fit war wie noch vor einigen Jahren. Dass er sich genauso verstellte wie sie. Möglicherweise war er krank. Ihn danach zu fragen, kam Irm nicht in den Sinn. Zu oft hatte er sie angebrüllt, wenn sie wissen wollte, ob es ihm wirklich gut ging. Irm blieb weiterhin ihrem Plan treu, den sie jedoch so weit von der Heimat entfernt nicht in die Tat umsetzen wollte. Ihr graute davor, die lange Heimreise allein anzutreten, zumal sie keinen Führerschein besaß.

Plötzlich schien sich eine Änderung im Leben der beiden anzukündigen. Irm räumte nun immer öfter Zeitungen in den Altpapiercontainer, in denen Immobilienanzeigen angestrichen waren. Was hatte Manfred vor?

»Ich habe eine Wohnung im Ahrtal gekauft«, sagte er eines Tages.

Irm fiel beinahe aus allen Wolken. Aber ein Umzug würde ihrem Leben eine neue Perspektive geben. Eine Wohnung also, kein Haus. Eine Wohnung bedeutete, dass es direkte Nachbarn gab, Menschen, mit denen sie ein Schwätzchen halten konnte. Vielleicht konnte sie sogar allein einkaufen gehen, wenn ein Supermarkt in unmittelbarer Nähe lag. In ihr keimte neuer Lebensmut auf. Vielleicht würde sie ihren lang gehegten Plan zu den Akten legen.

Sie zogen in eine Eigentumswohnung in der Nähe des Kurparks von Bad Neuenahr. Während Irm zum ersten Mal seit Jahrzehnten wieder so etwas wie Leben in sich spürte, wurde Manfred tatsächlich krank. Aber er gab es ihr gegenüber nicht zu. Mehrmals in der Woche verließ er die Wohnung, ohne anzugeben, wohin ihn sein Weg führte. Sie folgte ihm eines Tages und sah ihn in einer Arztpraxis verschwinden. Ob er Medikamente verschrieben bekam, wusste sie nicht. Sie suchte zwar in der Wohnung danach, doch sie fand nichts dergleichen. Vielleicht versteckte er sie in seinem Auto oder im kleinen Kellerraum. Manfred wirkte eine Weile angeschlagen. Er fand Gründe dafür, warum sie nicht zum Wandern aufbrachen. Gründe, die Irm nicht interessierten. Sie setzte sich damit auseinander, wie es für sie wäre, wenn er eines Tages bettlägerig würde und von ihr erwartete, dass sie ihn pflegte. Der Gedanke ließ sie zum ersten Mal in ihrem Leben regelrechte Panik empfinden. Nach einigen Wochen ging es Manfred offensichtlich wieder besser, denn er plante, mit ihr auf dem Rotweinwanderweg zu wandern. Wenigstens hatte er nicht vor, die ganze Strecke auf einmal zu absolvieren. Was Irm eigentlich erwartet hatte. Früher hätte er die sechsunddreißig Kilometer als reichlich dürftig empfunden. »Es wird zu anstrengend für dich«, sagte er zu ihr. Dabei fühlte sie sich fit wie schon lange nicht mehr. Ihre erste Tour führte sie nach Bad Bodendorf, zum Ausgangspunkt der ersten Etappe.

Sie fuhren ein Stück mit der Regionalbahn und liefen von dem Bahnhaltepunkt durch den hübschen Ort hinauf in die Weinberge. Die Strecke erwies sich als wenig anspruchsvoll. Anfangs zumindest. Manfred hatte sogar Augen für die unterschiedlichen Orchideen, die auf einer Wiese gerade zu blühen begannen. Dort war es warm. Die Landschaft wirkte lieblich. Der Weg führte unterhalb der Landskrone vorbei. Irm hatte gehofft, Manfred würde mit ihr bis hinauf zum Bergplateau steigen. Sie waren bislang noch nie dort gewesen, und auf der Karte sah es so aus, als könne dieser Ort für ihr Vorhaben geeignet sein. Doch Manfred lief an dem Abzweig, der zu den Überresten der einstigen Burg hinaufführte, einfach weiter. In der Nähe des Neuenahrer Bahnhofs liefen sie wieder hinunter ins Tal. Konnte es sein, dass neun Kilometer bereits eine zu große Herausforderung für Manfred darstellten?

Einige Tage später war es Irm gelungen, ihren Mann dazu zu bewegen, den Aufstieg zur Landskrone nachzuholen. Sie redete so lange davon, dass sie froh darüber war, dass sie bei ihrer letzten Wanderung den Aufstieg ausgelassen hatten, denn ihr wäre bestimmt mulmig dort oben geworden, bis sie Manfreds Ehrgeiz entfachte, ihr seine Männlichkeit zu beweisen, indem er sie erniedrigte. Sie fuhren mit dem Auto bis nach Heppingen und erklommen von dort aus den steilen Burgberg. Manfred blieb des Öfteren die Puste weg, während Irm darauf achtete, das eine oder andere Mal ihre Höhenangst vorzuspielen. Sie kamen an alten Mauern vorbei, dann weitete sich der Himmel und sie konnten über das Tal hinabsehen. In der Nähe, auf der Bengener Heide, war gerade ein Sportflugzeug gestartet, dem Irm sehnsuchtsvoll nachschaute. Bis zu dem Gipfelkreuz mussten sie einige steile Stufen überwinden. Zum ersten Mal in all den Jahren ging Irm voran. Sie musste als Erste oben ankommen. Noch ehe Manfred sie eingeholt hatte, hatte sie einen Blick nach unten geworfen. Der Fels war hier durchaus steil, aber ein solides Geländer vereitelte ihren Plan. Sie hätte zu viel Kraft aufwenden müssen. Ihr Vorhaben musste beim ersten Mal gelingen. Sie durfte sich in kein Kräftemessen mit Manfred verstricken. Als er zu ihr stieß, hörte sie seinen lauten Atem.

»Was ist mit dir?«, fragte er.

Sie fand keine schlüssige Erklärung für ihr ungewöhnliches Verhalten. Er fragte nicht weiter nach. Aber er hatte gefragt. Das war in ihrer lange währenden Ehe nur selten geschehen.

Nach diesem Erlebnis pausierte Manfred eine Weile. Er habe viel zu tun, sagte er, ohne Irm zu erklären, was genau er unten im Keller veranstaltete. Während er dort verschwand, begann sie ihre Armmuskeln zu trainieren. Dafür nutzte sie mit Wasser, später mit Sand gefüllte Wasserflaschen. Ob Manfred die Veränderungen an ihrem Körper wahrnahm?

Bald schon schien es ihrem Mann deutlich besser zu gehen. Er hielt sich seltener im Keller auf, dafür fing er wieder an, seine Monologe zu führen und an Irm herumzukritisieren. Das Essen, das sie nicht anders als sonst zubereitete, schmeckte ihm plötzlich nicht mehr. Wie sie den Haushalt führte, beobachtete er noch argwöhnischer, was kaum noch möglich war. Wenn sie es wagte, die Wohnung zu verlassen – und sei es nur, um zum Briefkasten zu gehen und die Post nach oben zu holen –, ohne ihm vorher Bescheid zu sagen, quittierte er dieses in seinen Augen ungebührliche Verhalten bei ihrer Rückkehr mit einem Tobsuchtsanfall, der umso drastischer ausfiel, je länger sie weggeblieben war. Mit seiner wieder erstarkten Persönlichkeit kehrte auch sein Verlangen nach ausgiebigen Wanderungen zurück. Irm beschloss, dass es endlich ein Ende haben musste. Sie freute sich auf die nächste Etappe auf dem Rotweinwanderweg. Diese war allerdings mit fast siebzehn Kilometern ziemlich lang. Da ihr letzter Fußmarsch bereits eine Weile zurücklag, fürchtete sie, ihre Kondition könne ihr einen Strich durch die Rechnung machen. Sie hatte sich am Abend zuvor auf der Karte einige Stellen herausgesucht und eingeprägt, die für ihr Unterfangen passend schienen. Doch die realen Gegebenheiten würden erst darüber entscheiden, ob sie zur Tat schreiten konnte. Sie fuhren mit der Regionalbahn bis nach Ahrweiler und stiegen vorbei an zwei alten Eisenbahnbrückenpfeilern hinauf auf den Rotweinwanderweg.

»Wir können einen Umweg zum Aussichtsturm machen«, sagte Manfred mit einem diebischen Grinsen im Gesicht. Als Irm mit einer gewissen Gleichgültigkeit auf diesen Vorschlag reagierte, verlor er das Interesse daran. Sie liefen durch Weinberge, blickten auf eine römische Ausgrabungsstätte im Tal, kamen an einem Hotel vorbei, und als sie auf eine Ausflugsgaststätte zuliefen, bedeutete Irm, dass sie Hunger und Durst hatte. Früher hatte Manfred sie angetrieben, durchzuhalten, doch dieses Mal ließ er sich nicht lange bitten und kehrte mit ihr dort ein. Sie blieben eine Weile unter hohen Bäumen sitzen, tranken und aßen, und plötzlich keimte in Irm eine Erinnerung auf an den Mann, in den sie sich vor vielen, vielen Jahren verliebt hatte. Während sie weiterliefen, begann sich der Himmel zu verdunkeln. Irm hatte vorhin auf ihrem Gang zur Toilette in ihre Karte geschaut, die sie heimlich eingesteckt hatte. Bis zu dem ausgerechneten Punkt waren es keine tausend Meter mehr.

»Lass uns zur Fischley gehen, dort ist eine Schutzhütte«, schlug Irm angesichts des sich zuziehenden Himmels vor.

»Machst du schon wieder schlapp?«, fragte Manfred gehässig.

»Ich würde gerne eine kurze Pause einlegen«, antwortete Irm.

»Wir haben doch gerade eine Pause gemacht. Du wirst wohl alt.« Manfred lachte.

Irm ließ sich nicht beirren und folgte dem Wegweiser. Nur wenige Meter, und sie standen an einer kleinen Hütte aus Metall. Gegenüber auf der anderen Talseite ragten steile Felsen empor. Ein Falke kreiste über ihnen. Irm schaute am Ende des Weges nach unten. Zwischen den Bäumen blitzte die Ahr hervor. Eine Straße davor.

Plötzlich spürte sie einen harten Schlag auf ihrer Schulter. Sie kam ins Straucheln.

»Nicht zu nah an den Abgrund!«, rief Manfred. Er hatte ihr absichtlich diesen Stoß versetzt. Wie bösartig von ihm. Wer weiß, ob sie nicht abgestürzt wäre, hätte sie nicht jahrelang gegen ihre Angst antrainiert.

»Du bist doch nicht ganz bei Sinnen!«, schrie sie ihn an.

Zum ersten Mal in ihrem Leben setzte sie sich zur Wehr. Jetzt wäre der richtige Moment gewesen, es ihm heimzuzahlen. Er rechnete nicht damit, dass sie sich nicht nur verbal wehren könnte. Doch sie würde zu viele Fehler machen, so aufgebracht, wie sie sich gerade fühlte. Auch bemerkte sie, dass allerlei Strauchwerk seinen Sturz wohlmöglich abfangen würde. Nein, sie musste sich einen anderen Ort suchen. Es zog ein Gewitter auf.

Auf dem gesamten weiteren Weg durch Regen und Sturm ätzte Manfred. Sie war schuld daran, dass sie nun nass wurden, denn ohne sie hätte er nie eine Rast in dem Lokal eingelegt. Manfred zog stur das Pensum durch. Irm folgte ihm zähneknirschend. Er lief stumm weiter nach Marienthal, vorbei an einer Klosterruine und einem seltsam anmutenden Bauwerk aus Beton, das wie ein Flugzeugtower aussah, bis nach Dernau, wo sie die Bahn Richtung Bad Neuenahr bestiegen. Irm lag nach diesem Marsch erst einmal einige Tage mit einer Grippe darnieder, während sich Manfred weiter über sie lustig machte. Sie brauchte gar nicht erst zu hoffen, dass er ihr einen Tee zubereiten oder ihr Medikamente aus der Apotheke holen würde. Aber er erwartete, dass sie weiterhin für ihn kochte und den Haushalt erledigte. Es wurde Zeit, dem ganzen Leiden ein Ende zu bereiten.

Doch so rasch kam Irm ihrem Ziel nicht näher. Denn Manfred brach sich ein Bein während einer Wanderung, die er unbedingt allein absolvieren wollte. Die Ärzte, die davon sprachen, dass Manfred nicht nüchtern gewesen war, als der Unfall passierte, bereiteten Irm darauf vor, dass ihr Ehemann möglicherweise nie mehr gänzlich gesunden würde. Es trat also genau das ein, wovor sich Irm immer wieder gefürchtet hatte: Manfred kam nach einem längeren Krankenhausaufenthalt in die Reha und schließlich nach Hause. Doch richtig fortbewegen konnte er sich noch längst nicht. Sein unleidliches Verhalten brachte Irm an den Rand ihrer Kräfte. Manchmal überlegte sie, ob sie seine Schmerzmedikamente nicht einfach zu einem Cocktail zusammenrühren sollte. Doch nach seinem Ableben wäre der Verdacht sofort auf sie gefallen. Und als verurteilte Mörderin wollte sie nicht den Rest ihres Lebens verbringen. Sie wollte endlich frei sein. Nach beinahe zwei Jahren war Manfred einigermaßen wiederhergestellt. Zwei lange Jahre lagen hinter Irm. Zunächst liefen sie nur kleine Runden, dann kürzere Wanderungen auf flachem Terrain. Es war ein bezaubernd schöner Herbsttag, als sie zu der Etappe auf dem Rotweinwanderweg aufbrachen. Irm hatte darauf gedrängt, möglichst früh am Morgen loszugehen, denn später würden zu viele Leute auf der beliebten Strecke unterwegs sein. Manfred hatte sich zwar ein wenig über Irms Eifer gewundert, doch einen ernsthaften Verdacht hatte er nicht gehegt. Irm hatte Monate für ihre Planungen Zeit gehabt, die Karten intensiv studiert und wusste so, welche Stelle am besten für ihr Vorhaben geeignet war. Eine Ortsbegehung hätte ihr mehr Sicherheit verschafft, doch es war unmöglich gewesen, sich für einige Stunden aus dem Haus zu stehlen, ohne dass Manfred es mitbekam. Sie hätte ihre Wanderkleidung zudem irgendwo deponieren müssen, denn das Schuhwerk, das sie für ihre kurzen Gänge in die Stadt trug, war für dieses Unterfangen nur wenig geeignet. Nicht auszudenken, wie Manfred getobt hätte, wenn sie sich dabei verletzt hätte. Dann wäre alles herausgekommen. Sie hätte ihm ihren Alleingang nur schwerlich erklären können. Als sie an diesem Morgen die Regionalbahn bestiegen, war sich Irm bewusst, dass sie nur diese eine Chance hatte. Und es musste auf Anhieb gelingen. Der Überraschungsangriff musste funktionieren. Während der letzten Wochen hatte Irm ihre Kondition im Treppenhaus trainiert, indem sie hoch- und runterrannte, so oft sie nur konnte, während Manfred schlief. Zum Glück bestanden die Stufen aus Stein, sodass sie keine Geräusche dabei verursachte und andere Mieter oder gar ihren Ehemann selbst auf den Plan riefen.

Sie verließen den Zug in Dernau, überquerten die Hauptstraße und folgten dem Wegweiser hinauf in die Weinberge. Schon bald begann Manfred zu schnaufen, während sich Irms Puls noch nicht einmal deutlich beschleunigte. Doch sie tat so, als mache ihr der Aufstieg ebenfalls zu schaffen.

»Zehn Kilometer schaffst du ja wohl«, sagte Manfred

gehässig, als sie endlich den Wanderweg erreicht hatten. Die Frage war vielmehr, ob er die zehn Kilometer überleben würde, dachte Irm. Zum ersten Mal war sie kurz davor, diesen Gedanken auszusprechen, doch sie hielt sich zurück, um keinen Verdacht aufkommen zu lassen. Sie schwieg – wie immer.

»Das ist der schönste Abschnitt des Rotweinwanderweges. Wir sind hier an der Mittelahr. Gleich erreichen wir markante Felsen, blicken auf die Saffenburg und die Burg Are«, dozierte Manfred. Offensichtlich hatte er eine Broschüre auswendig gelernt.

Doch so weit würde er heute nicht mehr kommen. Nicht nach Mayschoß und erst recht nicht nach Altenahr. Wenn ihr Plan aufging, würde sie in Mayschoß Hilfe holen. Sie passierten den kleinen Ort Rech. Nun schlug Irms Herz schneller. Vor Aufregung. Langsam realisierte sie, was sie eigentlich vorhatte. Manfred hatte auf der ganzen Strecke in einem fort auf sie eingeredet. Sie beschimpft, ihr Vorhaltungen gemacht darüber, dass sie sich während seines Krankenstandes nicht gut genug um ihn gekümmert habe, dass er deswegen erst jetzt wieder wandern könne und nicht bereits vor Monaten.

»Eine Frau ist doch dazu da, ihrem Mann zu dienen!«, schimpfte er.

Wenn es einer einzigen Aussage bedurfte, die ihre Zweifel hinwegfegte und ihr jegliche Hemmung nahm, dann war es diese. Sie hatte ihr Leben diesem Mann geopfert. Nun war es gut.

Hinter Rech machte der Wanderweg eine Kehre. Unter ihnen lag die Straße, ein Gasthof. Gegenüber die Saffenburg. Neben dem Weg talseitig schroffe Felsen. Angestrengt blickte sich Irm um. Weit und breit niemand in Sicht. Von der anderen Seite gegenüber könnte sie jemand beobachten. Irm suchte den Wanderweg vor ihnen nach einer geeigneten Stelle ab. Wichtig war die Deckung nach drüben. Sie erspähte einen Punkt einige Meter von ihnen entfernt. Ein Fels. Sie rannte darauf zu.

»Was machst du?«, rief Manfred ihr hinterher.

»Komm!«, rief sie.

Er wog sich in Sicherheit, denn Irm würde nie an einem steilen Abgrund auf ihn warten. Und ihm fehlte offensichtlich die genaue Streckenkenntnis. Irm lugte nach unten. Es war verdammt hoch. Schwungvoll sprang Manfred zu ihr auf den Fels. Tausende Male hatte Irm diesen Moment in Gedanken durchgespielt.

Sie griff nach seinem Arm und nahm den Schwung damit auf. Manfred verlor auf dem rutschigen Untergrund den Halt und stürzte in die Tiefe. Lautlos. Irm hielt die Luft an. Sie wartete auf irgendein Geräusch, einen Schrei, einen Aufprall. Nichts dergleichen folgte. Sie blickte vorsichtig über den Felsrand. Nicht, dass er sich irgendwo festhielt und nun versuchte, sie hinunterzuziehen. Ihre Augen füllten sich mit Tränen, sodass sie zunächst nichts sah. Doch der Schleier lichtete sich. In über hundert Meter Entfernung erkannte sie seine Wanderkleidung. Er lag mit verdrehten Gliedmaßen auf einer Felsennadel. Er war still. Endlich war er still. Nun begann sie zu schreien. Ein Schrei, der alle Demütigungen der letzten Jahrzehnte enthielt.

»Der Tod macht stille Leute«, dachte sie, als sie in Mayschoß an eine Tür klopfte, um jemanden um Hilfe zu bitten.

*

Erfahren Sie mehr über Irm in Karin Joachims erstem Ahr-Krimi Krähenzeit.

NEPOMUK AUF ABWEGEN

»Also, jläuvst de! Wie soll ich ens aanfange?« Hochdeutsch, hat sie mir gesagt. Sie sagt, ich soll alles aufschreiben, und dann auch noch auf Hochdeutsch, sonst würde sie das nämlich gar nicht verstehen. Und wenn sie es nicht versteht, oder eben nicht richtig, dann kann es zu Missverständnissen kommen, hat die Frau gesagt. Was mach ich nur? Weil, viele Worte in oos sprooch kann man gar nicht übersetzen, und schon gar nicht ins Hochdeutsche. Aber wie ich unser Platt schreiben soll, wüsste ich eben auch nicht. Dann kütt noch hinzu, dass es ein einheitliches Ahrtaler Platt gar nicht gibt. In jedem Ort hat man seine eigenen Ausdrücke und seine eigene Aussprache. Ich bin ja in Ahrweiler geboren und habe auch meine Schulzeit in Ahrweiler verbracht. Ja, tatsächlich, ich kam mitten in Ahrweiler in dem Krankenhaus in der Niederhutstraße zur Welt. Heute ist darin ein Altenheim. Meine Eltern sind echte Rheinländer, mein Vater war ein waschechter Ahrweiler, meine Mutter kam aus Köln. Ich schweife ab. Also! Platt ist so einfach, da kann man viel leichter ausdrücken, was man eigentlich meint. Und Schreiben, vor allem Protokolle schreiben, das war eh nie so mein Ding. Ich war mehr fürs Praktische. Als ich noch in der Ausbildung war, da musste ich das übernehmen. Zuerst in Ahrweiler, später dann in Altenburg, wohin man mich versetzt hat. Und da das Tradition ist, habe ich dann die Neuen die unbeliebte Schreibarbeit machen lassen. Manche waren noch nicht mal zum Abfassen von Protokollen geeignet. Andere waren mit dem Streifendienst überfordert. Zu wenig Action. Da waren Typen dabei, die musste ich erst einmal auf Kurs bringen. Kann man das so schreiben? Denn auf See fuhren wir ja eigentlich nicht, und die Ahr ist nicht schiffbar. Ejaal, auf Kurs musste ich die bringen, fast alle. Die hatten Vorstellungen, wie man Polizeidienst macht, unglaublich. Einer hat doch bei seinem ersten Einsatz erst mal die Paragrafen runtergebetet. Der Manni hat vielleicht blöd geguckt und mich dann zur Seite genommen. Ob der junge Schnösel überhaupt was zu sagen hätte. Wegen Rasenmähens am Mittag so einen Aufruhr zu machen. Dabei ging es ja auch gar nicht um den Manni, sondern um dem Manni singe Undermieter. Aber das ist 'ne janz andere Jeschichte, obwohl … Irjendwie hängt hier im Tal ja alles zesamme. Aber wo wollte ich eigentlich hin? Also, dat Hochdeutsch. Jenau, die Neuen, die sollten erst mal die Protokolle schreiben. Dabei lernt man schließlich auch. Am besten machten dat immer die Mädels. Heute muss man aufpassen, wenn man das so schreibt, wegen der Gleichberechtigung und so. Die jungen Frauen waren einfach sprachbegabter als wir Männer. Seit Mitte der Achtzigerjahre durften Frauen dann auch in den uniformierten Polizeidienst. Meine Kollegen fanden das komisch, aber ich ging gerne mit Kolleginnen auf Streife, vor allem, weil die manchmal echt besser auf andere zugehen konnten als wie wir Männer. Mancher Mann allerdings nahm die gar nicht so ernst, was mich dann auf die Palme brachte. Allerdings war eine dabei, die hielt sich schon für was Besseres. Die machte uns gleich eine Ansage und teilte mit, dass wir fortan unseren Schreibkram selbst erledigen sollten. Und Kaffee würde sie nur kochen, weil sie den auch gerne trank. Das war, nachdem sie den von uns zubereiteten Kaffee probiert hatte. Wegen dem Schreibkram war ich schon ein wenig sauer und sagte ihr, dass das zu ihren Aufgaben gehöre. Am anderen Tag, da kam dann gleich ihr Vater in die Dienststelle und meinte mir sagen zu müssen, wie ich seine Tochter zu behandeln hätte. Der war so einer von 'nem Ministerium. Damals war Bonn ja noch Hauptstadt, nicht Bundesstadt, nein, Hauptstadt. Also Hauptstadt von dem geteilten Deutschland halt. Ich dachte schon, jetzt will ihr Vater mir die Hölle heißmachen. Dass seine Tochter schließlich studiert hat. Ich hab mich ganz gerade hingestellt, meine Hosenträger zurechtgezogen und wollte gerade loslegen, ihm was zu erzählen von wegen Lehrjahre und so. Da klopft er mir auf die Schulter und sagt doch, ich glaube es immer noch nicht, also, der sagt zu mir: Seine Tochter sei ziemlich verwöhnt und habe zu Hause nie was gemacht, nie geholfen. Sie solle mal schön hier sehen, wie das richtige Leben läuft. Und natürlich sei sie keine Schreibtussi und soll halt schon was lernen. Vor allem solle sie aber lernen, Verantwortung zu übernehmen, und sich gut mit den Menschen stellen, also nicht nur mit ihren Vorgesetzten, sondern auch mit den Bürgern. Das hat er gesagt. Das ist aber auch schon ein paar Jahre her. Ich erinnere mich noch, als ich selbst in der Ausbildung war. Das war in den frühen Siebzigern. Da ging es schon strenger zu. Heute läuft der Hase ja etwas anders. Der Schreibkram war nie meine Lieblingsarbeit, und jetzt, jetzt soll ich mein ganzes Leben aufschreiben. Na ja, vielleicht nicht mein ganzes Leben, aber doch einen großen Teil. Also den Teil mit meinem Leben als Polizist im Ahrtal.

»Wer hat dir denn den Floh ins Ohr gesetzt?«, hat mich die Irene gefragt. Die Irene ist meine Frau. Na ja, und als ich ihr dann erzählt habe, wer mich auf die Idee gebracht hat, da wurde sie ganz sauer. Weil, so eine junge Frau, das wollte sie nicht. Da würde ich ja ganz viel mit der zusammensitzen und wer weiß was noch. Na ja, ich wusste, was sie meinte, aber meine Irene braucht sich diesbezüglich keine Sorgen zu machen. Als ich ihr dann erzählt habe, dass die junge Frau zwar nett ist – dass sie hübsch ist, habe ich verschwiegen –, aber ich sie halt liebe, also die Irene, da sagte sie, ich soll es versuchen, also das Schreiben. Die Frau, nicht meine, sondern die mit der Idee, die hat mich eines Tages angesprochen, als wir so zusammen in der Weinstube gesessen haben. Der Günter, der nicht Günni genannt werden will, der Horst, den wir alle »Hotte« nennen und der nichts dagegen hat. Na ja, und dann der Ferdi. Wie der Ferdi richtig heißt, das weiß ich gar nicht, ich kenne den nur als Ferdi. Und wie lange ich den kenne. Wir sind schon zusammen als kleine Steppkes im Sandkasten herumgekrabbelt. Irgendwann haben wir uns dann aus den Augen verloren. Er war mehr der Rebell, fuhr viel in der Weltgeschichte umher. Er hat, glaube ich, jeden Kontinent bereist und bestimmt fünfundsiebzig Prozent der Länder auf der Erde. Ich dagegen war ja eher der Bodenständige. Mir haben schon die Ausbildung bei der Polizeiakademie und die Lehrgänge gereicht, weil ich da aus dem Ahrtal rausmusste. Ich war am liebsten im Ahrtal. Jetzt bin ich schon wieder abgeschweift. Das hat mir die Frau auch ans Herz gelegt: Ich soll aufpassen, dass ich nicht zu viele Erzählstränge beginne. Erzählstränge! Da musste ich erst mal fragen, was genau sie damit meinte. Sie antwortete, dass das aber auch nicht so schlimm sei, wenn ich beim Schreiben Schwierigkeiten hätte, denn sie würde den Text überarbeiten und daraus eine gute Geschichte machen. Die Erinnerungen würden dann unter meinem Namen erscheinen, und sie würde als Co-Autorin mitgenannt, weil sie ja schließlich auch Arbeit damit habe. Sie hatte mir ja erst vorgeschlagen, ich könne alles auf ein Diktiergerät sprechen. Aber das mag ich nicht so gern. Das Ding erinnert mich immer an unsere Vernehmungen. Früher, also vor vierzig Jahren, da haben wir noch umständliche Bandmaschinen gehabt. Die Bänder haben sich immer oft verheddert. Oft genau dann, wenn das Geständnis kam. Das war dann ärgerlich. Wenn der Chef dann das Geständnis hören wollte, und dann verstand er nur noch: »Ich geb's ja zu, ich habe grschh-krischhhh-grschhhh …« Was konnten wir denn dafür? Trotzdem gab's dafür oft einen Rüffel. Später kamen dann die Kassetten, dann die Diktiergeräte, und ganz zum Schluss wurde dann alles digital. Also weil mich das so an unsere Vernehmungen erinnert, habe ich der Frau mitgeteilt, dass ich es eben doch lieber aufschreibe. Sie hat gelacht und gemeint, dass ich das wahrscheinlich noch mit der Schreibmaschine tun würde. Da habe ich sie aber ausgelacht, denn einen Computer hat der Pitt-Jupp, das bin ich, ja schon. Nur nervt mich immer, wenn die Worte mit so einer roten Schlangenlinie unterstrichen werden. Ich weiß schon, dass das die Rechtschreibkorrektur ist, ich bin ja nun auch nicht von gestern oder aus der Zeit gefallen. Aber die rote Linie, die verwirrt mich halt schon. Also, die Frau, die mir geraten hat, meine Erfahrungen aus über vierzig Berufsjahren aufzuschreiben, die schreibt selbst. Regionalkrimis. Es gibt Stuttgart-Krimis, Nordsee-Krimis, Hessen-Krimis, Heide-Krimis, Bayern-Krimis und so weiter und so weiter. Die Leute lesen die wie verrückt. Hat die Frau gesagt. Wie kam die nun überhaupt auf mich? An dem besagten Tag, als wir alle so nett zusammensaßen, in der Weinstube, der Ferdi, der Günni, der Hotte und eben ich, da hat sie am Nebentisch einen Wein getrunken und uns belauscht. Wegen Recherchen, hat sie mir nachher erklärt. Sie wollte das Flair einer Weinstube in sich aufnehmen. Weil sie an einem neuen Krimi arbeitet, der im Ahrtal spielt. Worum es da genau geht, wollte sie mir aber nicht verraten. Topsecret, meinte sie. Na, und ich habe halt meinen Kumpels von früher erzählt, was ich so erlebt habe während meines Polizeidienstes im Ahrtal. Ich war ja überall. Mein Vater war auch schon bei der Polizei. Der hat Storys erzählt. In den Fünfzigerjahren, da war hier an der Ahr vielleicht was los. Da war ich noch ganz klein. Die

Leute hatten den Krieg miterlebt, den Zweiten Weltkrieg. Das war eine beschissene Zeit, das können wir uns heute gar nicht mehr vorstellen. Und danach gab es erst einmal nichts, nichts zu essen, überall Trümmer. Schlimm war es zum Beispiel in Köln, da war von der Stadt fast gar nichts mehr übrig. Die Leute hatten nicht viel, für sehr lange Zeit nicht viel. Sie kamen dann hierher ins Ahrtal, um für ein paar Stunden das Elend zu vergessen. Und der Rotwein schmeckte auch ganz gut, obwohl manche sagen, dass er erst nach dem vierten Glas überhaupt genießbar war. Dann ging es langsam aufwärts, die Wirtschaft boomte – sagte man das damals schon so? Egal, in den Sechzigern fielen dann die Massen ein, man kann es nicht anders bezeichnen. Und da war hier echt was los. Betrunkene, Unfälle, Messerstechereien. Das war schlimm, erzählte mein Vater. Wo war ich? Ach ja, ich kam dann nach meiner Ausbildung erst nach Adenau auf die Dienststelle und dann später nach Ahrweiler. Ich weiß also fast alles, was hier so passiert ist. Das, was wir als Polizei so mitbekommen haben. So, was wollte ich jetzt …? Asu, so, wie die Frau auf mich kam, wollte ich ja schreiben. Sie hörte am Nebentisch zu und fand meine Geschichten aus meinem Polizeidienst wohl ziemlich spannend. Ich dachte schon, sie wollte sich die Geschichten nur abgucken, um dann selbst daraus einen Krimi zu schreiben. Jedoch meinte sie, wenn ich Interesse hätte, würde sie bei ihrem Verlag nachfragen, ob sie meine Erinnerungen verlegen würden. Und wenn das klappt und die Geschichten gut wären, dann würde sie diese ein wenig umschreiben und in Form bringen. »Was heißt das, in Form bringen?«, habe ich sie gefragt. Dann erklärte sie mir, dass eine Geschichte bestimmte Bögen hat. Da guckte ich noch verwunderter. Spannungsbögen meinte sie. Also, dass man eine Geschichte so aufbauen muss, dass der Leser halt Lust hat weiterzulesen. Es darf nicht langweilig werden. Langweilig war mein Leben nie. Aber das meinte sie wohl damit nicht. So langsam komme ich aber echt in Fahrt, das Schreiben macht Spaß, und ich merke, dass ich viele Geschichten erzählen könnte.

Als ich das der Irene so erzählt habe, hat sie gelacht. Aber nicht, weil sie glaubte, dass meine Geschichten niemanden interessieren würden, sondern wohl weil sie ein bisschen stolz auf mich ist. »Wir müssen aber unbedingt zusehen, dass wir die Namen von Leuten, die noch heute leben, ändern«, hat die Frau gesagt. Sonst bekommen wir Ärger, wenn sich einer wiedererkennt oder falsch dargestellt fühlt. »Logisch«, habe ich gesagt. Und sie meinte nur: »Wir müssen uns aber ganz neue Namen ausdenken, nicht etwa Fritz L. oder Lieschen R.« Da habe ich wieder »logisch« gesagt, denn das würde sich ja blöd anhören.

Nicht abschweifen, hat sie mir gesagt. Ich soll unbedingt noch etwas über mich schreiben, also wer ich bin. Das habe ich ja schon, oder? Mein Name ist Peter Frühauf – ja, ja! Ich weiß schon, was die Leser jetzt denken. Was für ein witziger Name. Frühauf! Ein Polizist, der Frühauf heißt! Also: immer Frühschicht hat, oder? Ich musste mir immer wieder Witze anhören. Ich kenn sie alle. Und irgendwann habe ich einfach mitgelacht, und gut war's! Übrigens: Mein Spitzname ist Pitt-Jupp, obwohl ich einfach nur Peter heiße, von Geburt an. Wie kam denn das? Na, ich hatte einen Vorgesetzten, der hieß auch Peter. Und der kam aus Hamburg. Da man dem Chef keinen Spitznamen geben durfte – zumindest nicht offiziell, inoffiziell hatte er natürlich einen –, bekam also ich einen, damit man uns besser unterscheiden konnte. Eigenartig eigentlich im Nachhinein betrachtet, da wir den Vorgesetzten ja gar nicht mit seinem Vornamen anreden durften. So kam ich zum Pitt-Jupp, weil ich ja von hier war, und Pitt-Jupp war einfach ein typischer rheinischer Name. Punkt.

Das war es, was meine Leser über mich wissen müssen.

*

Der Tag, an dem Nepomuk verschwand

Ich erinnere mich noch wie heute nicht nur an diesen Fall, aber an den ganz besonders. Das war schon ein ganz außergewöhnlicher Fall. Aber ich meine jetzt erst einmal den Sommer. Den Sommer 1984. Der war nämlich keiner. Also so ein mieser Sommer war das. Es regnete täglich von morgens bis abends. Juni nass, Juli nass und im November Hochwasser an der Ahr. Nee, so viel Wasser gab es erst wieder im Juni 2013. Da stand sogar unser Keller in Ahrweiler unter Wasser. Und dann noch mal im Juni 2016. Da stand Altenahr unter Wasser. Und von 2021 reden wir besser nicht, das macht mich nur depressiv und traurig. Also, der Sommer 1984 war Mist, richtiggehend. Und nicht nur nass war es, kalt war es obendrauf. Also: Außendienst war nicht angenehm. War man draußen, was ja nun das eine oder andere Mal vorkam, dann wurde man nass. Und diese grünen Jacken und braunen Hosen wurden schnell nass. Auf dem hellbraunen Stoff sah man jeden einzelnen Regentropfen. Kam man dann wieder ins Auto, beschlugen sofort die Scheiben. Also unauffällige Beobachtungen waren aus dem Wagen heraus gar nicht möglich. Jeder Depp wusste anhand der beschlagenen Scheiben, dass wir da drinnen saßen. Hatten wir die Scheiben dann freigewischt und einer von uns machte seine Thermoskanne mit wärmendem Kaffee auf – die Irene machte den immer mit Milch –, dann beschlug gleich wieder alles. Also saßen wir dann da im Wagen, mal mehr, mal weniger frierend, und beobachteten die Vorgänge auf den Straßen. Aber es gab nicht viel zu beobachten, denn bei dem Wetter hielt sich kaum jemand draußen auf. Und das im Sommer. Es war Sommer! Langweilig war es. So auch an einem Tag im Juni 1984. Wir fuhren durch die Straßen von Altenahr und waren gerade auf dem Weg hinunter nach Mayschoß, einfach mal so, um Präsenz zu zeigen. Ich denke, dass uns allerdings niemand sah, das mit der Präsenz also so eine Sache war, weil ja keiner da war, der uns sehen konnte. Der Himmel allein weiß, wo die Leute in jenem Sommer die Zeit totschlugen. Totschlag, das kam dann aber später auch noch. Aber erst mal zurück zu dem Tag im Juni. Die Scheiben waren gerade einigermaßen frei, von innen, das Gebläse funktionierte mal wieder, das vom Auto. In dem Sommer brauchten wir es so oft zum Freiblasen der nassen Scheiben wie sonst zum Hineinblasen von sommerlicher Frischluft. Der Motor des Gebläses war gerade neu eingebaut worden, weil er schon wieder seinen Geist aufgegeben hatte. Zwischendurch, als er nicht funktionierte, wischten wir, was das Zeug hielt. Ich hätte mir fast eine Zerrung im Arm geholt. Also, an dem Junitag kam dann plötzlich ein Ruf aus unserem Funkgerät.

»Manni 1 für Manni 2!«

»Ja, Manni 2 hört!«

»Hier ist die Zentrale!«

»Ja, hier ist Pitt-Jupp.«

»Jungs, fahrt mal nach Rech. Irgendwas stimmt da auf der alten Ahrbrücke nicht.«

»Äh, was stimmt denn da nicht?«

Ich dachte an einen Verkehrsunfall oder einen Passanten, der bei dem nassen Wetter ausgerutscht war. So was in der Art.

»Fahrt halt mal hin. Ich habe es nicht so richtig verstanden. Irgendwer soll verschwunden sein«, sagte der Klaus, der in der Wache Dienst schob und sich hinter dem Funkrufnamen »Manni 1« verbarg.

Nun gut. Die Richtung stimmte ja schon, und so fuhren wir eben weiter, ohne länger unsere Präsenz gezeigt zu haben. Hinter Mayschoß kamen wir am Bergischen Hof vorbei, dann nahmen wir die Linkskurve, um unter der Bahn hindurchzufahren, da kam uns ein Schwall Wasser von unten entgegen. Die kurze Unterführung stand unter Wasser. So nass war es. Das Ortsschild von Rech war vor lauter Regen kaum zu erkennen, aber wir kannten uns ja aus. Wir bogen also nach rechts auf die alte Steinbrücke ab. Dort warteten einige Leute in Regenjacken und mit aufgespannten Schirmen. Mitten auf der Brücke. Wir hielten an. Ich stieg aus, da hupte es auch schon hinter uns.

Ich drehte mich zu dem hupenden Auto um.

»Polizei! Fahren Sie zurück!«, rief ich nur und machte dazu eine eindeutige Handbewegung. Der Fahrer in dem schwarzen Golf war nicht begeistert, fuhr dann aber zurück. Im Rückwärtsgang. Logisch. Drehen konnte man auf der engen Brücke nicht. Der war bestimmt sauer, denn man kommt nur über die Brückenstraße in den Ort. Muss er halt sein Auto parken und zu Fuß gehen, dachte ich noch so bei mir.

Also, was gab es denn hier für einen Aufstand? Stefan, mein Kollege, war auch schon ausgestiegen und guckte ganz bedröppelt. Dann sah ich es auch schon: Er hatte die Beifahrertür an die Brückenmauer gestoßen. Eine kleine Beule war an der Autotür zu erkennen.

»Nicht so schlimm«, sagte ich. »Lass uns mal schauen, was da los ist!«

Dann gingen wir zu den Leuten. Ich rückte meine Mütze zurecht und räusperte mich.

»Hm, also, was ist hier los?«

»Oh, da ist ja dann auch mal die Polizei«, sagte einer der Herren ganz süffisant.

Ich überhörte das. Den unterschwelligen Ton, meine ich. Denn wir hatten nicht getrödelt, sondern waren ja sogar schon auf dem Weg gewesen, als uns der Funkruf erreichte.

»Was gibt es denn?«

Die Männer, vier an der Zahl, traten ein wenig auseinander. Ich sah nichts. Stefan auch nicht, so wie er guckte.

Und das war genau das Problem! Nicht, dass wir nichts sahen, sondern dass da nichts war, was wir hätten sehen können. Denn: Nepomuk war weg. Einfach weg. Der Nepomuk. Also die Brückenfigur aus Stein, Basalt, um genauer zu sein. Der Sockel war leer.

»Runtergeworfen?«, fragte ich. War ja eigentlich fast klar. Schließlich wurde der in der Geschichte schon mehrfach von seinem Sockel geworfen.

Die Männer schüttelten einhellig ihre Köpfe.

»Das gibt es doch gar nicht!«, raunte Stefan.

Zur Sicherheit gingen wir beide zur Brüstung, vorbei an den vier Männern, und schauten in die Tiefe. Wir schauten und guckten und schauten wieder. Dann sahen wir einander an, also der Stefan und ich. Wir waren uns einig: Da unten lag der Nepomuk jedenfalls nicht. Und wenn er hinuntergeworfen worden wäre, dann läge er auch dort. Und das tat er eben nicht. Noch nicht mal in Einzelteilen. Und auf der Straße war auch nichts zu erkennen. Keine Reste von Mörtel, keine Schleifspuren, nichts. Der Brückenheilige war weg.

»Und nun?«, fragte einer der Herren.

Als ob wir das wüssten.

»Seit wann ist er denn – abgängig?«, fragte ich. Ich musste selbst ein wenig lachen. Aber die Männer fanden das gar nicht lustig. Über Nepomuks Verschwinden machte man keine Witze.

»Also, das wissen wir gar nicht genau.«

Wieso nicht? Die Männer sahen doch so aus, als hätten sie genug Zeit, alles, was im Ort passiert, zu beobachten, und willens waren sie sicher allemal.

»Na, weil wir eben erst von unserer Herrentour zurückkommen.«

Roch ich da nicht bei dem einen oder anderen ein wenig Alkohol in der Atemluft? Mein strenger Blick entging ihnen wohl nicht, denn ein anderer erklärte: »Wir kamen gerade mit der Bahn.«

»Und da haben wir die Bescherung gesehen«, sagte der Nächste.

»Und wir sind noch klar im Kopf, auch wenn wir ein, zwei Klare getrunken haben«, mischte sich ein Dritter ein.

»Ja, bei dem Wetter muss man sich ja irgendwie bei Laune halten«, entschuldigte der Erste.

»Dann müssen wir also klären, ab wann die Brückenfigur fehlt«, wandte ich mich wieder Stefan zu. »Wir notieren jetzt die Namen und Adressen der Herren und fragen dann mal im Ort rum.«

So machten wir es dann auch. Wir machten mit unserer Kamera einige Fotos und hofften, dass außer Regentropfen auch noch etwas anderes darauf zu erkennen sein würde. Bevor wir die Befragung starteten, parkten wir unser Dienstfahrzeug auf dem kleinen Parkplatz neben der Brücke beim Weingut. Dann gingen wir zu Fuß durch Rech. Etwas planlos war das, ich gebe es zu.

Wir marschierten also in den Ort hinein, kamen aber nicht weit, denn mir fiel plötzlich etwas ein. Ich packte mir an die Stirn!

»Warte hier, Stefan, ich muss mal was klären.«

Dann ging ich zurück zum Wagen und ließ meinen Kollegen und Kumpel Stefan einfach stehen. Darauf hätte ich ja längst schon kommen können, anstatt auf das Gerede der vier Herren allzu viel zu geben. Nur weil sie zwei Tage nicht zu Hause waren und ihnen dann – nach einem Herrenausflug, wohlgemerkt – der fehlende Nepomuk auffiel, hieß das ja nun wirklich nicht, dass es hier um Diebstahl oder etwas in der Art ging. Ich nahm also das Funkgerät in die Hand.

»Manni 2 an Manni 1.«

Es dauerte, bis Klaus antwortete, vermutlich hantierte er wieder einmal an der kaputten Kaffeemaschine herum.

»Manni 1 hört!«

»Hier ist Pitt-Jupp. Sag mal, kannst du bei der Gemeindeverwaltung mal nachfragen, ob es vielleicht einen Auftrag für eine Sanierung der Brückenstatue in Rech gibt, oder direkt bei der Kreisverwaltung, die sind dafür ja als untere Denkmalbehörde zuständig.«

»Gut, mach ich. Wann?«

»Jetzt?«

Man hörte einige Zeit rascheln, dann tippte Klaus offensichtlich eine Nummer ins Telefon ein.

Ich schaute mich derweilen um und wartete. Auf der Bundesstraße fuhren nun einige Autos, und der Regen hatte aufgehört. Stefan war inzwischen weitergelaufen und sprach mit einer älteren Frau.

Es rauschte im Funkgerät.

»Bist du noch dran?«

»Ja!«

»Also, die bei der Gemeindeverwaltung haben Mittagspause, da geht keiner ran. Aber bei der Kreisverwaltung habe ich jemanden erreicht.«

»Und?«

»Die Dame gibt die Anfrage an den zuständigen Sachbearbeiter weiter.«

»Und der hat Mittagspause?«

»Nee, Urlaub.«

»Da muss es doch eine Vertretung geben.«

»Wir werden zurückgerufen.«

»Na, denn. Hak aber heute Nachmittag da bitte noch mal nach.«

Dann beendete ich das Gespräch. Ich wollte mich im Ort nicht blamieren. Wie unangenehm wäre es, wenn wir nach einer verschollenen Figur fahndeten und die wäre nur zur Generalüberholung abgeholt worden? Was also tun? Gar nichts unternehmen? Nach kurzem Überlegen machte ich mich deshalb auf und lief die Brückenstraße hinauf hin zum Stefan, der gerade das Gespräch mit einer älteren Frau beendet hatte. Die verschwand mitsamt einem groben Straßenbesen hinter ihrem braunen Hoftor. Rums, flog die Tür ins Schloss.

»Und gibt's was Neues?«

»Das wollte ich dich grad fragen«, antwortete Stefan neugierig.

Daraufhin erklärte ich ihm schnell, warum ich ihn

eigentlich vor einigen Minuten so ohne Erklärung hatte stehen lassen.

Er nickte anerkennend mit dem Kopf und zog die Mundwinkel nach oben. Was so viel heißen sollte wie: klasse gemacht. Und als ich ihm dann berichtete, dass wir nicht schlauer waren als zuvor, da wackelte er mit seinem Kopf ganz sachte hin und her.

»Immerhin. Vielleicht haben wir ja gar keinen Fall«. Den »Fall« betonte er dabei überdeutlich. Worauf wiederum nun ich mit dem Kopf hin und her wackelte. »Oder doch?«, er grinste dabei wie ein kleiner Junge.

»Hast du etwas in Erfahrung gebracht?«

»Ja!«, erwiderte Stefan und zog dabei die Schultern nach hinten, sodass sein Brustkorb deutlich unter der Uniformjacke hervortrat. Er war offensichtlich stolz auf das, was er soeben gehört hatte und mir nun berichten konnte. Ich knuffte ihn in die Seite.

»Also was?«

Stefan wollte gerade anfangen, als laut dröhnend ein Traktor die Straße heraufgebrettert kam. Ja, der bretterte. Ich zog schnell einen Notizblock aus meiner Jackentasche und einen Stift gleich mit und schrieb mir das Kennzeichen auf. So was war ja nicht möglich. An der Polizei vorbei durch den Ort zu rasen, und das mit einem Traktor, der für diese Geschwindigkeit nicht zugelassen war. Darum würde ich mich später kümmern. Ich sah hinter dem Traktor her und meinte Stefan reden zu hören. Also sah ich ihn an. Hatte er jetzt etwas gesagt, oder nicht?

»Häh?«, fragte ich.

»Wie häh?«

»Hast du was gesagt, oder nicht?«

»Nee, habe ich nicht!«

»Also, was jetzt?« Ich wurde ungeduldig.

»Die alte Frau, die eben hier gefegt hat, die meinte …«

»Was?«, wollte ich wissen.

»War das nicht der Filius vom Hubert?«

»Wer?«

»Der auf dem Trecker.«

Ich kannte nur einen Hubert, den Wirt in meiner Stammkneipe. Die aber befand sich in Ahrweiler. Kaum vorstellbar, dass sein Sohn bis hierher mit dem Traktor gefahren war. Und überhaupt? Woher sollte er den Traktor haben? Hubert war schließlich einer der wenigen Männer im Ahrtal, die keinen Weinberg ihr Eigen nannten. Also wollte ich nachfragen, aber da kam ein Laster auf uns zu. Dieses Mal aus der entgegengesetzten Richtung, also von oben.

»Verdammter Mist!« Das regte mich grad so was von auf. Der Auspuff war nämlich offensichtlich kaputt. Der Lärm schallte von den Häuserwänden zurück, die Kirche wackelte fast. Hätte noch gefehlt, dass nun auch die Kirchturmglocken loslegten. Das taten sie aber nicht. Hätte mich jedoch nicht gewundert. Ich war schon mächtig genervt. Immer, wenn ich sauer bin, bekomme ich Hunger. Und wenn ich Hunger habe, werde ich unleidlich. Und dann kann ich mich nicht konzentrieren. Ich musste mich aber konzentrieren, denn mittlerweile hatte ich gleich mehrere unbeantwortete Fragen.

»Was ist denn da oben los?«, fragte Stefan.

Ich wusste sofort, was er meinte. Mit oben meinte er die Berge. Denn die Dorfstraße führte nicht mehr allzu weit und endete einfach. Hinter den letzten Häusern südlich vom Ort gab es nichts mehr außer Weinbergen und Wald. Ganz viel Wald. Und wenn man weiter in südlicher Richtung ging, kam man irgendwann nach Kesseling.

»Die Frau von eben, die grad die Straße gefegt hat, meinte, dass hier neulich in der Nacht ein Traktor durch den Ort gefahren sei. Sie habe neuerdings einen leichten Schlaf. Sie hätte den aber gehört, auch wenn sie nicht noch gelesen hätte. Ihr kam das komisch vor.«

»In welcher Nacht war das denn?«

»Daran konnte sie sich nicht genau erinnern. Entweder in der Nacht von vorgestern auf gestern oder in der Nacht davor.«

»Ob das etwas mit dem fehlenden Nepomuk zu tun hat?«, überlegte ich laut. »Hast du die Frau nach der Figur gefragt?«

»Ja, aber sie hat nicht bemerkt, dass sie gar nicht mehr auf der Brücke steht.«

Ich fand das merkwürdig. Wie konnte einem das nur entgehen? Wenn alle derart wahrnehmungsgestört waren, dann war der Brückenheilige möglicherweise bereits seit Längerem abgängig.

Hatte jemand die Figur gestohlen oder war sie bei einem nächtlichen Fahrmanöver vielleicht beschädigt worden? Wäre sie heruntergerissen worden, hätten wir doch Spuren am Ufer gefunden. Wobei wir ja gar nicht richtig nachgesehen hatten. Wegen des Wetters. Also gab ich Stefan die Anweisung, unter der Brücke nachzusehen.

»Wieso ich?«, fragte er.

»Weil ich dein Vorgesetzter bin«, antwortete ich.

Ja, damals hatte ich schon das Sagen.

Also gingen wir zurück zum Auto, und Stefan holte seine Gummistiefel aus dem Kofferraum. Gemeinsam liefen wir zu dem Ort, an dem die Figur oder Reste von ihr liegen könnten. Ich blieb oben am Rand der Böschung stehen, während Stefan vorsichtig einen Fuß vor den anderen setzte, um nicht im nassen Gras auszurutschen. Er zog die Schultern nach oben. Blickte auf den Boden, blickte nach oben, versuchte die mögliche Fallrichtung nachzuvollziehen.

»Hier ist nichts«, rief er schließlich.

Aber meinem geschulten Auge entging nichts. Einige Meter von Stefans Standort entfernt in Richtung Flussufer gab es eine größere Stelle, die anders aussah als die Wiese ringsum. Erdreich trat hervor. Das musste ich mir genauer anschauen. Also folgte ich Stefan. Meine Schuhe waren schnell feucht, aber darum konnte ich mich nicht kümmern.

»Hier muss etwas gelegen haben«, sagte ich und winkte Stefan herbei.

Man erkannte Abdrücke von einem schweren Gegenstand. Als ich mich bückte, wurde ich rasch fündig: Überall lagen kleinere Gesteinsbröckchen verstreut. Sie wiesen dieselbe Färbung auf wie der Stein der Nepomukfigur. Sofern ich mich richtig erinnerte.

»Aha«, sagte Stefan. »Nepomuk ist offensichtlich von der Brüstung gestürzt.«

»Nun stellen sich aber viele Fragen«, antwortete ich und verwies darauf, dass es sich um einen Unfall handeln könnte oder um ein mutwilliges Vorgehen. Da nirgends größere Reste zu finden waren, mussten wir davon ausgehen, dass jemand die Figur weggeschafft hatte.

»Vielleicht mit dem Traktor?«, überlegte Stefan.

Ich gab ihm recht.

»In der Nacht, ja.«

Aber dann, nachdem ich lange genug auf eine Stelle geblickt hatte, die mir ausgesprochen merkwürdig vorkam, wurde mir plötzlich ganz eigenartig zumute. Denn ein schlimmer Verdacht kroch in mir hoch.

»Siehst du das auch?«, fragte ich Stefan und zeigte auf die Stelle einige Zentimeter neben einer größeren Vertiefung im Erdreich.

Der Regen machte es uns nicht leicht, aber wir waren uns dennoch ziemlich sicher. Wir waren auf eine Blutlache gestoßen. Oder eher die Reste davon, denn es hatte ja ordentlich geregnet.

»Ist das menschliches Blut?«, fragte Stefan. Ein wenig weiß war er um die Lippen geworden.

Selbstverständlich konnten wir dies nicht ohne weitere Analysen feststellen. Aber was uns klar war, war, dass die Nepomukfigur bei ihrem Fall in die Tiefe ein Lebewesen getroffen haben musste.

Ich gab Stefan die Anweisung, den Ort mit Trassierband abzusperren. Gemeinsam gingen wir zurück zum Einsatzwagen. Während Stefan die notwendigen Utensilien aus dem Kofferraum nahm, informierte ich die Leitstelle und ließ die Kriminalpolizei anfordern.

Ich war mir sicher, dass die nächtliche Traktorfahrt etwas zu bedeuten hatte, und konnte es nicht abwarten, dem Kommissar meine Theorie mitzuteilen. Glücklicherweise mussten wir nicht allzu lange auf ihn warten. Kommissar Brambach erfasste die Situation rasch und beauftragte uns damit, herauszufinden, was es mit den Beobachtungen der Frau von der Dorfstraße auf sich hatte. Also liefen wir wieder zu ihr zurück. Das heißt, wir hatten es vor. Denn an der Brücke fing uns ein junger Mann in einem roten Pullover ab. Er stellte sich als Journalist vor. Karl Knies hieß er. Wir hatten aber nichts zu berichten und ließen ihn einfach stehen. Weit kamen wir jedoch nicht, denn mittlerweile stand ganz Rech auf der Straße und wollte uns etwas mitteilen oder etwas von uns erfahren.

Also teilten wir uns auf. Stefan übernahm die linke Straßenseite, ich die rechte. Es wurde viel geredet, aber eigentlich hatte niemand etwas Sachdienliches beobachtet. Also winkte ich Stefan wieder zu mir, denn mittlerweile war ich an dem Haus der Frau mit den Schlafstörungen angekommen.

»Ich sag's dir. Die Leute reden ein Zeug daher.«

»Was denn?«, fragte ich amüsiert.

»Eine Frau meinte, dass es kein Wunder sei, wenn sich der Nepomuk vor lauter Kummer in die Fluten gestürzt hätte. Bei den Zuständen heutzutage.«

Mein Gesicht hätte ich zu gerne selbst im Spiegel gesehen.

»Entschuldigung, aber bei der Frau ist doch 'ne Schraube …«, sagte ich.

»Psssssst«, wollte mich Stefan warnen.

»Was?«

Ich hatte mich so in Rage geredet, dass ich gar nicht mitbekommen hatte, dass hinter mir die Frau auftauchte, über die Stefan und ich uns gerade lustig machten.

»Das habe ich gehört!«, sagte sie missbilligend.

Mir wurde ganz heiß unter der Uniform, obwohl es hier draußen kaum zehn Grad hatte.

»Wie nennt man das, wenn ein Beamter einen beleidigt?«, rief sie scharf.

Schnell bekam ich wieder Oberwasser.

»Frau?«

»Schmoller.«

Mich hätte es beinahe von den Beinen gerissen! Schmoller. Der Name passte ja.

Nun öffnete sich gerade im richtigen Augenblick die Tür, hinter der vorhin die Frau verschwunden war, die wir ja eigentlich befragen wollten.

Allerdings wurde es jetzt peinlich, denn bei den beiden Frauen handelte es sich um Schwägerinnen. Beide hießen Schmoller mit Nachnamen. Ich tat so, als hätte es den Fauxpas nicht gegeben.

»Frau Schmoller!« Ich meinte die mit den Schlafstörungen. »Haben Sie noch einmal über unser Gespräch nachgedacht? Ist Ihnen noch etwas eingefallen?«

Leider konnte sie uns nicht weiterhelfen. Also blieb uns nichts anderes übrig, als uns auf den Weg zu machen. Dorthin, wo wir den Traktor vermuteten. Der Regen hatte glücklicherweise immer noch nicht wieder eingesetzt. Doch wir kamen nicht weit, denn an der obersten Gabelung fanden wir keinen Anhaltspunkt dafür, wohin der Traktor von vorhin gefahren war. Sollten wir etwa in den Wald laufen? Wir entschieden uns, umzukehren. Zumal wir auch nicht sicher waren, dass der Traktor irgendetwas mit dem verschollenen Nepomuk zu tun hatte. Als wir unser Einsatzfahrzeug erreichten, sprach uns Kommissar Brambach an. Er teilte uns mit, dass man zum jetzigen Zeitpunkt nicht näher bestimmen konnte, um welche Substanz es sich auf dem Erdreich handelte. Es hatte viel zu stark geregnet, dachte ich mir. Und war sogar ein wenig erleichtert. Denn die Bilder in meinem Kopf von einem Menschen, der von der Steinfigur erschlagen worden war, gehörten nicht zu den angenehmsten Vorstellungen. Aber darum würden wir uns nicht kümmern müssen. Das war die Angelegenheit der Kripo. Wir hätten uns also nur noch mit dem abtrünnigen Brückenheiligen beschäftigen müssen, so dachte ich, aber nur für wenige Sekunden. Denn plötzlich tippte mir jemand von hinten auf die Schulter. Derartige Vertraulichkeiten mochte ich nicht und drehte mich um, um der Person einen Vortrag darüber zu halten, dass man Amtspersonen nicht anfassen sollte. Doch es war Huberts Sohn. Der, den Stefan gemeint hatte, im Traktor gesehen zu haben.

»Sie sind doch der Pitt-Jupp. Der Freund meines Vaters, oder?«, fragte der Bursche.

Ich nickte. Der Junge war groß geworden. Michael war ein junger Mann, kein Teenager mehr.

»Mein Chef schickt mich, der vom Weingut gleich hier an der Brücke.«

Ich war gespannt, was er mir ausrichten sollte, und hörte einfach nur zu.

»Auf dem Parkplatz vorm Weingut steht seit einigen Tagen ein Auto aus Wuppertal. Keiner aus dem Dorf weiß, wem es gehört. Niemand hat einen Gast aus Wuppertal.«

Erst dachte ich, dass ich keine Zeit hatte, den Besitzer ausfindig zu machen. Zumal der Wagen offensichtlich ordnungsgemäß abgestellt war. Ich also keine Handhabe besaß, eine Abfrage in die Wege zu leiten.

Nun mischte sich eine Frau in unser Gespräch ein, die mir bekannt vorkam. Es handelte sich um die Frau Schmoller, die vorhin die Straße gefegt hatte. Also nicht die, die ein Faible für merkwürdige Schlussfolgerungen hatte. Sie erklärte mir, dass sie mit dem Mann, dem Besitzer des Wagens, im vergangenen Jahr einmal einen Plausch geführt hatte. Er sei Ornithologe und besuche das Ahrtal regelmäßig.

»Warum haben Sie das denn meinem Chef nicht gesagt?«, fragte Stefan, bevor ich etwas sagen konnte.

»Weil mich niemand darauf angesprochen hat«, antwortete Frau Schmoller.

»Haben Sie den Mann in diesen Tagen wiedergesehen?«, riss ich das Gespräch nun an mich. Schließlich war das meine Aufgabe. Also die Fakten zu sammeln.

Frau Schmoller schüttelte mit dem Kopf. Und dann erzählte sie etwas, das meinen schlimmsten Verdacht bestätigte.

»Er saß immer da unterhalb der Brücke auf einem Klappstuhl.«

»Unter der Figur?«, fragte ich.

»Ja, unter der Figur vom Nepomuk.«

Ich winkte Kommissar Brambach herbei und erzählte ihm von meinem Verdacht. Während der Kommissar überlegte, welche Schritte nun eingeleitet werden mussten, blickte ich zu Stefan. Er war richtig blass um die Nase.

»Dann ist das am Ufer also doch Menschenblut?«, flüsterte er. »Und was nicht noch alles …«

Ja, was nicht noch alles. Knochenreste, Gewebefasern und Gehirnmasse. Ich wollte es mir lieber nicht vorstellen. Stefan aber tat das offensichtlich gerade. Aus seinem Gesicht war jegliche Farbe gewichen.

»Du übergibst dich jetzt nicht!«, raunte ich ihm zu.

Es gelang ihm, sich zusammenzureißen.

Nach dem Einsatz in Rech fuhren wir erst einmal zurück aufs Revier. Stefan ließ ich das Protokoll schreiben. Ich hing am Telefon und besprach mich mit den Kollegen der Kriminalpolizei. Dann versuchte ich, den Halter des Traktors ausfindig zu machen, der im Ort aufgefallen war. Einer der Anwohner hatte sich doch tatsächlich das Kennzeichen notiert. Er gehörte einem Landwirt aus der Grafschaft, der ihn als gestohlen gemeldet hatte. Nach einer Weile teilte uns die Kripo den Namen des Vogelkundlers aus Wuppertal mit. Seine Frau hatte bereits eine Vermisstenanzeige aufgegeben. Wir mussten mit dem Schlimmsten rechnen.

Da unsere Aufgabe darin bestand, den Verbleib der Brückenfigur aufzuklären, machten wir uns anschließend wieder auf und fuhren Streife. Wir waren uns einig, dass Nepomuk nicht mehr am Stück anzutreffen sein würde. Was die Suche nach ihm nicht gerade erleichterte. Zunächst klapperten wir alle Steinmetzbetriebe in der Gegend ab. Vielleicht hatte man einzelne Stücke der Figur dort abgeladen. Eine vage Hoffnung. Als wir in Schuld den Letzten auf unserer Liste besucht hatten, begann es wieder wie aus Eimern zu schütten.

»Ein Scheißtag«, sagte Stefan.

Ich pflichtete ihm bei. Wir machten Feierabend.

Doch die Sache ließ mich nicht los. Meine Frau schlug vor, mir den Geländewagen ihres Bruders auszuleihen und damit den Wald bei Rech abzufahren. Aber es war dunkel und ich kannte mich dort nicht gut aus, da ich nur selten und auch nur als Schulkind dort gewandert war. Am anderen Morgen entschloss ich mich, mit dem Geländewagen zur Arbeit zu fahren. Ich ließ Stefan einsteigen. Dann fuhren wir zurück nach Rech.

Es war ein herrlicher Morgen. Die Wege waren immer noch feucht, aber endlich traute sich die Sonne wieder hervor. Irene würde die Stimmung mögen, mit dem Nebel, der die Landschaft einhüllte und durch den an manchen Stellen der blaue Himmel hervorblitzte. So dachte ich, als wir tief im Wald eine Reflexion gewahr wurden.

Ich stellte den Motor ab und suchte mit dem Fernglas die Umgebung ab. Die Sonne hatte sich vorübergehend wieder verdunkelt. Und plötzlich war sie wieder da, die Reflexion. Sie kam aus einiger Entfernung. Im Unterholz war etwas mit einer Plane bedeckt worden. Ich startete den Motor und fuhr noch einige Meter weiter, lenkte den Wagen dann an den Rand des Weges, sodass er nicht allzu sehr auffiel. Zu Fuß machten wir uns auf den Weg durchs Unterholz.

Bald hatten wir den Traktor entdeckt. Er befand sich unter der Plane, die nur notdürftig mit Reisig getarnt worden war. Vorn auf der Schaufel fanden sich Blutanhaftungen. Ich schaute zu Stefan, ob ihm wieder schlecht wurde. Aber an dem Tag war er tapfer. Daran hat sich auch später nichts mehr geändert.

Der Fahrer, den wir am Vortag gesehen hatten, musste entweder zu Fuß von hier verschwunden sein, oder es hatte ihn jemand abgeholt. Der Kleinlaster fiel uns wieder ein. Dummerweise hatte ich mir das Kennzeichen nicht gemerkt. Stefan aber schon. Wir liefen zurück zum Wagen. Er hatte ja kein Funkgerät. Zu dumm. Daran hatte ich im Eifer des Gefechts nicht gedacht. Es half nichts, wir mussten zurück zum Ort.

»Kesseling ist viel näher von hier aus als Rech«, sagte Stefan, als ich gerade wenden wollte. »Meine Tante wohnt da, wir können bei ihr telefonieren.«

So machten wir es. Ich rief auf der Dienststelle an und ließ das Kennzeichen des Lasters überprüfen. Er war nicht als gestohlen gemeldet und gehörte einem Mann aus Kesseling.

Stefans Tante kannte ihn vom Sehen. Und sie wusste, dass der Vater im Wald eine Jagdhütte besaß. Sie beschrieb uns so gut es ging den Weg dorthin. Ich forderte Verstärkung an. Zwei Polizisten allein im Wald, die es möglicherweise mit mehreren Kriminellen zu tun hatten, das war mir zu riskant.

Stefans Tante hatte uns eine Stelle genannt, an der wir das Auto abstellen konnten, ohne dass jemand es mitbekam, der sich rund um die Hütte aufhielt. Wir folgten ihrem Rat und pirschten uns zu Fuß heran. Dann sondierten wir die Lage. Offensichtlich war niemand dort. Aber wir konnten uns nicht sicher sein. Ich lief voran, Stefan folgte mir. Plötzlich zog er mich am Ärmel.

»Da, beim Holzhaufen, da liegen Reste vom Nepomuk«, flüsterte er.

Er hatte recht. Sie waren nur ungenügend mit Laub bedeckt. Gerade als wir sie näher inspizieren wollten, hörten wir von drinnen Stimmen.

»Hast du deine Waffe entsichert?«, fragte ich.

»Noch nicht«, flüsterte Stefan. Gleich darauf nahm ich das typische Klicken wahr. Ich tat es ihm gleich. Wir schlichen uns an. Die Fensterläden waren verschlossen. An der Rückseite konnten wir durch ein kleines Fenster ins Innere der Jagdhütte schauen. Um einen Tisch saßen drei junge Burschen.

»Der ganz rechts, das ist der vom Traktor«, sagte Stefan. Es war zum Glück wirklich nicht Huberts Sohn. Aber eine gewisse Ähnlichkeit war nicht zu leugnen.

Nun mussten wir genau überlegen, was wir als Nächstes unternehmen sollten. Was war den Männern eigentlich vorzuwerfen? Wir konnten ihnen ja noch nicht einmal nachweisen, dass sie den Traktor gestohlen hatten. Ja, Reste der Brückenfigur lagen auf dem Grundstück.

Aber wie sie da hingekommen waren und ob die Männer in der Jagdhütte etwas damit zu tun hatten, stand noch lange nicht fest.

Es gelang uns nicht, uns eine Strategie zu überlegen, denn die Tür der Hütte schwang auf. Wir kauerten uns hinter eine Regentonne und hofften, dass wir etwas von ihrer Unterhaltung mitbekamen.

»Du bist so ein Vollidiot«, sagte einer von ihnen.

»Halt die Fresse«, sagte der, den wir in dem Traktor gesehen hatten.

»Wieso bist du mit dem Teil am helllichten Tag durch die Gegend gefahren? Ich pack's immer noch nicht.«

»Halt's Maul! Musst du gerade sagen. Wegen dir haben wir doch den Scheiß an der Backe.«

Der Angesprochene drehte sich um und verpasste dem Freund einen Schlag ins Gesicht, sodass dieser zu Boden ging.

»Wegen deiner Wilderei ist jetzt jemand tot«, schrie der Dritte im Bunde.

Der Schläger ließ von seinem Kumpel ab.

»Wenn unser Held hier zu besoffen ist, einen Traktor zu fahren!«

Wir begriffen die Zusammenhänge noch nicht, aber um einen Spaß unter Jugendlichen handelte es sich weiß Gott nicht. Also schritten wir ein und gaben uns zu erkennen. Der Tonangebende wollte zwar fliehen, doch durch einen Warnschuss in die Luft brachte ich ihn dazu, von seinem Vorhaben abzusehen. Die Kollegen waren zu diesem Zeitpunkt bereits in Sichtweite und unterstützten uns nur wenige Momente später tatkräftig.

»Was ist denn nun geschehen?«, wollte ich wissen, nachdem sich die Aufregung etwas gelegt hatte.

Der junge Mann, der vorher erst zu Boden gegangen war, erzählte uns unter wütenden Blicken seiner Kumpel die ganze Geschichte.

Vor einigen Tagen hatten die Jungen im Wald gewildert. Für den Transport der Tiere zu einem illegalen Händler hatten sie den Traktor des Nachts bei dem Arbeitgeber eines der jungen Männer »ausgeliehen«. Bei der Fahrt über die Brücke war die Nepomukfigur erfasst worden und hinuntergefallen. Ausgerechnet auf den Ornithologen, der dort in aller Ruhe saß und auf den Sonnenaufgang wartete.

»Was habt ihr mit ihm gemacht?«, wollte ich wissen.

Die Männer zeigten auf das Regenfass, hinter dem wir uns gerade erst versteckt hatten.

*

Kommissar Brambach lernen Sie in Jana Vogts drittem Fall »Johannisglut« näher kennen. Karl Knies treffen Sie im ersten Band »Krähenzeit«.

VERGANGENHEITSBEWÄLTIGUNG

Das geliehene Wohnmobil, das im Hof stand, war schon etwas älter. Die Ahrweiler Architekten Kai und Daniela Reger wollten morgen damit aufbrechen. Kais alter Freund hatte immer wieder versucht, ihnen einen Urlaub mit dem Camper schmackhaft zu machen. Doch obwohl es Kai immer noch spießig fand, hatte Daniela ihn irgendwann mitgerissen. Ihre aufkeimende Neugier auf diese andere Art des Urlaubs hatte schließlich auch ihn nachgeben lassen. Nun also kein Luxusurlaub in einem exklusiven Hotelresort wie in den Jahren zuvor. Wehmut kam auf, als er an das letzte Jahr in Brasilien dachte. Ja, es war teuer gewesen, weil die Preise während der Olympischen Spiele stark angezogen hatten. Aber sie konnten es sich schließlich leisten. Nun also das vollkommene Kontrastprogramm: eine Reise quer durch Deutschland im Wohnmobil. Daniela freute sich mehr als er auf dieses Abenteuer. Sie hatte allerdings bereits als Kind mit ihren Eltern gecampt, vermutlich aus Geldmangel. Kais Eltern wäre etwas derart Spartanisches nie in den Sinn gekommen, im Gegenteil, sie lehnten Menschen, die das nötig hatten, regelrecht ab.

Noch etwas anderes beschäftigte Kai. »Wenn schon, dann buchen wir auch nichts im Voraus«, hatte Daniela beschlossen. Da sie außerhalb der Ferien fuhren, dazu noch im späten Frühjahr, hofften sie auf eine einfache Stellplatzsuche. Kai, dem Planungssicherheit über alles ging, hatte zähneknirschend zugestimmt. Daniela konnte er keinen Wunsch abschlagen. Einem hatte er sich allerdings beharrlich entgegengestemmt: Daniela hatte nämlich vorgeschlagen, nach Holland ans Meer zu fahren. Kai hatte abgelehnt und darauf hingewiesen, dass es dort schließlich viel zu kalt sei. Der ewige Wind! »Aber du hast doch mal für eine Weile dort studiert«, hatte Daniela eingeworfen. »Du könntest mir zeigen, wo du dich damals aufgehalten hast.« Er konnte ihrem Drängen keine stichhaltigen Gegenargumente entgegenbringen. Allerdings war Daniela irgendwann gänzlich davon abgekommen und hatte eine Deutschlandtour angeregt. Auch wenn Kai diesen Vorschlag langweilig fand (»Warum nicht nach Italien?«), wusste er, dass er ihr dieses Mal beipflichten musste. Vielleicht kamen sie ja so weit in den Süden, dass eine Weiterfahrt nach Italien möglich war. Allerdings war ihre Zeit nicht endlich, denn auch sie mussten daran denken, Geld zu verdienen, und das konnten sie nicht, wenn sie ihre Auftraggeber zu lange warten ließen oder sich nicht um neue Kunden bemühten.

Morgen sollte es also in aller Frühe losgehen. Kai war den ganzen Tag mit dem Schreiben von E-Mails beschäftigt gewesen und hatte noch eine statische Zeichnung angefertigt. Jedes Mal so kurz vor einem Urlaub schien die Liste der unerledigten Dinge unendlich lang zu sein. Deshalb hatte er es auch noch nicht geschafft, alles, was Daniela bereitgestellt hatte, in den Camper zu sortieren.

Und tanken wollte er auch noch, damit sie am Morgen gleich losfahren konnten. Mit ungewissem Ziel, wie Kai das hasste. Es dämmerte bereits, als Kai mit einer schweren Tasche mit haltbaren Lebensmitteln aus dem Haus trat. Gerade als er um die Hausecke gebogen war, hielt er inne. Im Schein der Hoflampe saß jemand auf einem der Campingstühle, die er heute Mittag vor den Wagen gestellt hatte.

»Hey, was machen Sie auf unserem Grundstück?«, fragte er.

Der Mann antwortete nicht. Kai wurde ärgerlich.

Auch beim Näherkommen machte der Fremde keine Anstalten, auf Kai zu reagieren. Nun stand Kai direkt vor ihm. Sein Kopf war ein wenig nach unten geneigt, so als schliefe er. Doch die Augen des Mannes waren nicht die eines Schlafenden. Kai stellte die Tasche auf den Boden und rüttelte zaghaft an der Schulter des Fremden. Er regte sich nicht. Kai legte seine flache Hand auf seinen Hals, um den Puls des Mannes zu ertasten, was ihn einige Überwindung kostete. Aber es war nichts zu spüren. Kai trat zurück und betrachtete den Mann genauer. Plötzlich durchzuckte ihn eine Erinnerung. Die Erinnerung an einen Tag in Amsterdam, den er nie ganz vergessen hatte. Aber oft war es ihm gelungen, für eine Weile nicht mehr an die Ereignisse von damals zu denken. Das Leben musste weitergehen. Und es war weitergegangen. Nachdem sich Bente und er getrennt hatten, hatte er sich ganz seinem Studium gewidmet, zur Freude seiner Eltern, die aufgrund seines zeitweiligen Lebenswandels kurz davor gestanden hatten, ihn zu enterben. Vor dieser Nacht in Amsterdam wäre Bente es ihm wert gewesen. Für sie hätte er auf alles verzichtet, sogar auf den Reichtum der Familie. Geld war ihm nie besonders wichtig gewesen. Und dann hatte er später Daniela kennengelernt. Erst mit ihrer Hilfe hatte er zu sich selbst gefunden. Er war zufrieden, nicht glücklich, aber zufrieden. Ihr gemeinsames Architekturbüro lief hervorragend. Vielleicht würden sie irgendwann auch Kinder haben, aber das war jetzt noch kein Thema für sie beide.

Und nun drang etwas in sein Leben, das alles zunichtemachen konnte. Es war dieser Mann, der in seinem Hof saß und offensichtlich nicht mehr lebte. Es war der Mann, den er getötet hatte.

Kai musste sich täuschen. Der Mann dort konnte unmöglich Bentes Bruder Joop sein. Aber wie konnte ein Mensch zweimal sterben?

Panik stieg in ihm hoch. Es war völlig ausgeschlossen, die Polizei oder den Notarzt oder beide zu verständigen. Wie sollte er erklären, wer dieser Mann war und was er ausgerechnet heute von ihm gewollt hatte? Es konnte nicht Joop sein. Kai hatte schließlich einen Erpresser bezahlt, der ihn bei der Tötung des Mannes beobachtet hatte. Und Bente hatte ihn damals weggeschickt und ihm später sogar noch Fotos von Joops Beerdigung zukommen lassen. Kai war kurz davor gewesen, sich zu stellen, aber dann hatte er an seine Familie gedacht. An den beschädigten Ruf, den er damit zu verantworten hatte. Ja, er hatte sich immer wieder gefragt, warum Bente ihn gedeckt hatte. Sie hatte allerdings immer wieder berichtet, wie tyrannisch sich ihr Bruder ihr gegenüber verhalten hatte und dass sie nicht unglücklich über seinen Tod gewesen war. Schließlich hatte Kai nur versucht, sie zu beschützen. Kai kam zu dem Schluss, dass er überreagierte. Dass er einer falschen Erinnerung über das Aussehen dieses Mannes aufgesessen war. Dass sein Gedächtnis ihm einen Streich spielte. Vielleicht hatten er und Daniela in der letzten Zeit einfach zu viel über Holland geredet. Der tote Mann auf seinem Grundstück konnte trotz der auffälligen Ähnlichkeit zu Joop nicht Bentes Bruder sein. Aber was, wenn doch? Dieses Restrisiko ließ ihn panisch werden.

Daniela würde in wenigen Minuten von der Baustelle in Bonn zurückkehren. Sie konnte er wahrlich nicht ins Vertrauen ziehen. Wie sollte er ihr erklären, dass sie mit einem Mörder verheiratet war? Kai griff dem Mann beherzt unter die Arme und zerrte ihn in den Camper. Nachdem er ihn auf den Boden gelegt hatte, suchte er in dessen Taschen nach Hinweisen auf seine Identität. Schließlich wurde er fündig. In seiner Identiteitskaart stand der Name »Teun Smit«. Nicht Joop de Beer. Vielleicht handelte es sich um den Mann, der ihn während all der Jahre immer wieder erfolgreich um Geld erpresst hatte? Aber wieso dann diese Ähnlichkeit mit Bentes Bruder? Diese Ähnlichkeit war immer noch vorhanden, je länger er dem Toten ins Gesicht blickte, desto überzeugter war Kai davon, dass er sich eben nicht etwas zusammenfantasierte. Die Zeit drängte. Er stieg über den Toten hinweg und lief zurück ins Haus, wo er seine Geldbörse einsteckte und für Daniela eine

Nachricht hinterließ, damit sie sich nicht sorgte und wusste, dass er zu einer Probefahrt aufgebrochen war und anschließend noch tanken wollte. Mit klopfendem Herzen eilte er zurück in den Hof. Erst jetzt wagte er es, zu den Nachbarhäusern zu schauen, deren Fenster teilweise zu ihrem Grundstück ausgerichtet waren. Doch keiner der direkt angrenzenden Nachbarn schien zu Hause zu sein. Dieser Umstand nahm ihm ein wenig den Druck.

Kai lenkte den Camper auf die Straße und entschied sich, erst einmal Richtung Walporzheim zu fahren. Dafür musste er um die Altstadt von Ahrweiler herumfahren. Er kam am uralten Ahrtor vorbei, später am Museum Roemervilla. An der Einmündung bog er nach rechts ab und folgte der Bundesstraße, die am Fuße der Weinberge verlief. Nachdem er den Winzerverein passiert hatte, erreichte er die Bunte Kuh, eine besondere Felsformation. Vor dem gleichnamigen traditionellen Ausflugslokal führte der Weg von der Bundesstraße ab, durch ein enges Tal steil hinauf in die Weinberge. An der ersten Steigung verschaltete er sich, was ein krachendes Geräusch im Getriebe verursachte. Was tat er hier eigentlich, fragte er sich mehrfach. Wo sollte er die Leiche überhaupt loswerden? Er kam am Försterhof und am Altenwegshof vorbei und hielt schließlich am großen Parkplatz an, der vor allem in den Herbstmonaten von zahllosen Wanderern genutzt wurde, und schaltete den Motor ab. Mit beiden Händen hielt er sich am Lenkrad fest und starrte hinaus auf die Ahrweiler Altstadt weit unten im Tal, in der nach und nach die Lichter angingen. Hinter ihm auf dem Boden lag eine Leiche. Mit einem Mal wurde ihm bewusst, dass er völlig planlos gehandelt hatte. Mit Sicherheit hatte er Spuren auf der Kleidung des Toten hinterlassen. Hautschuppen, Faserreste. An den Schuhen des Toten hafteten ohne Zweifel Steinchen und Erde von seinem Grundstück. Aber solange niemand eine Beziehung zwischen ihm und diesem Teun herstellte, würde man mit diesen Spuren nicht viel anfangen können. Und das galt es zu vermeiden. Niemand durfte diese Verbindung herstellen. Niemand durfte ihn jetzt sehen. Das hatte er selbst in der Hand. Was er jedoch nicht beeinflussen konnte, war alles, was bis zu Teuns Auftauchen in seinem Garten passiert war. Und diesbezüglich stellten sich einige Fragen:

Was hatte Teun oder Joop von ihm gewollt?

Warum war er ausgerechnet jetzt bei ihm im Ahrtal aufgetaucht?

Wer wusste noch von diesem Besuch?

Wie war er hierhergekommen? Mit der Bahn? Mit dem Auto?

Und woran war er überhaupt gestorben?

Kai hatte nur wenig Ahnung von Medizin, vermutete aber eine internistische Todesursache, weil er auf den ersten Blick keine äußerlichen Verletzungen hatte entdecken können. Keine Strangulationsmale, keine Blutanhaftungen, keine offensichtlichen Wunden. Diese Gedanken würde er sich später machen. Jetzt musste er endlich handeln. Er blickte sich erneut nach allen Seiten um. Nachdem er sich davon überzeugt hatte, dass niemand hier oben auf dem Plateau anwesend war, stand er endlich von seinem Sitz auf. Sorgen bereiteten ihm lediglich die abgestellten Fahrzeuge am Rand des Parkplatzes, in die er aufgrund der mittlerweile herrschenden Dunkelheit nicht hineinblicken konnte. Sehr wohl würde man ihn jedoch innen hantieren sehen. Er war versucht, weiterzufahren und einen anderen Ort für sein Vorhaben zu finden, aber die Zeit drängte. Also lief er zunächst nach draußen und schaute durch die Scheiben jedes einzelnen Wagens. Ihm wäre schon irgendeine Begründung eingefallen, warum er das tat. Aber offensichtlich war wirklich niemand hier. Bevor er den Leichnam ein weiteres Mal mit bloßen Händen anfasste, zog er sich Einmalhandschuhe an, die er bereits für die Reise im Camper deponiert hatte. Er öffnete die Seitentür und wollte den Toten gerade herausziehen, als er hörte, dass sich auf der Straße, die vom Tal heraufführte, ein Auto näherte. Er hielt inne, konnte allerdings anhand der Scheinwerfer erkennen, dass der Wagen weiter unten in die Einfahrt des Hotels einbog. Kai beeilte sich, schulterte den Mann und trug ihn zu einer nahe gelegenen Bank. Es war anstrengender als gedacht. Aber nachdem er den Körper abgesetzt hatte, merkte er ein Kribbeln am ganzen Körper, das sich zu einem Zittern verstärkte. Er durfte jetzt nicht die Nerven verlieren. Kai atmete tief ein und aus. Sollte er die Papiere beim Toten belassen oder irgendwo entsorgen? Er entschied sich dazu, sie einzustecken. Kai war bereits auf dem Weg zurück zum Camper, als er noch einmal umkehrte und in den Hosentaschen des Toten nach einem Autoschlüssel suchte. Endlich wurde er fündig. Vielleicht hatte Joop oder Teun den Wagen ganz in der Nähe von Kais Haus abgestellt? Anhand der Marke würde er ihn vielleicht finden. Und dann? Er hatte keine Ahnung, was er in diesem Fall unternehmen sollte. Beim Einsteigen verwischte er die Spuren im Kies, die er beim Herausheben des Toten hinterlassen hatte, und lenkte den Camper, ohne das Fahrtlicht einzuschalten, auf den Asphaltstreifen. Er stieg aus, nahm die Taschenlampe aus dem Handschuhfach, ging zurück und versicherte sich, dass er nichts verloren hatte. Dann fuhr wieder ohne Licht Richtung Ahrweiler. Es war nicht ganz ungefährlich, denn die Straße, die mitten durch die Weinberge führte, war schmal und steil. Erst weit hinter dem Hotel schaltete er das Licht endlich ein.

Wie er es Daniela angekündigt hatte, fuhr er anschließend noch zum Tanken nach Bad Neuenahr und nutzte die Gelegenheit, das Wageninnere gründlich zu saugen. Nicht unüblich, wenn man vorhatte, eine Urlaubsreise anzutreten.

Bei seiner Rückkehr wartete Daniela bereits auf ihn. Obwohl sie seine Nachricht gefunden hatte, wirkte sie mürrisch. Ihre Laune besserte sich während des ganzen Abends nicht mehr, was auch daran lag, dass Kai ihr beim Packen anders als sonst keine große Hilfe war. Kai dachte die ganze Zeit darüber nach, wo der Holländer seinen Wagen abgestellt haben könnte. In der Nacht schlich er sich aus dem Haus und lief durch die Straßen, ohne jedoch einen Wagen mit niederländischem Kennzeichen zu entdecken. Vermutlich parkte er vor irgendeinem Hotel oder einer Pension im Stadtgebiet.

Kai hatte Sorge, dass er nach der schlaflosen Nacht nicht wirklich gut gerüstet für eine lange Fahrt auf der Autobahn war, doch mit jedem zurückgelegten Kilometer ging es ihm besser, so als könne die Entfernung das Geschehene vergessen machen. Die Papiere des Toten entsorgte er in einem Mülleimer an einer Autobahnraststätte südlich von Frankfurt, die Schlüssel warf er bei Nürnberg in den Straßengraben, nachdem sie von der Autobahn abgefahren waren, um sich ein wenig die Beine zu vertreten. Somit war er erst einmal die Beweisstücke los. Zu Kais eigenem Erstaunen begann er bald schon, den Urlaub zu genießen.

Eines Abends, als sie auf einem Campingplatz in den Voralpen die nachmittägliche Ruhe vor dem Camper genossen, begann Daniela in den sozialen Netzwerken zu surfen. »Na, das ist ja mal was«, sagte sie mit ruhiger Stimme.

»Was?«, fragte Kai. Er hatte nicht vor, sich mit irgendwelchen Lappalien zu beschäftigten. Er wollte einfach nur hier sitzen und an nichts denken. Was ohnehin so gut wie unmöglich war.

»Ich bin grad in der Ahrweiler Facebook-Gruppe.«

»Was immer es ist, es interessiert mich nicht.«

»Das bestimmt!«, sagte Daniela. »Oberhalb von Ahrweiler haben sie einen Toten gefunden. Und jetzt suchen sie nach Zeugen.«

Kai bemühte sich, so unbeteiligt wie möglich zu wirken.

»Hm«, sagte er nur.

»Hast du gehört?«, sagte Daniela. Ihre Stimme kiekste.

Er konnte nicht so tun, als fände dieses Gespräch nicht statt. Er würde erst recht Danielas Missmut heraufbeschwören.

»Zeugen wofür?«, fragte er. Er blickte Daniela dabei von der Seite an. Sie studierte den Text, der auf dem Display ihres Handys zu sehen war.

»Der Mann wurde wohl dort hingebracht.«

»Wie hingebracht?«

»Jedenfalls starb er wohl nicht da, wo man ihn fand.«

»Und das schreiben die da so offen?«

»Es steht in einem Kommentar. Einer will es von der Polizei gehört haben.«

»Und weshalb werden jetzt Zeugen gesucht?«

»Ob jemand gesehen hat, wer den Toten auf der Bank abgelegt hat.«

»Auf welcher Bank?«

Es konnte sich eigentlich nur um seinen Toten handeln.

»Das steht hier nicht genau.«

Wenn die Polizei einen Zeugenaufruf veröffentlichte, konnte das nur bedeuten, dass sie zum jetzigen Zeitpunkt schon einiges wussten. Und wenn nicht, dann kam möglicherweise früher oder später auch heraus, dass er an dem Abend mit dem Camper auf den Straßen rings um den Fundort der Leiche unterwegs gewesen war. Aber wer sollte ihn dort beobachtet haben? Er versuchte, sich selbst zu beruhigen.

Aber man war ihm auf den Fersen. Einige Tage später

klingelte Kais Smartphone. Sie saßen gerade in einem Biergarten in München. Da er die Nummer kannte, ging er sofort ran. Es war Andreas, von dem sie den Camper geliehen hatten. Er wirkte aufgeregt und erklärte, dass die Polizei ihn vor wenigen Minuten wegen des Wagens kontaktiert hatte. Zunächst dachte man, er sei es gewesen, der als Halter des Fahrzeugs an jenem Abend damit in und um Ahrweiler herum unterwegs gewesen war. Andreas musste wahrheitsgemäß aussagen, dass er das Fahrzeug seinen besten Freunden geliehen hatte.

»Sie werden in Kürze bei dir anrufen«, sagte er.

»Wer?«, fragte Kai, obwohl er die Antwort längst kannte.

»Na, die Polizei.«

»Ach so«, antwortete er. »Und warum wollen sie mich sprechen?«

»Weil du ein Zeuge sein könntest, hörst du mir gar nicht zu?«

»Doch«, antwortete Kai und legte auf. Ohne Daniela anzusehen, stand er auf, raunte ihr zu, dass er auf die Toilette müsse, lief dann aber in die dem Gebäude entgegengesetzte Richtung. Er musste allein sein, nachdenken. Die Polizei konnte jeden Augenblick anrufen. Er hatte sich noch keine wirklich plausible Antwort überlegt, als sein Handy tatsächlich eine Telefonnummer aus Ahrweiler anzeigte. Er wollte es hinter sich bringen und nahm das Gespräch an.

Nachdem sich eine Frau namens Melanie Siemer als Polizistin vorgestellt hatte, kam sie unverzüglich zum Anlass ihres Anrufes:

»Herr Reger. Sie fuhren am Abend des Vierzehnten des letzten Monats mit dem Camper Ihres Bekannten durch Ahrweiler. Ist das richtig?«

»Ja, ich machte eine Probefahrt, weil wir doch am frühen Morgen nach Süddeutschland aufbrechen wollten. Außerdem war ich noch tanken.«

»Aha. Und ist Ihnen irgendetwas auf dieser Fahrt aufgefallen?«

»Was sollte mir aufgefallen sein?«

»Kamen Sie auch über die Straße am Teufenbach?«

»Welche Straße ist das?«

»Die von Walporzheim an der Bunten Kuh hoch zum Försterhof und Altenwegshof führt.«

Leugnen war offensichtlich zwecklos. »Ich wollte ausprobieren, wie sich der Camper am Berg fährt. Da ist es ja ziemlich steil.«

»Das ist einleuchtend. Und dann fuhren Sie weiter am großen Parkplatz vorbei wieder hinunter nach Ahrweiler?«

Ja, dort hatte er Joop aus dem Wagen geschafft. Aber das konnte er natürlich nicht sagen.

»Und da haben Sie niemanden gesehen? Keinen anderen Wagen?«

Jetzt musste er schnell reagieren. War es klug, einen Täter zu erfinden, den es gar nicht gab? Aber je mehr er konstruierte, desto komplizierter würde das Lügengeflecht später werden.

»Nein, aber andererseits: Da parken immer wieder mal Autos und Wohnmobile. Aber ehrlich, ich erinnere mich nicht daran, weil ich so mit dem Schalten beschäftigt war.«

»Okay. Falls Ihnen noch etwas einfällt, melden Sie sich bitte bei uns in der Ahrweiler Polizeidienststelle.« Die Polizistin legte auf.

Das war's? Kai konnte es kaum fassen. Erleichtert lief er zu Daniela zurück. Doch er wunderte sich noch eine Weile darüber, wem an jenem Abend der Camper aufgefallen war und warum überhaupt das Kennzeichen bekannt war. Nach seinem Kenntnisstand gab es rings um den Parkplatz auch keinerlei Überwachungskameras. Sollte ihm jemand gefolgt sein? Oder hatte ein möglicher Komplize des Holländers alles beobachtet und ihn angeschwärzt, um von sich abzulenken? Vielleicht war Joop ja keines natürlichen Todes gestorben? Mitten in dieser Nacht ließ Kai ein beängstigender Gedanke aus dem Schlaf hochschrecken: Hatte jemand die Papiere des Toten im Mülleimer entdeckt und daraufhin die Überwachungskameras der Raststätte durchgesehen? Dann hätte man ihn und den Camper mit Sicherheit darauf entdeckt. Zog sich die Schlinge um seinen Hals immer enger zusammen? Kai fürchtete sich vor seiner Rückkehr ins Ahrtal.

Der Rest des Urlaubs verlief ohne weitere Vorkommnisse. Bei seinem Eintreffen in Ahrweiler wartete niemand von der Polizei auf ihn. Den gereinigten Camper gab Kai bei seinem Freund Andreas ab. Kein Wort verloren die beiden über seine mögliche Zeugenschaft. Alles schien sich zum Guten zu wenden, auch wenn Kai innerlich nicht wirklich davon überzeugt war und annahm, dass ihn die Angelegenheit noch einmal beschäftigen würde. So war es dann auch. Der Alltag hatte sie wieder fest im Griff. Wenige Tage nach ihrer Rückkehr aus dem Urlaub beobachtete er Daniela über seine Kaffeetasse hinweg beim Blättern in der örtlichen Wochenzeitung.

»Dieser Tote war übrigens ein Holländer«, sagte sie, ohne aufzuschauen.

»Welcher Tote?«, fragte Kai. Natürlich wusste er, von wem die Rede war.

»Der, den man während unseres Urlaubs auf der Bank am Wanderparkplatz gefunden hat.«

»Aha«, antwortete Kai und trank einen Schluck aus seiner Kaffeetasse. Er hoffte, dass seine Frau endlich auf ein anderes Thema zu sprechen kam.

»Hat dich eigentlich dein holländischer Studienfreund noch angetroffen?«

»Wer?« Er verschluckte sich.

»Ich wollte dich die ganze Zeit schon danach fragen. Er rief einige Tage vor unserem Urlaub hier an und wollte dich besuchen. Ich sagte ihm, dass wir in Urlaub fahren wollten, und er gab an, dass er es in jedem Fall noch vorher einrichten wollte, ins Ahrtal zu kommen.«

Jedes einzelne Wort fühlte sich an wie ein Stich ins Herz.

»Ich wüsste gar nicht, wer das gewesen sein könnte«, antwortete Kai.

Was mochte er Daniela erzählt haben?

»Hat er denn dir gegenüber erwähnt, warum er mich sprechen wollte?«, traute sich Kai nun auch zu fragen.

Hoffentlich hatte er Daniela nichts von damals erzählt. Aber was hätte er erzählen sollen? Dass Kai all die Jahre ganz umsonst diese Ängste ausgestanden hatte? Dass der Mann, den er getötet haben sollte, noch lebte? Und dass er zu allem Überfluss auch noch Geld an einen Erpresser gezahlt hatte, der gar keinen Grund dafür hatte, ihn zu erpressen?

»Nein. Er wollte dich sprechen, weil er dir etwas erklären wollte.«

Es beruhigte Kai, dass Daniela offensichtlich arglos war. Sollte er ihr jetzt alles erzählen? Wie immer er es auch betrachtete, er würde sie verärgern. Schließlich hatte er ihr jahrelang etwas verschwiegen, etwas, das sein Leben so sehr belastete wie nichts anderes bisher.

Zum Glück gab sich Daniela mit seinen Antworten zufrieden und ging wieder ihrer Arbeit nach. Kai versuchte es zunächst auch. Für ihn wurde es Zeit, herauszufinden, wer dieser Mann eigentlich war. Er suchte im Internet nach einem Joop de Beer, aber er wurde nicht fündig. Dann gab er Bentes Namen in die Suchmaschine ein. Nach einigen Klicks stieß er auf ein Foto, das Bente als Geschäftsführerin eines Start-ups irgendwo in Amsterdam zeigte. Neben ihr erkannte Kai den Mann, den er in seinem Camper transportiert hatte. Teun Smit. Teun Smit aber sah aus wie Bentes Bruder. Unter dem Foto hingegen wurde er als Bentes Ehemann bezeichnet. Noch konnte es sich um einen Fehler in der Bildunterschrift handeln. Aber allmählich fügte sich alles zu einem Gesamtbild zusammen. Jedenfalls war Kai sich sicher, dass Joop de Beer nie existiert hatte und Bente ihn, aus welchen Gründen auch immer, als ihren Bruder ausgegeben hatte. War sie damals bereits mit ihm verheiratet gewesen und hatte ihm, Kai, etwas vorgemacht?

Er musste Bente aufsuchen und sie zur Rede stellen.

Glücklicherweise musste er sich gar nicht nach Holland bemühen. Nur einen Tag später klingelte es bei den Regers. Daniela war mit einer diffizilen Zeichnung beschäftigt, also ging Kai nach unten zur Tür. Trotz der verstrichenen Jahre erkannte er Bente sofort.

»Was willst du hier?«, fragte er.

»Begrüßt man so eine alte Freundin?«

»So begrüßt man eine Betrügerin«, antwortete Kai. Er lauschte ins Haus, doch seine Frau schien konzentriert in der oberen Etage zu arbeiten.

Bente war bei seinen Worten kaum merkbar zusammengezuckt.

»Teun ist tot«, sagte sie.

»Wer?«

»Mein Mann«, sagte sie leise.

»Mein Beileid«, sagte Kai kühl.

»Hat er dir alles erzählt?«

Also war Bente über das Vorhaben ihres Mannes, Kai in Deutschland aufzusuchen, informiert gewesen. Doch er wollte sie darüber im Unklaren lassen, ob es zu einem Treffen mit ihm gekommen war.

»Wir haben nicht miteinander geredet«, sagte er wahrheitsgemäß.

»Wieso bist du überhaupt hier?«, fragte er. Er musste Zeit gewinnen, um über seine weitere Strategie nachzudenken.

»Weil ich noch einige Formalitäten zu erledigen hatte. Ich war schon mal hier, um ihn zu identifizieren, aber da warst du nicht hier.«

Kai hätte zu gern erfahren, wie die Polizei herausgefunden hatte, wer der Tote war. Vermutlich hatten sie bei den örtlichen Übernachtungsbetrieben nachgefragt, ob es einen vermissten Zimmergast gab. Oder jemand hatte das Auto gefunden und anhand des Kennzeichens den Halter ausfindig machen können und diesen mit dem unbekannten Toten in Verbindung gebracht. Doch das war nun zweitrangig.

»Teun ist in Deutschland gestorben?«, fragte er. Er musste aufpassen, was er sagte. Bente konnte nicht wissen, dass er mittlerweile herausgefunden hatte, dass es keinen Joop de Beer gab und Teun bereits damals ihr Mann oder zumindest ihr fester Freund gewesen war. Dass sie ihn verarscht hatte.

Sie nickte nur.

»Also noch einmal: Warum suchst du mich jetzt auf?«

»Ich würde dir gern alles erklären. Gibt es einen Ort, an dem wir ungestört reden können?«

Sollte er sich darauf einlassen? Sie hatte ihn schon einmal um den Finger gewickelt. Vor langer Zeit allerdings. Er sollte auf der Hut sein. Wer wusste, was Bente plante. Doch seine Neugier und der Wunsch, die Vergangenheit endlich abzuschließen, waren übermächtig. Er überlegte kurz und schlug dann den Parkplatz an der Josefsbrücke in Walporzheim vor.

»Wie kommst du dahin?«, fragte er.

»Ich fahre mit Teuns Auto. Sie haben es endlich freigegeben. Die Polizei hat mir gar nicht gesagt, dass er keine Schlüssel bei sich trug. Aber zum Glück habe ich den vervangende sleutel eingesteckt.«

»Wie bist du eigentlich hergekommen?«

»Was interessiert dich das?«

Kai interessierte es in der Tat. Denn wenn sie jemand gefahren hatte, erschien sie möglicherweise später nicht allein am Treffpunkt. Nicht auszuschließen bei ihrer kriminellen Energie.

»Mit der Bahn, wenn du es unbedingt wissen musst. Also, in einer Stunde?«, fragte sie und wandte sich zum Gehen.

Kai sah ihr noch eine Weile hinterher, dann ging er ins Haus und schloss die Tür. Erst jetzt merkte er, wie sehr ihn diese Begegnung aufgeregt hatte. Seine Handflächen fühlten sich feucht an. Am liebsten würde er sich erst noch Gesicht und Hände waschen, doch er konnte Daniela nicht länger warten lassen.

»Ein Vertreter für einen neuen Telefonanschluss«, sagte er, als er sich an den Schreibtisch setzte.

Daniela blickte nicht von ihrer Zeichnung auf. »Ich dachte, ich hätte eine Frauenstimme gehört.«

Kai antwortete nicht, sondern tat so, als vergrabe er sich wieder in seine Arbeit.

»Du wimmelst solche Leute doch sonst immer innerhalb von Sekunden ab.«

Daniela ließ nicht locker.

Er reagierte auch nicht auf diese Feststellung, sondern überlegte fieberhaft, wie er ihr erklären sollte, dass er vorhatte, gleich aufzubrechen.

»Mich nervt dieser Auftrag«, sagte er einige Minuten später. »Ich schwing mich aufs Rad und fahre mal 'ne Runde an der Ahr entlang. Vielleicht kann ich mich danach besser konzentrieren.«

Er sprang auf, da blieb sein Blick an einer der Schreibtischschubladen haften. Darin befand sich der Schlüssel für den Tresor im Keller, in dem er die Jagdwaffen seines verstorbenen Vaters aufbewahrte. Er selbst besaß auch einen Jagdschein, weil sein Vater von ihm erwartet hatte, dass er in seine Fußstapfen trat. Doch Kai hatte noch nie dem Jagen und Töten von Tieren etwas abgewinnen können. Er entschied sich, unbewaffnet ins Gespräch mit Bente zu gehen, lief ins Schlafzimmer, wo er sich Sportklamotten anzog, und verließ eilig das Haus.

Er radelte stadtauswärts, vorbei am Kloster Kalvarienberg über die kleine Fußgängerbrücke, dann entlang der Ahr und erreichte in nur wenigen Minuten den Treffpunkt in Walporzheim, auf der anderen Ahrseite, abgelegen und von den Häusern gegenüber kaum einsehbar. Dort standen zwar einige Autos, aber keines mit einem niederländischen Kennzeichen. So hatte er noch Zeit, die Aufnahmefunktion seines Handys auf Stand-by zu stellen. Bald schon näherte sich ein Auto und fuhr auf den Treffpunkt zu. Kai konnte erkennen, dass Bente allein darin saß. Der Wagen kam zum Stehen. Bente ließ die Seitenscheibe herunter und bat ihn, einzusteigen. Er war nicht dumm. Sie konnte mit ihm davonfahren. Vielleicht versteckte sich ein Komplize auf der Rückbank.

»Steig aus«, sagte er deshalb.

Bente fügte sich widerwillig und folgte Kai in eine abseitige Ecke des Parkplatzes. Er wollte nicht, dass man ihn mit der Witwe des toten Holländers sah. Doch dann hätte er sich gar nicht erst auf dieses Treffen mit ihr einlassen dürfen. Er merkte, dass er vorhin nicht richtig nachgedacht hatte.

»Also, ich brauche von dir eine Kurzfassung der Ereignisse von damals in Amsterdam«, sagte er barsch.

»Wie meinst du?«

»Rede einfach.«

Sie sagte nichts. Kai merkte, dass sie sich den Verlauf der Begegnung mit ihm anders vorgestellt hatte, weshalb er ihr auf die Sprünge half: »Ich weiß, was ihr getan habt!« Er sprach lauter als beabsichtigt.

»Schrei hier nicht so rum«, flüsterte Bente. »Wir können uns doch sicherlich einigen.«

»Dann sag die Wahrheit!«

Das Gespräch hatte einen kritischen Punkt erreicht.

Bente blieb äußerlich ruhig.

»Rede endlich!« Kai brauchte ihr Geständnis, für alle Fälle, und für seinen Seelenfrieden. Da er nicht einschätzen konnte, was sie wirklich vorhatte, wurde er ungeduldig. »Also?«, er fixierte sie.

Endlich begann sie zu reden: »Du warst besorgt um mich, weil du den Streit meines Bruders und mir mitbekommen hast. Dann gingst du dazwischen und schlugst ihn. Er fiel und brach sich das Genick. Ich riet dir, möglichst schnell aus Amsterdam zu verschwinden, damit man dir nicht noch einen Mord andichtete.«

Kai blickte sie an. »Du weißt, dass einige Teile dieser Version der Geschichte nicht stimmen. Und zwar die Wesentlichen. Ihr habt mich erpresst und Joops Tod inszeniert, richtig?«

Bente sah an ihm vorbei. »Du weißt, dass Joop nicht mein Bruder war?«

»Ich weiß noch viel mehr.«

»Also war Teun doch bei dir?«

Kai verneinte.

»Warum habt ihr das alles inszeniert? Warum hast du mir deinen Ehemann Teun Smit als deinen Bruder vorgestellt? Und warum habt ihr so getan, als habe ich ihn auf dem Gewissen? Und mich dann erpresst?«

Bente lachte hysterisch. »Zu viele Fragen, zu viele Fragen.«

»Antworte!«

»Meine Güte, du bist echt hartnäckig.«

»Es geht um meine Vergangenheit und meine Zukunft. Weißt du eigentlich, wie es ist, wenn einen ein Leben lang Schuldgefühle plagen?«

»Kannst du es dir nicht denken? Der reiche Schnösel aus Deutschland. Sohn reicher Eltern. Aber als wir zusammen ausgingen, warst du geizig. Ich hatte so gehofft, du würdest mich an deinem Reichtum teilhaben lassen.«

»Ich hatte nie Geld, Bente.«

»Aber deine Eltern.«

»Bente, du hast dir völlig falsche Vorstellungen von mir gemacht.«

»Aber bei den anderen deutschen Studenten hat es doch auch funktioniert.«

Kai konnte es nicht glauben. Er war nicht der Einzige gewesen, bei dem sie diese Masche angewandt hatte. Wenn nicht die Auseinandersetzung mit Joop alias Teun dazwischengekommen wäre, hätte sie es vermutlich geschafft, ihn doch noch um höhere Geldsummen anzubetteln. Und so verliebt, wie er damals gewesen war, hätte er sich das Geld auch besorgt.

»Und da das ja nun nicht mehr möglich war, habt ihr mich im Laufe der Jahre immer wieder erpresst«, sagte er wütend.

»Ja«, sagte sie leise.

»Lauter!«

»Ja!«

Das war alles, was er hören wollte. Kai drehte sich um und ließ Bente stehen. Er schaute sich nicht einmal um, sondern rannte zu seinem Rad, das er auf der anderen Ahrseite hinter dem alten Backes abgestellt hatte.

Erst dort kontrollierte er, ob die Aufnahme des Gesprächs funktioniert hatte. Er wartete noch eine Weile, um sich zu beruhigen. Dann stieg er auf sein Fahrrad und fuhr in die seinem Wohnort entgegengesetzte Richtung weiter ahraufwärts. Nur weg. Daniela konnte er jetzt noch nicht unter die Augen treten.

Als er knapp zwei Stunden später wieder nach Hause kam, saß Daniela immer noch am Schreibtisch. Sie wirkte fahrig und unkonzentriert. Kai wunderte sich, dass er nichts mehr von Bente hörte. Nicht an diesem Abend, nicht an den Tagen darauf. Was er mit der Aufnahme anfangen sollte, wusste er nicht.

Drei Tage später erfuhr Kai aus der Zeitung vom Tod einer Holländerin. Sie war in ihrem Auto am Parkplatz in Walporzheim erschossen worden.

»Du vernichtest besser alles, was an deine Zeit in Amsterdam erinnert«, sagte Daniela, die ihm über die Schulter blickte.

Kais Herz begann zu hämmern. Sie wusste offenbar alles. Er suchte in seinem Schreibtisch nach dem Schlüssel für den Waffenschrank. Er lag an einer anderen Stelle als üblich.

*

Die Kriminalkommissarin Melanie Siemer, die das Telefonat mit Kai Reger geführt hat, ermittelt gemeinsam mit Jana Vogt und Clemens Wieland in den Ahr-Krimis von Karin Joachim

FEUER UND WASSER

Es herrschte mildes Herbstwetter im Jahr 1930, die Sonne schien von einem beinahe wolkenlosen Himmel. Walburga hatte sich während der acht Stunden im Verwaltungsgebäude der Weltmarke Apollinaris außerhalb des Zentrums von Neuenahr auf einen kleinen Bummel durch die nahe gelegenen Kuranlagen gefreut. Noch immer hatte sie die Hoffnung nicht aufgegeben, einen adretten und vermögenden Mann kennenzulernen, denn keinesfalls wollte sie als alte Jungfer enden wie ihre Tante Amalie, bei der sie seit einigen Monaten zur Untermiete wohnte, seitdem sie bei dem Wasserabfüller mit Weltruhm arbeitete. Mit ihren über dreißig Jahren, das wusste Walburga, war sie allerdings auf dem besten Wege dahin. Sie wollte sich gleich noch ein wenig frisch machen, denn heute war es besonders anstrengend gewesen. Ihre Fingerkuppen schmerzten noch mehr als sonst vom Anschlagen der Schreibmaschinentasten. So oft hatte sie schon ihren Vorgesetzten darum gebeten, Gummitasten zu bestellen, aber dieser hatte sich geweigert mit dem Hinweis darauf, dass die anderen Stenotypistinnen derartige Ansprüche nicht stellten. Bei dieser Gelegenheit hatte er sie erneut auf ihr schlechtes Englisch angesprochen, das auch im Mutterkonzern in London auf Kritik gestoßen war. Immerzu schrieb sie die Adresse im Londoner Stadtteil Mayfair falsch, statt Stratford Place tippte sie Strafford. Ihre Ausreden waren vielfältig, meist aber erklärte sie den Fehler mit einer Übermüdung ihrer Finger oder einem verhakten Typenhebel. Dass sie zu schludrig arbeitete und sich einfach nicht merken konnte, wie es richtig hieß, kam ihr gar nicht erst in den Sinn. Schließlich hatten die Briefe immer ihr Ziel erreicht. Ob mit oder ohne diesen einen kleinen Patzer. Vorgestern hatte sie sich mit einigen Reklamationen konfrontiert gesehen und hatte Entschuldigungsschreiben verfassen müssen, weshalb sie erst in der Dämmerung aus dem Bürogebäude getreten war. Noch auf dem Nachhauseweg ärgerte sie sich darüber, nichts dazu gesagt zu haben, denn mit Sicherheit hatte es nicht an ihr gelegen. Man hatte ihr falsche Anweisungen gegeben, die Kunden hatten sich missverständlich ausgedrückt, sie waren es, die ihr falsche Mengenangaben genannt hatten. Dafür konnte sie doch nicht das Geringste.

Heute wollte sie das nicht mit sich machen lassen. Wenn sie heute nicht allzu spät bei ihrer angeheirateten Tante in Heimersheim eintreffen wollte und sich vorher noch ein wenig im Kurviertel umsehen wollte, musste sie sich sputen. Sie sehnte das Ende des Arbeitstages herbei und wurde immer unkonzentrierter. Bei den Mengenangaben und den Rechnungssummen passte sie jedoch heute noch einmal ganz besonders auf. Eigentlich wie immer, denn ihr war durchaus bewusst, dass eine Unachtsamkeit in diesem Bereich schlimme Konsequenzen für sie haben konnte. Sie durfte nicht zu viele und auch nicht zu wenige Flaschen abrechnen, um nicht einen der so wichtigen Kunden zu verärgern. Die Zeit raste, und sie hatte noch einige Schreiben zu verfassen, weshalb sie zu einem Trick griff, den sie zwar nicht regelmäßig, aber doch hin und wieder anwandte: Bei deutlich fortgeschrittener Zeit richtete sie es immer so ein, dass sie in einem unbeobachteten Moment noch nicht erledigte Aufgaben einer ihrer Kolleginnen unterjubelte. So konnte sie von einem ordentlichen Schreibtisch aufstehen, während sich auf denen der Kolleginnen die Arbeit stapelte.

Ihre Vorfreude erhielt jedoch einen jähen Dämpfer, als sie der Chefprokurist Ernst August Schmitz wenige Minuten vor ihrem Feierabend in sein Büro bat. Nein, er hatte sie nicht gebeten, sondern beordert. Als Walburga jetzt die Türklinke zum Büro ihres Vorgesetzten herunterdrückte, merkte sie, dass sich ihre Handinnenflächen feucht anfühlten. Ernst August Schmitz thronte wie ein Fabrikantenspross hinter seinem Schreibtisch, es fehlte nur noch eine Zigarre in seiner Hand. Sie hätte angesichts ihrer Vorstellung das Gesicht verziehen mögen, weil sie seine Anmaßung nicht guthieß, doch in diesem Augenblick verkniff sie sich eine derartige Reaktion. Ihr war mit einem Schlag der Ernst der Lage bewusst, als Ernst August Schmitz ihr einen Umschlag, den er von der Unterlage auf seinem Schreibtisch genommen hatte, entgegenhielt, ohne ihr vorher überhaupt einen Platz angeboten zu haben.

»Sie können sich bestimmt denken, was sich hierin befindet«, sagte er emotionslos.

Nein, das konnte sich Walburga nicht. Sie hatte im Stillen auf eine Gehaltserhöhung gehofft, doch begriff sie, dass dies kein erfreulicher Anlass war.

»Nein«, antwortete sie patzig.

Der Prokurist musterte sie. Ihre Reaktion schien bei ihm eine gewisse Genugtuung auszulösen. Vermutlich weil sie zu dem passte, worüber Walburga beim Lesen des im Umschlag befindlichen Schreibens gleich informiert werden würde.

»Ihre Kündigung, Fräulein Deifel.«

Walburga hielt sich an der Stuhllehne fest, dem nächstgelegenen Gegenstand, den sie zu fassen bekam.

»Aus welchem Grund?«, stammelte sie.

Ernst August Schmitz blieb ganz ruhig. Seine Gefasstheit machte sie beinahe rasend.

»Ich sehe mir das schon seit mindestens einem halben Jahr an. Sie arbeiten nicht korrekt, nein, ich muss sagen, Sie arbeiten schlampig. Sie sind nicht bereit, auch nur eine Minute länger zu bleiben, um Ihre Fehler zu korrigieren. Was nun Ihre Kolleginnen übernehmen müssen.«

Walburga spürte Wut in sich aufsteigen. Diese Fehler, von denen er sprach, die lagen doch nicht an ihr. Und dass sie pünktlich Feierabend machen wollte, konnte er ihr ebenfalls nicht anlasten. Schließlich verdiente sie viel weniger als die anderen Stenotypistinnen. Die auch noch über sie tuschelten, von Anfang an.

»Sie haben noch einige Wochen Zeit, bis die Kündigung wirksam wird. Sollten Sie sich grundsätzlich ändern, dann bin ich durchaus bereit, es mir noch einmal zu überlegen.«

Sie sollte sich bewähren? Wie denn? Allmählich beschlich sie ohnehin der Verdacht, dass man ihre Arbeit mutwillig sabotierte. Sollte sie ihm ebenfalls schöne Augen machen so wie die anderen, die in seiner Gegenwart kicherten, nur um hinter seinem Rücken dann boshaft über seine Geheimratsecken oder das fleckige Jackett herzuziehen?

Nein. Sie würde sich nicht erniedrigen.

Ohne ein weiteres Wort zu sagen, verließ sie den Raum. Das Scheppern der Tür ließ sie zusammenzucken. Als sie an ihrem Schreibtisch ankam, hatten sich ihre Augen mit Tränen der Wut gefüllt.

»Fräulein Deifel!«, sagte plötzlich eine donnernde Stimme hinter ihr.

Walburga traute sich nicht, aufzublicken, und kramte stattdessen in ihrer Tasche, um ein Taschentuch zu finden.

»Sie wagen es, meine Bürotür zuzuknallen?«

»Das habe ich nicht«, flüsterte sie kleinlaut.

»Und wie Sie das haben. Drehen Sie sich gefälligst um, wenn ich mit Ihnen rede«, sagte der Prokurist.

Der Befehlston gefiel Walburga nicht. Sie wischte sich eine Träne aus dem Gesicht, die sich den Weg aus ihrem rechten Auge gebahnt hatte.

Nur widerwillig folgte sie seiner Anweisung. Ansehen konnte sie ihren Vorgesetzten dabei jedoch nicht.

»So. Noch eine derartige Entgleisung, und ich kündige Ihnen fristlos.«

»Ja«, hauchte Walburga, packte ihre Tasche und ging. Sie wusste, dass es ein Fehler war, ihren Chef einfach stehen zu lassen, nachdem er sie über die möglichen Konsequenzen ihres Handelns aufgeklärt hatte. Aber so ging man nicht mit ihr um. Warum waren die Menschen ihr gegenüber so feindlich gesinnt? Immer wieder erlebte sie solche Situationen! Sie nahm sich vor, sich das nicht bieten zu lassen, jedoch bedurfte es dafür eines Plans. Walburga verließ das Bürogebäude und rannte zu ihrem Fahrrad, ohne sich darum zu kümmern, ob sie dabei jemanden anrempelte. Sollte der Arbeiter doch aufpassen, wo er entlanglief. Sie wollte keine Rücksicht mehr auf andere nehmen. Ihr war gar nicht bewusst, dass sie das in ihrem ganzen Leben bislang kaum einmal getan hatte. Aber ihr Selbstbild war ein anderes. Während sie das Fahrrad aus dem Ständer zog, stellte sie fest, dass im hinteren Reifen Luft fehlte. Da der Reifen nicht ganz platt war, entschied sie sich, es bis zum Fahrradgeschäft im Ortszentrum zu schieben. Das Geschäft hatte eigentlich schon geschlossen, doch der junge Mitarbeiter nahm sich ihrer Sache an und fand schnell heraus, dass das Ventil defekt war. Er bot ihr an, ein neues einzubauen.

»Geht das denn heute noch?«, fragte Walburga. Sie wollte unbedingt im Kurviertel ein wenig flanieren und hatte keine Lust, zu Fuß nach Heimersheim zu laufen.

»Sie meinen, weil wir bereits zuhaben? Keine Sorge, das erledige ich rasch.«

Walburga hatte die Wut über ihre Auseinandersetzung mit dem Prokuristen noch nicht ganz abgeschüttelt, weshalb sie sich kaum über die Freundlichkeit und das Hilfsangebot des jungen Mechanikers freuen konnte. Um nicht wie Falschgeld herumzustehen, zog sie sich auf den gegenüberliegenden kleinen Platz zurück und lehnte sich an einen Baum. Ihr war warm geworden, weshalb sie die Ärmel ihrer Jacke hochschob. Ihr Blick fiel auf die Narben, die sich auf beiden Unterarmen abzeichneten. Die Narben waren der Grund, warum sie niemals sommerliche Einladungen annahm und Badevergnügungen jeglicher Art verabscheute. Obwohl sie die idyllischen Bäder entlang des Ahrufers durchaus lockten. Aber eine Kollegin durfte nie ihre Makel sehen. Ihre unbegründete Weigerung, sich mit anderen jungen Menschen zu umgeben und einfach Spaß zu haben, hatte dazu geführt, dass man sie erst gar nicht mehr darauf ansprach. Und jetzt, da sie älter war als die meisten ihrer Kolleginnen, fühlte sie sich ohnehin unwohl in deren Gegenwart. Was sollte sie Privates mit ihnen reden? Sie wäre gern einmal mit ihnen ins Lichtspieltheater gegangen, weil man dort nicht viel reden musste und nachher zusammen über den Film sprechen konnte, aber man hielt es gar nicht für nötig, sie zu fragen oder gar mitzunehmen.

»Ich bin fertig«, sagte eine Stimme neben ihr.

Sie zuckte ein wenig zusammen. Der junge Mann stand mit ihrem frisch reparierten Rad vor ihr.

»Was bekommen Sie?«, fragte Walburga.

»Ist schon gut«, sagte der junge Mann. »Hat mir Spaß gemacht. Sie haben ein tolles Rad.«

Walburga hielt ohnehin schon ihr Portemonnaie in der Hand und entnahm daraus einige Münzen.

»Dann für Sie als Trinkgeld«, sagte sie. Niemand sollte sie für einen schlechten Menschen halten. In dem Moment kam ihr eine Idee: Wenn die Leute sich ihr gegenüber zumeist feindselig verhielten, von dem jungen Mechaniker einmal abgesehen, dann musste sie ihnen den Wind aus den Segeln nehmen. Ihre Rache konnte sie so viel besser in die Tat umsetzen, wenn andere sie als großzügigen Menschen wahrnahmen. Denn dann traute man ihr gar nicht zu, etwas im Schilde zu führen. Sie musste alles unternehmen, um die anderen in Sicherheit zu wiegen. Wie gelang das am besten? Sie würde Spuren legen, die nur einen Schluss zuließen: Sie war eine sympathische, zuvorkommende Person und das Opfer der anderen.

Sie schlenderte nur noch kurz durch das Kurviertel von Bad Neuenahr, fand, dass heute ganz besonders viele alte Leute dort unterwegs waren, und trat bald schon den Heimweg entlang der Ahr an. Auf der Fahrt gingen ihr viele Gedanken durch den Kopf. Die Erinnerung an das, was ihr vor Jahren bereits Erleichterung verschafft hatte, stellte sich mit voller Wucht wieder ein. Sie hatte Glück gehabt, dass niemand Verdacht geschöpft hatte, denn sie hatte unüberlegt gehandelt. Erst auf der schmalen Steinbrücke in Sichtweite des Ortes begegneten ihr die ersten bekannten Gesichter. Eine alte Frau mit Handkarren und ein Mann in Arbeitskleidung, die sie entgegen ihrer Gewohnheit von sich aus grüßte. Sie radelte durch das Westtor aus dem fünfzehnten Jahrhundert und erreichte die St. Mauritiuskirche in der Ortsmitte. Sie hatte der Tante versprochen, ein Brot für das Abendessen mitzubringen, aber das hatte sie schlichtweg vergessen. So schlich sie sich ins Haus in der Nähe des Friedhofs, in dem sie ein dunkles Zimmerchen nutzte. Natürlich dauerte es nicht lange, bis Tante Amalie ihr Kommen bemerkte. Zur Strafe, dass sie nicht ans Brot gedacht, sondern sich herumgetrieben hatte, gab es nichts zu essen. Sie kannte das schon. Noch war sie auf ihre Tante angewiesen, aber um sie würde sie sich auch noch kümmern.

Walburga musste während der nächsten Tage all ihre Kräfte aufbringen, um ihren Alltag zu meistern. Am ersten Tag nach der angedrohten Kündigung war es ihr schwergefallen, sich aus dem Bett zu schälen, sich anzuziehen und wie gewohnt zur Arbeit zu gehen. Im Gesicht des Prokuristen konnte sie seine Verwunderung ablesen. Sie ging davon aus, dass er nicht damit gerechnet hatte, dass sie überhaupt wieder an ihrem Arbeitsplatz erscheinen würde. Während sie an ihrer Schreibmaschine saß, hörte sie trotz des Klapperns der Tastenhebel das Tuscheln ihrer Kolleginnen. Jedes Mal, wenn sie zu ihnen sah, herausfordernd, wandten sie sich rasch ihrer eigentlichen Tätigkeit zu, so als hätten sie sich nicht gerade über sie lustig gemacht. Walburga hätte ihnen am liebsten etwas zugerufen, doch sie hatte beschlossen, so zu tun, als machten ihr die Lästereien nichts aus. Zu gerne hätte sie allerdings schon in Erfahrung gebracht, was die anderen von ihr dachten. Bald bot sich die Gelegenheit dazu. Auf dem Weg zurück von einem Toilettengang wurde sie Ohrenzeugin eines Gesprächs, das sich ganz offensichtlich um sie drehte: »Ich fand sie immer schon recht seltsam«, hörte sie die Stimme einer ihrer Kolleginnen. Es war jene, die sie als Wortführerin ausgemacht hatte. Mit wem diese sprach und ob überhaupt von ihr die Rede war, blieb Walburga verborgen. Jeder in diesem Gebäude war ihr schließlich feindlich gesinnt. Sie erledigte ihre Aufgaben so gewissenhaft es nur ging, bemühte sich, keinen einzigen Fehler mehr zu machen, was ihr ein hohes Maß an Konzentration abverlangte. Sie schaffte es aber, und das machte sie stolz. Und nun schrieb sie auch den Straßennamen der Konzernzentrale in London richtig. Sie ließ zwar zur Stunde ihres regulären Feierabends ihre Arbeit ruhen, aber dies nur, weil sie auch wirklich alles erledigt hatte. Sie war versucht, ihre Sachen zusammenzupacken und die Haube über die Schreibmaschine zu legen, doch sie wartete noch eine Weile, bis alle anderen gegangen waren, und passierte dann erst das Büro des Prokuristen, nicht ohne dabei ein wenig mit ihrer Tasche zu rascheln, damit er es mitbekam, dass sie als Letzte ging. So verhielt sie sich auch an den nächsten Tagen, was zur Folge hatte, dass Ernst August Schmitz ihr eines Abends mitteilte, dass er sehr wohl ihr neues Engagement registriert habe. Er nahm also tatsächlich an, dass sie sich seine Kritik zu Herzen genommen hatte und bestrebt war, die Androhung der Kündigung vom Tisch zu fegen. Ob er sie entlassen wollte, war ihr einerlei. Denn hier wollte sie nicht weiterarbeiten. Nicht an einem Ort, an dem man sie nicht als Kollegin zu schätzen wusste, über sie lästerte, sie nicht mehr einlud. Mittlerweile fühlte sie sich derart als unverstandenes Opfer, dass sie gar keinen Zusammenhang zwischen ihrem Verhalten und der Reaktion der anderen erkannte oder erkennen wollte.

Am Wochenende begann sie, einen Plan zu schmieden. Dafür rekapitulierte sie ihre bisherigen Taten, von denen niemand außer ihr selbst Kenntnis hatte. Gab es Schwachstellen, die sie bedenken musste? Auch durfte sie nicht außer Acht lassen, dass sie seit dem letzten Brand, den sie gelegt hatte, älter geworden war. Allerdings konnte sie auf ihre Erfolge zurückblicken. Es hatte ihr eine enorme Erleichterung verschafft, als sie vor dem brennenden Klassenzimmer ihrer damaligen Schule an ihrem Wohnort in Köln gestanden hatte. Niemand hatte auch nur den leisesten Verdacht geäußert, dass es sich um Brandstiftung handeln könne. Als es innerhalb weniger Monate erneut gebrannt hatte – nun hinter dem Hausmeisterhaus –, war die Sorge unter der Lehrerschaft mit einem Mal entfacht, es könne bald Schlimmeres passieren. Doch niemand war auf die Idee gekommen, dass eine Schülerin der vierten Volksschulklasse den Brand gelegt haben konnte. Es hatte sich um Walburgas Abschiedsgeschenk gehandelt. Mit Streichhölzern und Feuerzeugen hatte sie schon immer gut umgehen können und im Wäldchen in der Nähe ihres Miethauses, in dem sie mit ihrem Vater, dem kleinen Beamten, und der immerzu traurigen Mutter lebte, einige Experimente unternommen. Der Faktor Zeit spielte dabei eine große Rolle, denn das Feuer durfte sich nicht zu schnell oder gar explosionsartig ausbreiten, damit sie weit vom Ort entfernt war, wenn die Flammen oder der Rauch auffielen. Ihre Taten hatten ihr für Jahre eine innere Genugtuung verschafft. Sie hatte sich mächtig gefühlt und wusste, dass sie den Erwachsenen etwas entgegenzusetzen hatte. Ihren Eltern, die sie ständig maßregelten und nie zufrieden mit ihren Leistungen waren, dem Hausmeister, der sie immer in ein Gespräch zu verwickeln versuchte und wenn sie mit ihm alleine war auch körperlich bedrängte, ihren Volksschullehrerinnen, die sie mehrfach vor der gesamten Klasse lächerlich gemacht hatten. Die Familie war dann von Köln nach Bonn umgezogen. Irgendwann hatte Walburga ein Gespräch ihrer Eltern belauscht, in dem sie davon sprachen, dass ihnen ihre Tochter lästig und ihr Verhalten unangenehm waren. Ab diesem Zeitpunkt empfand sie nur noch Verachtung für ihre Eltern. Die Sehnsucht nach etwas, das die Kälte in ihrem Innern besiegen konnte, wurde übermächtig. In den Jahren auf der weiterführenden Schule, die sich ihre Eltern kaum leisten konnten, überwand sie dieses Gefühl, indem sie immer wieder einmal kleinere Feuer entfachte, zumeist in einer ausrangierten Eisenpfanne, die sie auf einem Sperrmüllhaufen an einer Straße gefunden hatte. Sie versteckte sich damit unter einer Straßenbrücke und experimentierte dort mit allerlei brennbaren Substanzen. Bis zu jenem Tag, an dem sie ein Ordnungshüter aufgriff, weil sich Autofahrer über den sichtbehindernden Rauch beschwert hatten. Sie erhielt zwei Wochen Stubenarrest. Und vorher noch eine Tracht Prügel von ihrem Vater. Offensichtlich hatten diese Maßnahmen die gewünschte Wirkung, denn sie zündelte für eine ganze Weile nicht mehr. Doch die Gefühle in ihrem Innern wurden immer bedrohlicher.

Ihre Ausbildung erhielt sie in einer Bonner Firma. Die Nachstellungen eines älteren Kollegen, der sie des Öfteren nach Dienstschluss abpasste, setzten ihr immer mehr zu. Hinzu kamen seine anzüglichen Bemerkungen im Beisein der anderen Kollegen, die ihr jedoch nie beisprangen. Im Gegenteil: Sie schienen sich über Walburgas Hilflosigkeit zu amüsieren. Walburga aber hielt durch und brachte ihre Ausbildung zum Abschluss. An dem Tag, an dem sie ihr Zeugnis in Händen hielt, schmiedete sie einen Plan. Da man sie nicht übernehmen konnte, würde sie niemand verdächtigen, denn sie hatte keinen offiziellen Zugang zum Gebäude mehr. Doch sie hatte durch Zufall herausgefunden, dass das Schloss einer der Kellertüren schon eine Weile defekt war. Eines Nachts schlich sie sich in das Gebäude und steuerte zielsicher das Büro des Kollegen an, der sie während der Jahre ihrer Ausbildung gedemütigt hatte. Sie nahm im Schein ihrer Taschenlampe das Foto seiner Ehefrau vom Schreibtisch, entfernte den Glasrahmen und warf es in den mit Papieren gefüllten Abfallkorb. Daraufhin zog sie eine Flasche mit Spiritus aus ihrer Tasche und entleerte den gesamten Inhalt in den Papierkorb. Sie horchte in die nächtliche Stille, bevor sie das Feuerzeug hervorholte. In diesem Augenblick meinte sie draußen auf dem Gang ein Rascheln zu hören. Währenddessen ratschte sie mit ihrem Daumen über den Anzünder. Dabei entging ihr, dass eine kleine Flamme entstanden war, die auf die mit Spiritus getränkten Papiere übergriff. Vor Schreck ließ sie das Feuerzeug in den Papierkorb fallen. Sie versuchte, es mit bloßen Händen herauszufischen, was ein Fehler war. Im Nu waren ihre Unterarme versengt. Mit schmerzverzerrtem Gesicht rannte sie aus dem Büro, hinunter in den Keller, wo sie eine Weile nach Luft schnappte. Sie musste irgendwie ihre Arme kühlen, sonst würde sie es niemals nach Hause schaffen. Immerhin lag noch die Fahrt mit dem Omnibus vor ihr. In einem der Kellerräume fand sie einen Wasseranschluss und kühlte für einige Minuten ihre Haut. Als sie sich zum ersten Mal traute, genauer hinzublicken, merkte sie, dass es schlimmer aussah als befürchtet. Sie würde mindestens eine Brandsalbe darauf streichen müssen. Draußen hörte sie aufgeregte Stimmen. Nun zählte jede Sekunde. Sie erreichte die nahe gelegene Bushaltestelle, ohne dass jemand von ihr Notiz nahm. Als die Feuerwehr anrückte, bestieg sie gerade den Bus. Sie erreichte das Haus ihrer Eltern, die auf einer Geburtstagsfeier weilten, erschöpft, aber auch zufrieden. Walburga nahm von der Brandsalbe im Medikamentenschrank. Die Schmerzen ließen nach. Jetzt musste sie sich noch einfallen lassen, wie sie ihren Eltern die Brandverletzungen an den Armen erklären konnte. Sie bereitete eine heiße Suppe zu und würde später so tun, als habe sie bei einem Missgeschick den kochenden Inhalt des Topfes über ihre Arme geschüttet. Ihre Eltern wären nicht dazu in der Lage, den Unterschied zu einer Brandverletzung durch eine offene Flamme festzustellen, da sie mit Sicherheit nicht genau hinschauen würden. Walburga hoffte, dass es nicht so schlimm werden würde und sie keinen Arzt benötigen würde. Einige Tage später hatte es dann jedoch mächtig Ärger gegeben, als ihre Eltern herausgefunden hatten, dass man Walburga nicht übernommen hatte. Sie konnte doch nichts dafür, aber ihr Vater tobte vor Wut. Sie solle sich einen Mann suchen, der sie ernährte. Er könne sie nicht länger durchfüttern. Sie sei eine Last. Walburga nahm die erstbeste Stellung an, als Köchin bei einem alleinstehenden Herrn, der sie noch mehr verachtete als ihr eigener Vater.

Als der große Krieg ausbrach, war sie immer noch allein. Sie hatte die Anstellungen mehrmals gewechselt. Durch die Vermittlung ihrer Tante Amalie fand sie eine in einem Krankenhaus in Neuenahr, bald schon wurde sie in eines der vielen Lazarette abkommandiert. Was sie dort erlebte, hinterließ deutliche Spuren auf ihrer Seele. Nach dem Krieg arbeitete sie wieder als Stenotypistin, doch ihre Arbeitsstellen wechselten stetig. Sie hatte schon lange kein Feuer mehr gelegt, und sie wunderte sich, dass sie nicht schon früher auf diesen Gedanken gekommen war, ihren Mitmenschen zu zeigen, was sie von ihnen hielt.

Dass man sie bislang nie erwischt hatte, machte ihr Mut, auch wenn es nun schon einige Jahre her war.

Man hätte meinen können, dass sich die Arbeitsatmosphäre in der Mineralwasserfirma mittlerweile gebessert hätte, doch dem war ganz und gar nicht so. Ernst August Schmitz hatte offensichtlich Gefallen an ihr gefunden, weil sie so gut mitarbeitete und ihm jeden Wunsch von den Augen ablas, weshalb er sie zu bedrängen begann. Was sie anekelte und neuerdings die Tuscheleien ihrer Kolleginnen in eine ganz andere Richtung lenkte: Nun beklagten sie sich lautstark darüber, sogar so, dass Walburga es hören könnte, dass die alte Jungfer, also sie, sich Vorteile von ihrer guten Beziehung zum Prokuristen erhoffte. Wie sie es machte, machte sie es verkehrt. Also festigte sich Walburgas Vorhaben. So etwas wie der Unfall mit dem Feuerzeug durfte ihr nicht noch einmal passieren. Sie besorgte sich in der Apotheke in Neuenahr Spiritus, den sie angeblich zu Reinigungszwecken benötigte. Für ihre Rache an allen, die sie ausgrenzten und kritisierten, hatte sie sich den Tag ausgesucht, an dem die Belegschaft meist pünktlich das Gebäude verließ. Einen Freitag. Mit Wohlwollen hatte sie beobachtet, dass die Kartonagen und Verpackungsmaterialien, die unter dem Büro des Prokuristen lagerten, immer erst montags abgeholt wurden. Sie hoffte, dass die Flammen bis ins Innere schlagen würden, dort wollte sie eine Spur aus Spiritus legen. Vielleicht würde sie das Fenster vorher noch öffnen. Das hatte sie beim Verlassen des Gebäudes bereits mit einem kleinen Seitenfenster getan, durch das sie unbemerkt hinein- und wieder hinausgelangen konnte, ohne dass der Werkdienst sie entdeckte. Sie hatte alles wochenlang genau geplant und immer wieder aufgrund ihrer Beobachtungen, die sie abends anstellte, revidiert und angepasst.

Walburga hatte sich für den Abend eine Kinokarte gekauft und würde nach ihrer Tat einfach dorthin verschwinden. Ihre Utensilien packte sie in einen Stoffbeutel, den sie auf dem Gepäckträger befestigte. Sie würde später alles in einer Mülltonne, die abseits ihres üblichen Weges lag, entsorgen. So radelte sie von zu Hause los. Selbstverständlich war sie aufgeregt. Aber sie freute sich auch darauf, ihren aufgestauten Gefühlen endlich wieder Raum zu geben. Das war die Hauptsache. Sie machte sich hingegen keine Gedanken über die Schäden, die entstehen würden. Im Gegenteil: Wehtun sollte es ihren Peinigern schon, und sei es lediglich in finanzieller Hinsicht.

Auf der Fahrt begegnete sie niemandem, den sie kannte oder der sie erkannte. Als sie vor dem Gebäude ankam, stieg sie vom Rad und schob es zum Seiteneingang. Diese Stelle war von der Straße aus nicht einsehbar. Sie merkte sofort, dass heute etwas anders war als an den Freitagen zuvor. Die Außenbeleuchtung war eingeschaltet, eine Tür in der Nähe ihrer Büroräume stand offen. Walburga wollte gerade umdrehen, als sie ihren Chef entdeckte. Er trug einen Eimer aus dem Gebäude und entleerte ihn auf den nahe gelegenen Grünstreifen. Und jetzt sah er sie.

»Fräulein Walburga. Was machen Sie denn hier?«

»Ich, ich … ich dachte, ich hätte meine Geldbörse neben meiner Schreibmaschine liegen gelassen …«

»Es ist gut, dass Sie da sind. Sie können mir helfen.«

Walburga fühlte sich wie gelähmt. Ihr wurde ganz merkwürdig zumute. Hätte sie sich bewegen können, wäre sie wohl davongelaufen. Als sie sich wieder gesammelt hatte, antwortete sie: »Wobei?«

»Wir haben einen Wasserschaden in unserer Etage. Irgendein Rohr ist undicht oder geplatzt. Ich weiß es nicht. Wir haben erst einmal die Hauptleitung abgestellt. Kommen Sie!«

Er winkte Walburga herbei.

Ihr blieb nichts anderes übrig, als ihr Fahrrad abzustellen und ihm zu folgen. Tatsächlich stand das Wasser in den Büros mehrere Zentimeter hoch. Sie würden ohne weitere Hilfe beschäftigt sein. Walburga half, so gut sie konnte, schaute zuerst nach Akten, die unbedingt getrocknet werden mussten. Endlich kam jemand mit einer Pumpe.

»Jemand von der Werksfeuerwehr«, sagte Ernst August Schmitz.

Walburga half noch eine ganze Weile, bis ihr Chef sie nach Hause schickte. Die Kinovorstellung hatte zu dem Zeitpunkt bereits begonnen.

»Ich würde sagen, wir vergessen das mit der Kündigung«, sagte er, während er mit einem weiteren Eimer voller Wasser mit ihr zum Ausgang lief.

Ihr lief es eiskalt den Rücken herunter. Würde er ihr nun eindeutige Avancen machen? Sie fand ihn zwar gerade ein bisschen weniger ekelig, ihr imponierte, dass er selbst mit anpackte.

Walburga war so damit beschäftigt, ihre Gedanken zu sortieren, dass sie gar nicht bemerkte, dass sie nicht mehr allein waren.

»Guten Abend«, sagte plötzlich Ernst August Schmitz.

Walburga, die die ganze Zeit zu Boden geschaut hatte,

blickte auf. Zwei Polizeibeamte standen vor ihnen. Sie vermutete, dass sie ihren Chef fragen wollten, ob alles in Ordnung sei, da sich üblicherweise um diese Uhrzeit hier niemand aufhielt.

»Wem gehört das Fahrrad?«, fragte einer der Beamten.

Er leuchtete es an. Walburga entdeckte voller Schrecken, dass sich neben dem Hinterrad eine Lache gebildet hatte. Die Flasche mit dem Spiritus Brandbeschleuniger musste ein Leck aufweisen.

»Ähm ...«

»Das ist doch Ihres«, sagte Walburgas Chef. »Da läuft etwas aus«, sagte er.

»Wir verfolgen die Spur schon auf einer längeren Strecke«, sagte der zweite Polizist, der etwa in Walburgas Alter war.

Sie durfte jetzt nicht die Nerven verlieren. Keiner konnte ahnen, was sie vorgehabt hatte.

»Das, was da ausläuft, riecht nach Spiritus. Könnten Sie uns bitte sagen, was in der Tasche ist?«

Walburga hatte keine Wahl, als die Tasche vom Gepäckträger zu nehmen und den Beamten einen Blick auf den Inhalt zu gewähren.

»Das ist aber nicht ungefährlich. Was haben Sie damit vor?«

Walburgas Hände begannen zu zittern.

»Ich ...«, stammelte sie.

»Sie wollten doch nicht etwa einen Brand in meiner Firma legen?«, fragte Ernst August Schmitz. Seine Stimme brach beinahe. Er fasste sich an die Stirn.

»Wie kommen Sie darauf?«, fragte der Beamte, der Walburga mittlerweile die Tasche abgenommen hatte, ohne dass sie etwas dagegen unternahm.

»Ich fasse es nicht«, schimpfte ihr Vorgesetzter.

Walburga sagte kein Wort.

Der Beamte wiederholte seine Frage.

»Ich weiß von dem Brand in der Firma, in der Fräulein Deifel ihre Ausbildung absolviert hat. Ich habe mich nach ihr erkundigt, als sie sich bei uns bewarb. Auch wenn es bereits viele Jahre her ist, man erinnert sich noch an sie. Man berichtete mir damals von dem Brand, der kurz nach ihrem letzten Arbeitstag die gesamten Räumlichkeiten verwüstet hat.«

»Das ist ein schwerwiegender Verdacht«, sagte der Beamte mit der Tasche in der Hand. Der andere beobachtete Walburga eindringlich.

»Ich …« Sie konnte immer noch nicht antworten. Leugnen oder schweigen? Sie entschied sich dazu, erst einmal nichts zu sagen. Ihre Welt geriet gerade völlig aus den Fugen. Walburga fiel plötzlich ein, dass sie ein Feuerzeug in ihrer Hosentasche versteckt hatte. Sie wollte es gerade hervorholen, als der Polizist, der sie während der ganzen Zeit nicht aus den Augen gelassen hatte, nach ihrem Arm griff.

»Fräulein Deifel, ich denke, wir setzen unser Gespräch in der Polizeidienststelle fort.«

Er führte sie am Arm weg. Walburga drehte sich noch einmal zu ihrem Vorgesetzten um, den sie so sehr enttäuscht hatte. Er hatte sie trotz seines Wissens über den von ihrem früheren Arbeitgeber geäußerten Verdacht, dass sie wohlmöglich eine Brandstifterin war, nicht nur eingestellt, sondern ihr auch mehr als eine Chance gegeben, ein anderer Mensch zu werden. Vielleicht war es dafür aber einfach zu spät. Sie würde dieses Brennen immer in ihrem Innern behalten.

JOGGINGRUNDE

David Ferguson war aufgeregt. Seit er in Köln losgefahren war, drehten sich in seinem Kopf die Gedanken. Heute hatte er kein Auge für die idyllischen Abschnitte entlang des Rheins zwischen Bad Godesberg und Remagen. Mit jedem Haltepunkt begann sein Herz unregelmäßiger zu schlagen. Er musste sich zusammenreißen, nicht plötzlich laut loszuschreien. Die Bahn hatte entgegen der bisherigen Erfahrungen keine Verspätung. So fuhr ihm der Anschlusszug nicht wie so häufig vor der Nase davon und er musste auf dem Bahnsteig nicht wieder lange auf die nächste Ahrtalbahn warten. Heute hätte er es nicht durchgestanden. Aber er durfte nicht zu sehr von seiner Routine abweichen, weshalb es nicht infrage gekommen wäre, sich ein Taxi zu nehmen. Mittlerweile saß er als Einziger im Abteil der Ahrtalbahn. Als nächster Halt wurde Bad Bodendorf angekündigt. David Ferguson müsste eigentlich hier aussteigen, gerade heute, da es darum ging, nicht aufzufallen. Doch es gelang ihm nicht, seinen Körper aus dem Sitz zu heben. Die Bahn kam kurz zum Stehen, fuhr bald wieder an, ohne dass ein einziger Fahrgast sein Abteil betreten hätte. Mittlerweile war die Sonne untergegangen. Auf der rechten Seite konnte er die Silhouette seines Hauses erkennen. Zurück würde es ein langer Weg werden. Angestrengt starrte er hinaus, hielt nach seiner Frau Ausschau, die beim Joggen immer den Weg durch die Felder links der Bahntrasse nahm. Jedes Mal, wenn er früher nach Hause gekommen war, kehrte sie gerade vom Joggen zurück. Manchmal stand sie bereits geduscht vor ihm, manchmal noch verschwitzt und außer Atem, oder sie betrat das Haus nur wenige Minuten nach ihm. David sah durch das Fenster einen alten Mann mit seinem Dackel und eine junge Frau, die auf ihr Handy starrte, während sie die beiden grußlos passierte. Seine Frau jedoch war nirgends zu entdecken. Er hoffte, dass sie heute nicht zu Hause auf ihn wartete. Das wäre für ihn nur schwer zu ertragen. Er hatte vor einer ganzen Weile aufgehört, sich auf sie zu freuen, weshalb er nicht immer gleich nach Dienstschluss nach Hause kam. In der letzten Zeit hatten sie oft gestritten, einige Male so laut, dass die Nachbarn geklingelt und sich erkundigt hatten, ob alles in Ordnung sei. Am Bahnhof Heimersheim stieg David aus. Er war erstaunt, wie leicht es ihm auf einmal fiel, die Bahn zu verlassen. Er hätte auf den Zug warten können, der aus der Gegenrichtung wieder rheinwärts fuhr, doch er entschied sich dazu, zu laufen. Die frische Spätsommerluft würde ihm guttun. Er schätzte die Strecke, die vor ihm lag, auf über vier Kilometer. Den letzten Teil würde er im Dunkeln gehen. Er nahm den Weg entlang der Ahr. Das leise Plätschern des Flusses beruhigte ihn auf eine ganz besondere Weise. Jetzt war David auf einmal ganz ruhig, sein Herz klopfte wieder regelmäßiger. Er konnte es selbst nicht verstehen, wenn man bedachte, was sich nur wenige Hundert Meter von ihm entfernt abgespielt haben musste oder sich gerade noch abspielte. Er lauschte und meinte ein leises Rufen zu hören. Ein andermal drang ein vermeintlicher Schreckenslaut an sein Ohr. Doch er hielt dies für eingebildete Wahrnehmungen, denn die Umgebungsgeräusche des Autoverkehrs waren einfach noch zu präsent. Auch hier inmitten der lieblichen Auenlandschaft. Obwohl es einen Umweg darstellte, lief er durch das Kurviertel von Bad Bodendorf. Als er endlich in seine Straße einbog, war eine Stunde vergangen, seit er den Zug in Heimersheim verlassen hatte.

In jedem der Häuser außer in seinem brannte Licht. Tanja war offensichtlich noch nicht von ihrer Joggingrunde zurückgekehrt. Ein leichtes Unwohlsein übermannte David, als er den Schlüssel ins Schloss schob und die Haustür aufsperrte. Bevor er nach dem Lichtschalter gleich am Eingang tastete, wartete er eine Weile und lauschte in die Dunkelheit. Die Dunkelheit fühlte sich gerade wie seine Verbündete an. Er war zum ersten Mal erleichtert darüber, dass sie sich nicht für eine nachträglich eingebaute Smart-Home-Variante entschieden hatten. Ihr Haus, das sie im letzten Jahr der Bank abgekauft hatten, nachdem der Vorbesitzer die Kreditraten hatte nicht mehr bezahlen können, war noch gar nicht so alt. David hatte mehrmals eine technische Aufrüstung ins Gespräch gebracht, doch Tanja hatte immer wieder die Risiken eines möglichen Angriffs von außerhalb erwähnt.

Erst seit ein paar Wochen wusste David, warum. Das hieß, er reimte sich die Gründe zusammen, seitdem er durch einen Zufall über das Vorleben seiner Frau Kenntnis erlangt hatte. Über ihr Frankfurter Vorleben. David arbeitete als Streetworker in Köln. Eines Tages, als ihm aus seiner Jackentasche ein Foto gerutscht war, das ihn und Tanja bei ihrer Hochzeit zeigte, hatte ein junger Erwachsener, den er betreute, sie wiedererkannt. Natascha habe sie dort geheißen und reiche Banker um den Verstand gebracht und abgezockt. Warum hatte sie aber dann ausgerechnet ihn, den Sozialarbeiter, geheiratet? Zunächst wollte David den Aussagen des jungen Mannes keinen Glauben schenken. Doch als er in Tanjas Privatsachen Hinweise auf Frankfurt fand, obwohl sie ihm immer wieder versicherte, nie in dieser Stadt gelebt zu haben, wuchs sein Misstrauen. Und dann war der Tag gekommen, an dem Tanja ihn auf die Erbschaft ansprach, die David einige Wochen vor ihrem Kennenlernen gemacht hatte. Der Millionenbetrag lag noch auf seinem Konto, seit beinahe zwei Jahren nun, auf das Tanja keinen Zugriff hatte. David war in Gedanken immer wieder durchgegangen, ob es möglich war, dass Tanja auf ihn angesetzt worden war. Wem hatte er überhaupt von der Erbschaft erzählt? Er konnte sich nur an einen Abend erinnern, an dem er und seine Jungs auf einer Grillparty zusammensaßen und er zu viel Alkohol getrunken hatte. Hatte er damals etwas ausgeplaudert? Kurze Zeit später war ihm Tanja quasi vor die Füße gefallen. Mitten in Köln hatte sie ihn beinahe mit einem E-Scooter umgefahren. Er hatte sich auf Anhieb in die fröhliche, verrückte Frau mit den blonden langen Haaren verliebt. Obwohl sie überhaupt nicht sein Typ war. Aber irgendwie hatte sie ihn in ihren Bann gezogen und ließ ihm keine Gelegenheit, überhaupt Luft zu holen, nachzudenken. Ein Date jagte das nächste, bis sie schließlich im Bett und kurz darauf bei einem Dänemarkbesuch vor dem Traualtar gelandet waren. Tanja sehnte sich nach einem Häuschen im Grünen, und da es rund um Köln nichts gab, waren sie hierher ins Ahrtal gezogen. So saß Tanja tagsüber zu Hause, angeblich arbeitete sie für eine Online-Firma. »Wir hätten uns auch eine Immobilie auf Mallorca leisten können«, verplapperte sie sich während eines Streits, als es wieder einmal um Davids Sparsamkeit gegangen war. Obwohl sie ihn so faszinierte, hatte er ihr nichts von seiner Erbschaft erzählt. Er hatte zu viel miterlebt während seiner Jahre in der Sozialarbeit und hatte sich zumindest in Geldangelegenheiten ein gesundes Misstrauen bewahrt. Vor einer Weile hatte er bereits einen Termin mit einem Notar vereinbart, um sich wegen seines Vermögens beraten zu lassen. Als Absicherung, falls es Tanja nur darauf abgesehen hatte. Schließlich war er dann doch nicht hingegangen. Je weniger Personen über seine Zweifel Bescheid wussten, desto besser. Denn mit den Recherchen über Tanja stellte sich die Gewissheit ein: Sie war eine Betrügerin, mindestens das. Eine Erbschleicherin, eine Quelle sprach sogar davon, dass sie Menschen umbringen ließ – oder selbst umbrachte. David wäre zur Polizei gegangen, aber was hätte er den Beamten erzählen sollen? Sein Wissen stammte aus dubiosen Quellen, und er war nicht im Besitz eines einzigen, stichhaltigen Beweises für diese Behauptungen. Mit jedem Tag, der verstrich, fühlte er sich angreifbarer, schutzloser, denn er ahnte, dass sie etwas plante. Möglicherweise sein Ableben. Und dem musste er vorbeugen. Wenn nur Teile dessen zutrafen, was man ihm über sie erzählte, dann musste er äußerste Vorsicht walten lassen. Sie durfte nichts von seinen Zweifeln mitbekommen. Sicherlich agierte sie nicht allein. Einmal, als er ins Haus zurückgekehrt war, weil er etwas vergessen hatte, telefonierte sie aufgeregt mit einem anderen Mann. Er hörte minutenlang zu, ohne dass sie Seiner gewahr wurde. Also gab es Hintermänner. Und es war um Geldbeträge gegangen. Er fühlte sich verletzt darüber, dass sie seine Gefühle derart missbraucht hatte. Abends zögerte er seine Heimkehr immer häufiger hinaus, ging in Köln in eine Bar, in der ihn niemand kannte, und trank dort exakt so viel, dass er gerade nicht betrunken wirkte. Aber er kannte die Bar vom Hörensagen und wusste, dass dort auch zwielichtige Gestalten verkehrten. Er mochte es, sie zu beobachten, als Milieustudie sozusagen. Eines Abends setzte sich ein Mann zu ihm an den Tisch. David wusste gleich, welchen Menschentyp er vor sich hatte. Der Mann, der sich als Zeus vorstellte, wirkte noch nicht einmal unsympathisch, aber seine Erfahrung als Streetworker mahnte David, vorsichtig zu sein. Dennoch ließ er sich auf ein Gespräch mit dem Mann ein.

»Du hast Eheprobleme«, fragte Zeus nach einem bis dahin eher belanglosen Wortwechsel.

»Wie kommst du darauf?«, fragte David.

Zeus lachte. »Ich sehe dir an, dass du Hilfe benötigst«, sagte er und bestellte eine weitere Runde beim Barkeeper. David trank das Glas Whiskey in einem Zug aus. Zeus orderte ein nächstes für ihn.

»Frauen sind so berechnend«, sagte Zeus, nachdem David ins Plaudern geraten war und viel zu viel von seinen Lebensumständen preisgegeben hatte. David fühlte sich dumm, so unendlich dumm, ausgerechnet einem Wildfremden derlei Details verraten zu haben.

»Wir können das Problem für dich lösen«, sagte Zeus, nachdem sie eine Weile geschwiegen hatten.

»Wie meinst du das?«

»Wir können dafür sorgen, dass deine Frau dich nicht mehr ausnehmen kann.«

Als David die Bar verließ, war er sehr betrunken. Und er erinnerte sich daran, Zeus von Tanjas Vorliebe fürs Joggen in den Feldern rund um Bad Bodendorf berichtet zu haben. Und daran, dass er ihm Geld versprochen hatte. Bereits auf der Heimfahrt – er musste sich ab Remagen ein Taxi nehmen, da der letzte Zug ins Ahrtal lange abgefahren war – wurde ihm bewusst, dass er vor wenigen Minuten wohl den Auftrag für die Ermordung seiner Frau erteilt hatte. Als er zu Hause ankam, musste er sich noch vor dem Haus übergeben. Ab diesem Tag konnte er Tanja nicht mehr in die Augen sehen.

Er suchte nun regelmäßig die Bar auf, um Zeus wieder zu treffen und ihm den Auftrag zu entziehen. Schließlich hatte er ihm kein Geld gegeben. Vielleicht hatte er sich alles auch nur eingebildet, so betrunken, wie er an dem Abend war.

Doch Zeus traf er nie wieder an.

Dafür sprach ihn gestern Abend der Barkeeper an.

»Sie haben sich nach Zeus erkundigt. Ich soll Ihnen etwas ausrichten.«

Doch statt etwas zu sagen, schrieb der Barkeeper eine Ziffernfolge auf Davids Bierdeckel. Es dauerte eine Weile, bis David die Zahlen als ein Datum interpretierte. Das Datum des heutigen Tages. David hätte zu Hause bleiben und Tanja davon abhalten sollen, wie gewohnt zum Joggen aufzubrechen. Aber er hatte einen wichtigen Termin mit den obersten Vertretern der Stadt gehabt. Er konnte diesem Treffen nicht fernbleiben.

David schaltete endlich das Licht ein. Tanja war also nicht zu Hause. Ob sie ihr wirklich auf den Feldern aufgelauert hatten? David blieb lange wach, wälzte sich auf dem Sofa im Wohnzimmer hin und her. Sich ins gemeinsame Schlafzimmer zu legen, hätte sich merkwürdig angefühlt. Außerdem hing dort der Geruch ihres schweren Parfüms noch deutlicher als im Rest des Hauses in der Luft. Auch wenn er den Auftrag zu ihrer Beseitigung erteilt hatte, so war ihm bislang gar nicht in den Sinn gekommen, darüber nachzudenken, wie er nach dem Tag x agieren sollte. Morgen früh würde er sich bei den Nachbarn nach ihr erkundigen. Hatte sie jemand gesehen, seitdem er morgens zum Bahnhof aufgebrochen war? Er würde wohl irgendwann, vielleicht auch erst am nächsten Tag, eine Vermisstenanzeige bei der Polizei aufgeben. Ob man sie bis dahin bereits gefunden hatte? Was war überhaupt mit ihrer

Leiche passiert? Würde man ihn verdächtigen, seine Frau umgebracht zu haben? Diese Gedanken hätte er sich besser im Vorfeld gemacht und nicht erst jetzt. Aber es gab kein Zurück. Obwohl er davon überzeugt war, dass der Plan in die Tat umgesetzt worden war, rief er sie auf dem Handy an. Der Ruf ging ins Leere.

Im Morgengrauen stand er auf, holte sein Fahrrad aus der Garage und fuhr die Wege in den Feldern zwischen Bad Bodendorf und Heimersheim ab, an denen Tanja sonst immer entlanglief. Die Landskrone umhüllten kleine Schleierwolken. Die abgeernteten Felder boten nicht viel Schutz, sodass er rasch erkannte, dass nirgendwo ihr Leichnam abgelegt worden sein konnte. Unten an der Ahr brauchte er nicht zu suchen, da er ja gestern Abend selbst diesen Weg genommen hatte. Dass der Mord erst danach passiert war, kam ihm unwahrscheinlich vor. Er wendete und entdeckte an einer Weggabelung ein Kettchen, das in der aufgehenden Sonne glitzerte. Es war zweifellos Tanjas Armband. Er überlegte, ob er es mitnehmen oder liegen lassen sollte, entschied sich jedoch, es einzustecken. Als er in seine Straße einbog, begannen seine Hände plötzlich zu zittern. Er konnte kaum noch den Fahrradlenker halten und stieg ab. Vor dem Grundstück, das seinem Haus gegenüberlag, begegnete er der Nachbarin, die gerade die Tageszeitung hereinholte. Wie lange hatte er schon keine Zeitung mehr abonniert, dachte er bei sich.

»Ist Ihre Frau verreist?«, wollte Frau Meyer wissen. Sie kam immer gleich zur Sache. Mit Small Talk hatte sie sich noch nie aufgehalten.

»Nein, äh …«

David hatte sich einfach nicht gut genug vorbereitet. Er hätte mit einer derartigen Frage rechnen müssen. Gerade bei Frau Meyer.

»Ach, ich dachte. Weil sie doch gestern mit großem Gepäck abgereist ist.«

David begann nun am ganzen Körper zu zittern. Warum hatte er nicht im Schlafzimmer nachgesehen? Dann hätte er doch feststellen müssen, dass Kleidungsstücke fehlten. Sie war also gar nicht tot? Aber wie kam Tanjas Armband auf den Feldweg? Sie musste es an einem der Tage zuvor dort verloren haben, legte er sich eine Erklärung zurecht.

»Ist sie in ein Taxi gestiegen?«, stammelte David. Seine Reaktion war zu offensichtlich, und Frau Meyer zog eine Augenbraue nach oben.

»Sie haben Eheprobleme, oder?«, fragte sie.

David wusste wieder nicht, ob er verneinen oder bejahen sollte. Je nachdem wie er jetzt reagierte, würde er seine Situation nur verschlimmern. Sagte er Ja, gäbe es ein Motiv für ihre Ermordung. Aber diese hatte ja offensichtlich gar nicht stattgefunden. Aber wenn sie noch lebte, was würde dann passieren? Wo war sie jetzt? Hatte sie vielleicht gemeinsame Sache mit diesem Zeus gemacht, und sie wollten ihn nur glauben lassen, dass sie tot war, um ihn zu erpressen und somit an seine Millionen zu kommen? So könnte es sein.

»Herr Ferguson, geht es Ihnen nicht gut? Haben Sie gehört, was ich gerade gesagt habe?«, fragte Frau Meyer.

David schüttelte den Kopf.

»Sie ist in einen Wagen mit Frankfurter Kennzeichen gestiegen.«

»Also kein Taxi?«

»Nein.«

David ließ seine Nachbarin wortlos stehen, rannte hinüber zu seinem Grundstück, warf das Fahrrad auf den Rasen und lief ins Haus. Tanja lebte offensichtlich, aber sie hatte Kontakt zu ihren Frankfurter Leuten. Was plante sie? Mit Sicherheit befand sich David nun selbst in Lebensgefahr. Denn solange sie verheiratet waren, konnte Tanja ihn beerben. In seinem Kopf herrschte ein wirres Durcheinander. Nachdem er ein Glas Wasser getrunken hatte, rief er bei seinem Arbeitgeber an und meldete sich krank.

Kaum hatte er sich ein wenig beruhigt, ging er in Gedanken die Möglichkeiten durch, die sich ihm boten. Er könnte ein Testament aufsetzen und bei einem Notar hinterlegen. Aber dann musste Tanja möglichst schnell von dessen Inhalt erfahren. Und ob sie ihn dann in Ruhe ließ, war keineswegs sicher. Erpressen konnten sie ihn allemal: ein Streetworker, der den Auftrag für die Ermordung seiner eigenen Frau in Auftrag gegeben hatte! Er konnte die Schlagzeilen schon vor seinem inneren Auge sehen. Irgendwie würden sie es schon schaffen, sein Vorhaben publik zu machen. David überlegte, zur Polizei zu gehen. Aber was sollte er dort aussagen? Dass er einen Profikiller engagiert hatte und seine Frau ihn nun deswegen verlassen hatte? Seine Lage war mehr als misslich. Nein, sie schien ausweglos. Und wenn sich alles ganz anders darstellte, als er sich gerade zusammenspann? Wenn seine Frau zu einer Freundin oder meinetwegen auch zu einem Liebhaber gereist war und gar nichts von seinem Vorhaben, sie ermorden zu lassen, mitbekommen hatte? Aber warum war sie ausgerechnet in einen Wagen mit Frankfurter Kennzeichen eingestiegen? Hatte es sich bei der Person, die Frau Meyer beobachtet hatte, wirklich um Tanja gehandelt? Vielleicht war eine Freundin zu Besuch gewesen und Tanja war abends doch noch zum Joggen aufgebrochen. Dann wäre alles nach Plan verlaufen. David musste einfach noch einmal mit Zeus sprechen. Er war der Einzige, der ein wenig Licht ins Dunkel bringen konnte. Wie grotesk: gerade ein Mann aus der Unterwelt.

David verbrachte den Tag in einem merkwürdigen Dämmerzustand und fuhr bei einbrechender Dunkelheit mit dem Wagen nach Köln. Er parkte in einer Seitenstraße in der Nähe der Bar. Statt auszusteigen, blieb er sitzen und beobachtete den Eingang des Etablissements. Doch Zeus erschien nicht. Warum sollte er auch ausgerechnet heute dort auftauchen? Schließlich entschloss sich David, mit dem Barkeeper zu sprechen. Er betrat die mittlerweile gut gefüllte Bar und sah sich um. Zeus entdeckte er wie erwartet nicht. Er ließ sich an der Theke nieder und bestellte einen Gin.

»Der Mann, mit dem ich neulich dort am Tisch saß, war der noch mal hier?«, fragte er leise.

Es war nicht der Barkeeper, der ihm gestern Abend die Nachricht mit den Zahlen übermittelt hatte. Er schüttelte den Kopf.

»Kennen Sie ihn?«

Der Barkeeper legte das Handtuch beiseite, mit dem er die Gläser poliert hatte. »Wer der Mann war, keine Ahnung. Er war nur wenige Male hier. In den letzten Tagen gar nicht mehr.«

David hatte geglaubt, dass er Stammgast war. Aber es war nicht ausgeschlossen, dass der Barkeeper nicht die Wahrheit sagte.

»Ich habe doch gestern mit Ihrem Kollegen gesprochen …«

»Wen meinen Sie?«

David wurde mulmig zumute. Er halluzinierte doch nicht.

»Der gestern hier hinter der Bar stand.«

»Keine Ahnung, wen Sie meinen. Wir hatten hier einige Lieferungen gestern, vielleicht haben Sie mit einem von denen gesprochen. Ich hatte gestern viel im Lager zu tun.«

David bezahlte und lief zurück zu seinem Auto. Gefolgt war ihm bis hier keiner. Er hätte irgendwie damit gerechnet. Begann er sich da in etwas hineinzusteigern?

Als er die Autobahn Richtung Süden erreicht hatte, hatte sich das Gefühl der Beklommenheit ein wenig abgemildert. Der Verkehr floss wie üblich und nahm immer mehr ab, je näher er der Ausfahrt von Bad Neuenahr kam. Von dort aus waren es nur noch wenige Kilometer über die Umgehungsstraße und Lohrsdorf hindurch nach Bad Bodendorf. Das ruhige Dahinfahren hatte ihn schläfrig werden lassen. Doch als er in seine Straße einbog, war er wieder hellwach. David parkte den Wagen in der Garage, stieg aus und drückte den Sensor für das Tor, das sich langsam nach unten senkte. Er lauschte in die Nacht. Die meisten seiner Nachbarn schliefen offensichtlich bereits. Als ob ihn drinnen etwas Überraschendes erwartete, blieb er unschlüssig vor der Haustür stehen. Er hätte vorhin wenigstens eine Leuchte im Innern einschalten sollen, dachte er bei sich. Als ob das etwas geändert hätte. Wenn ihm jemand auflauern wollte, würde er dies ohnehin tun. Oder sie. Denn mittlerweile war David zu der Einsicht gekommen, dass es ein Fehler war, wegzufahren, ohne die Schlösser vorher auszutauschen. Tanja hatte schließlich noch ihre Schlüssel, die sie selbst nutzen oder an einen ihrer Komplizen hätte aushändigen können. Niemand musste gewaltsam eindringen, um ihn zu überwältigen. David kehrte um, ließ das Garagentor wieder hochfahren, stieg in seinen Wagen und steuerte diesen nach Bad Neuenahr, wo er ein Hotelzimmer bezog. Er hätte unmöglich die Nacht in seinem Haus verbringen können.

Am anderen Morgen stand sein Plan fest. Er wollte, so rasch es ging, untertauchen. Er würde irgendwo im Ausland ein neues Leben anfangen. Geld hatte er reichlich. Er hatte es legal erworben und auch bei der Steuer angegeben, weshalb er es problemlos transferieren konnte. Um den Verkauf des Hauses würde er sich später kümmern. Er war auf das Geld aus dessen Veräußerung nicht angewiesen.

Noch von draußen rief er einen Schlosser an und brachte ihn dazu, heute noch vorbeizukommen. Als David das Haus betrat, merkte er sofort: Tanjas Parfüm lag in der Luft, schwer und vor allem ganz intensiv. Sie war also noch einmal hier gewesen. Vielleicht wartete sie in einem der Räume auf ihn. Mit einem mulmigen Gefühl in der Magengegend folgte er der Duftspur. Auch sein Herz geriet leicht aus dem Takt. Doch der Geruch verlor sich irgendwo auf dem Weg ins obere Stockwerk. Vermutlich hatte sie im Schlafzimmer die restlichen Kleidungsstücke geholt. Ja, ihre Fächer im Schrank waren leer. Hätte nicht ihr Parfüm ihre persönliche Anwesenheit verraten, so hätte David in Erwägung gezogen, dass jemand anderes, der ihr aus welchen Gründen auch immer ihren Hausschlüssel abgenommen hatte, sich im Haus zu schaffen gemacht hatte. Plötzlich durchfuhr David ein besorgniserregender Gedanke. Hoffentlich hatte sie nicht die Dokumente, die den Zugang zu seinem Konto ermöglichten, aus dem Safe entnommen. Er eilte ins Wohnzimmer und schob das Wandbild zur Seite. Er gab die Kombination ein, die er erst vor einer Woche geändert hatte und die sie eigentlich nicht kennen konnte. Zu seiner Beruhigung schien alles noch da zu sein. Doch nun meinte er zu merken, dass er sich nicht allein im Zimmer aufhielt. Er drehte sich um.

Zu seiner Überraschung war allerdings niemand zu sehen. Er hätte Tanja auf dem Sofa sitzend erwartet. Er verriegelte den Safe. Dabei blieb er wachsam und lauschte in die Stille des Hauses hinein. Mit gespannten Muskeln durchsuchte er jeden Raum, jeden Winkel. Aber es war niemand hier. Das Klingeln der Türglocke ließ ihn zusammenzucken. Der Schlosser, natürlich!

Am Nachmittag waren alle Schlösser ausgetauscht. Nun ging es darum, an der Legende weiterzuspinnen. Hatte er sonst ein Zusammentreffen mit den Nachbarn eher vermieden, so legte er es nun darauf an, ihnen zu begegnen. Er erzählte davon, dass seine Frau ausgezogen sei und ihn verlassen habe. Niemand zweifelte an seiner Version. Niemand schien sonderlich überrascht darüber zu sein. »Seien Sie froh, dass Sie sie los sind«, sagte eine Nachbarin. Eine andere meinte, dass Tanja allen Männern in der Straße schöne Augen gemacht habe.

Noch in der Nacht begann David, seine Abreise aus Deutschland vorzubereiten. Er machte sich im Internet über Möglichkeiten kundig, seine Geldkonten ins Ausland zu transferieren, suchte sich eine Flugverbindung nach Nordamerika heraus, weil er dort immer schon gerne leben wollte. Es würde noch einige Tage dauern, bis er alle Formalitäten erledigt hatte. Solange, hoffte er, würde alles gut gehen. Er war gerade erschöpft vom langen Starren auf den Bildschirm auf dem Sofa eingenickt, als er ein Kratzen an der Eingangstür wahrnahm. Sofort war er wieder hellwach, sprang auf und löschte alle Lichter im Erdgeschoss. Durch die Milchglasscheibe konnte er schemenhaft eine Person erkennen, die sich am Schloss zu schaffen machte. Jemand, der sich im Besitz des alten Schlüssels befand. Ob sie es persönlich war? Ihn kitzelte die Neugier, und er war versucht, die Tür einfach aufzureißen, sie zu packen und zur Rede zu stellen. Doch wenn sie es nicht war, sondern ein Krimineller, der ihn ausrauben oder umbringen wollte? David drückte seinen Rücken fest gegen die verputzte Wand im Flur, um sich irgendwie unsichtbar zu fühlen. Am liebsten wäre er durch die rückwärtig gelegene Terrassentür davongelaufen.

»Verschwinde!«, flüsterte er leise. Tatsächlich entfernte sich die Silhouette. Die Person ging bestimmt ums Haus herum und versuchte, irgendwo ein offen stehendes Fenster zu finden. So war es auch. David ging auf Zehenspitzen ins Wohnzimmer. Wenige Sekunden später tauchte die Person auf der Terrasse auf. Nun konnte er ihr Gesicht ganz deutlich sehen, denn der Bewegungsmelder hatte die rückwärtige Leuchte aktiviert. Tanja drückte ihre Hände gegen das Glas und blickte hinein. Er konnte sehen, wie ihre Augen umherwanderten auf der Suche nach ihm.

»Ich weiß, dass du da bist!«, rief sie. »Lass mich rein!«

Sein Herz raste. Doch er blieb im Türrahmen stehen, hoffend, dass sie ihn nicht entdeckte.

»Lass mich rein!« Ihre Stimme klang wehleidig. »Sie verfolgen mich!«

Er bekam Mitleid mit ihr. Aber er vertraute ihr nicht. Hätte sie gesagt: »Ich werde verfolgt«, hätte er vielleicht an ihre Opfererzählung geglaubt. Aber sie sprach von mehreren, als ob er wissen müsste, wen sie meinte. Und wenn sie annahm, dass er von ihren kriminellen Bekannten wusste, dann musste sie auch davon ausgehen, dass er sie im Verdacht hatte, nur an seinem Geld interessiert zu sein. Ob ihr bekannt war, dass er sie hatte umbringen lassen wollen? Wenn dies der Fall war, dann konnte er ihrem Hilferuf nicht nachgeben. Sie würde sich rächen wollen. Sicherlich lauerten die Männer, mit denen sie gemeinsame Sache machte, bereits irgendwo auf dem Grundstück und warteten nur darauf, dass er ihr öffnete. Davids Körper sackte im Türsturz einfach zusammen. Er ließ sich auf den Boden fallen und drückte die Hände vors Gesicht.

Das Klingeln seines Handys in der Hosentasche holte ihn aus seiner stillen Verzweiflung. Während er es herauszog, blickte er aus dem Fenster. Tanja stand immer noch dort und hielt ihr Smartphone in die Höhe. Sie rief also an, und sie wusste, dass er sie aus dem Dunkeln heraus beobachtete. Spätestens jetzt, da der Schein des Displays ihn verriet. Seine Hände zitterten. Er starrte auf das Telefon, konnte sich jedoch nicht dazu durchringen, das Gespräch entgegenzunehmen. Er blieb einfach weitgehend regungslos auf dem Boden hocken. Die Mailbox übernahm den Anruf. Er sah, wie Tanja in ihr Smartphone sprach. Plötzlich drehte sie sich um. Sie schien auf etwas zu reagieren. Ein Geräusch? Einen Zuruf? David erhob sich. Während er seine Mailbox abhörte, schlich er zur Fensterfront.

»Ich weiß, was du vorhattest. Aber du musst mir helfen!«

Er konnte nicht ausmachen, ob Tanjas Verzweiflung echt war oder gespielt. Immerhin stand nun fest, dass sie im Bilde darüber war, dass er einen Killer angeheuert hatte. Seit wann wusste sie es?

Da er sie nicht mehr sehen konnte, lief David zum vorderen Eingang und spähte nach draußen. Auf der Straße direkt vor dem Haus war niemand zu sehen.

Doch in einigen Metern Entfernung bemerkte er die Rücklichter eines davonfahrenden Wagens. David öffnete die Haustür und rannte auf den Gehweg. Weder Wagenmarke noch das Kennzeichen des Autos konnte er erkennen. Deprimiert trat er den Weg zurück zum Haus an. Erst jetzt fiel ihm auf, dass er keine Schuhe trug.

In welche Lage hatte er sich nur gebracht? War Tanja eine gute Schauspielerin oder trieb sie wirklich die Angst um? Warum war sie ausgerechnet zu ihm zurückgekehrt, von dessen Plan sie offensichtlich erfahren hatte? Oder meinte sie mit ihrer Aussage etwas anders? Dachte sie, er wolle die Scheidung einreichen? Ein Testament aufsetzen? Ja, er hatte neulich, als sie von seiner Erbschaft angefangen hatte, davon gesprochen, dass er ihr den Zugriff zu seinem Geld nicht ermöglichen wollte. Hatte er nicht sogar davon geredet, dass er ihr misstraute? Allmählich kehrten Fetzen der Erinnerung zurück. Sie hatte vehement bestritten, ihm schaden zu wollen. Hatte der junge Mann mit der Erzählung von Tanjas krimineller Vergangenheit ihn absichtlich an der Redlichkeit seiner Frau zweifeln lassen? Möglicherweise hatte es sich bei der Frau, die die Nachbarin beobachtet hatte, eben doch nicht um Tanja gehandelt. Worum ging es hier eigentlich? Und wer war dieser Zeus, den er für Tanjas Ermordung angeheuert hatte? War alles von langer Hand vorbereitet gewesen, um Tanja beseitigen zu können und später den Verdacht auf ihn zu lenken? Aber warum hatten es die Männer auf Tanja abgesehen?

David fand in dieser Nacht keinen Schlaf. Er war hin-

und hergerissen zwischen seinem Fluchtgedanken und dem Vorsatz, doch noch die Polizei einzuschalten. Alles zu erzählen. Was bekam man für den Mordauftrag an einen Killer? Er konnte sich an das schon längere Zeit zurückliegende Gespräch mit einem Anwalt erinnern, das er im Zusammenhang mit einem seiner Jugendlichen geführt hatte. Dieser hatte einen solchen Fall geschildert. Der Anstifter war wie ein Täter behandelt worden. Plötzlich kroch ein beklemmendes Gefühl in ihm hoch. Eine Szene tauchte vor seinem inneren Auge auf. Er hatte Zeus bereits vor ihrem Zusammentreffen in der Bar gesehen, nämlich im Gespräch mit ausgerechnet jenem Mann, der ihm die Geschichten über Tanja erzählt hatte. Der diese Verdächtigungen ausgesprochen hatte. Jetzt hatte er endlich den Beweis dafür, dass alles inszeniert worden war. Doch der Beweis befand sich nur in seinem Kopf. Vermutlich war Tanja wirklich unschuldig. Aber warum hatten ihn die Kriminellen dazu benutzt, den Mordanschlag auf Tanja in Auftrag zu geben? Und warum war diese Tat offensichtlich misslungen?

Für ihn stand nun fest, dass auch er sich in Gefahr befand. Nicht weil Tanja ihm etwas antun wollte, sondern weil er irgendeine Rolle in einem perfiden Plan spielte. Er konnte nicht länger in diesem Haus bleiben. Am Abend des Folgetages wartete er die Dunkelheit ab und begann damit, seine Taschen ins Auto zu bringen. Als er gerade dabei war, seinen Laptop zu verstauen, hörte er hinter sich einen Wagen heranfahren. Als dieser anhielt, schlug David die Kofferraumtür zu und eilte ins Haus. Sollte ihm jetzt noch jemand einen Strich durch die Rechnung machen? Durch das kleine Türfenster beobachtete er die herannahenden Männer. Sie sahen nicht aus wie Killer. Aber wie sah schon ein Killer aus? Vermutlich so wie er selbst.

Er traute sich nicht, auf das Klingeln zu öffnen.

»Herr Ferguson, hier ist die Polizei. Wir würden gerne mit Ihnen reden.«

David bediente die Gegensprechanlage.

»Haben Sie einen Ausweis?«, wollte er wissen.

Einer der Männer hielt einen Dienstausweis mit dem Wappen von Rheinland-Pfalz in sein Sichtfeld.

Natürlich konnte es sich um eine Fälschung handeln. Aber was blieb David anderes übrig. Er öffnete. Die beiden Männer blieben auf eine Armlänge entfernt stehen und nannten ihre Namen. Der Größere hieß Wieland, den anderen Namen hatte David nicht verstanden.

»Wir müssten Ihnen einige Fragen zu einem Sachverhalt stellen. Könnten wir hereinkommen?«

Wieder witterte David eine Falle, doch er ergab sich seinem Schicksal und bat die beiden Kommissare in die Küche.

»Kennen Sie einen Mann, der sich Zeus nennt?«, fragte Kommissar Wieland.

David zuckte zusammen. »Ja«, sagte er, ohne auch nur eine Sekunde nachzudenken. Wenn sie ihn derart direkt fragten, hatte er ohnehin keine andere Wahl, als die Wahrheit zu sagen. Zumindest erst einmal diesen Teil der Wahrheit.

»Woher?«

Jetzt wurde es schon schwieriger.

»Sie wissen vermutlich, dass ich Streetworker in Köln bin, da kommt man mit den verschiedensten Menschen in Kontakt.« Alles ergab sich gerade wie von selbst. »Warum fragen Sie?« Auch diese Frage würde ihn unverdächtig erscheinen lassen. So nonchalant, wie er sie äußerte.

»Wir sind hier im Auftrag der Kollegen aus Nordrhein-Westfalen.«

Das erklärte nichts.

»Amtshilfe?«, überlegte David laut.

»Es wurden Hinweise bei ihm gefunden, die nahelegen, dass er ihre Adresse hier in Bad Bodendorf kannte.«

Jetzt wurde es heikel. In welchem Zusammenhang hätte er Davids Adresse mit sich führen können? War das nicht äußerst unprofessionell für einen Killer?

»Wir würden gerne mit Ihrer Frau sprechen.«

Es ging gar nicht um ihn, sondern um Zeus' Verbindung zu seiner Frau?

David schaltete rasch und erzählte frei heraus, dass sie sich vor einer Weile getrennt hatten und Tanja ihn verlassen hatte.

»Wie können wir Ihre Frau erreichen?«, fragte der andere Beamte, der die ganze Zeit lediglich zugehört hatte.

»Höchstens auf ihrem Handy.«

David hoffte, dass Tanja ihr Handy mittlerweile ausgetauscht hatte, falls er hier doch noch in eine Falle geraten war und es sich nicht um echte Polizisten handelte, die Tanjas jetzigen Aufenthaltsort ausspionieren wollten. Mittlerweile tendierte er nämlich eher dazu, ihre Angst, die sie in der Nacht geäußert hatte, für bare Münze zu nehmen.

»Gut, das war es fürs Erste«, sagte Kommissar Wieland.

Nachdem sich die Beamten verabschiedet hatten, grübelte David noch lange darüber, was das alles zu bedeuten hatte. Ob Zeus tot war und er deshalb den Mord an Tanja nicht hatte ausführen können?

Die Nacht war hereingebrochen, als auf seinem Handy eine Nachricht einging.

»Zum Jahrestag in DK«.

Das war alles.

Doch David musste nicht lange überlegen, was gemeint war. In zwei Tagen feierten Tanja und er ihren Hochzeitstag. Und sie hatten in Dänemark geheiratet.

Er war ohne eine längere Pause durchgefahren. Gerade hatte er die dänische Grenze passiert. Wenn Kriminelle ihn derart manipuliert hatten, dann hatten sie Pläne mit ihm. Deshalb bereitete er seine Fahrt sorgfältig vor. Anfangs hatte er sich immer wieder versichert, dass ihm niemand folgte. Er hatte auch daran gedacht, dass ihm jemand – vielleicht ja auch die Polizei – einen GPS-Tracker ans Auto geheftet haben könnte. Deshalb war er mit seinem eigenen Wagen nur bis Bonn gefahren und hatte sich bei einer Bekannten, die er noch aus Studienzeiten kannte, ein Auto geliehen. Zunächst hatte er erwogen, sich einen Mietwagen zu besorgen, doch den konnte man ohne Weiteres ausfindig machen. Mit dem Audi war das Reisen um einiges bequemer als mit seinem alten Golf. Jetzt war es nicht mehr weit bis zu ihrem Lieblingsplatz am Meer, von dem er annahm, dass er Tanja dort treffen würde.

Er stellte den Audi auf dem Parkplatz ab und lief hinunter zum Strand. Die Sonne ging bereits unter. Er entdeckte Tanja etwas abseits auf ihrer gemeinsamen Lieblingsbank. Als er einige Meter von ihr entfernt war, sagte er ihren Namen. Sie drehte sich um. Sie war schöner denn je.

Sie stand auf und ging ihm entgegen.

»Ich konnte dir nicht die Wahrheit erzählen«, sagte sie und blieb einige Schritte vor ihm stehen.

»Du hasst mich bestimmt«, sagte er.

»Weil dich Zeus dazu gebracht hat, zu verraten, wo wir wohnen und wo ich immer jogge?«

David traten Tränen in die Augen.

»Ich bin im Zeugenschutz. Deshalb kennst du meine wahre Identität nicht. Glücklicherweise hat ein Informant meinen Verbindungsmann beim hessischen LKA von Zeus' Plänen unterrichtet.«

»Aber wieso war die Kripo dann bei mir und hat mich nach Zeus gefragt?«

»Niemand kennt die Zusammenhänge. Auch nicht die Kripo. Welche Kripo war es denn?«

»Die beiden Kommissare kamen aus Rheinland-Pfalz.«

»Was haben sie genau gesagt?«

»Sie meinten, man habe bei Zeus deine Adresse gefunden. Sie wollten wissen, wo du bist.«

»Dann ist er wohl tatsächlich tot. Mein Verbindungsmann sagte, dass sie ihn im nördlichen Rheinland-Pfalz unschädlich gemacht hätten.«

»Meine Güte, in welche Geschichte bist du nur verwickelt …«

David zog Tanja an sich.

Sie stieß sich jedoch von ihm ab.

»Ich werde dich nicht mehr wiedersehen. Heute verlasse ich Europa unter anderem Namen.«

David hatte einen Kloß im Hals. Er brachte kein Wort heraus.

»Du fährst jetzt besser«, sagte Tanja und drehte sich um.

David wäre ihr zu gerne gefolgt, doch seine Beine versagten ihm den Dienst. Tanja verschwand in den Dünen.

Karin Joachim im Gmeiner-Verlag

Tatortfotografin Jana Vogt ermittelt:

1. Fall: Krähenzeit
ISBN 978-3-8392-1938-6

2. Fall: Bittertrauben
ISBN 978-3-8392-2194-5

3. Fall: Johannisglut
ISBN 978-3-8392-2389-5

4. Fall: Juwelennächte
ISBN 978-3-8392-0036-0

5. Fall: Eine Nacht im Juli
ISBN 978-3-8392-0257-9

Karolina Offermann ermittelt:

1. Fall: Domschatten-träume
ISBN 978-3-8392-2305-5

2. Fall: Großstadtflüstern
ISBN 978-3-8392-2718-3

Weitere:

Abgründiges Ahrtal
ISBN 978-3-8392-0179-4